10|18
12, avenue d'Italie — Paris XIIIe

Du même auteur
aux Éditions 10/18

AFFAIRE
À ENTERRER

PAR

NGAIO MARSH

Traduit de l'anglais
par Maurice-Bernard ENDRÈBE

10|18

« Grands Détectives »
dirigé par Jean-Claude Zylberstein

Sur l'auteur

Originaire de Christchurch en Nouvelle-Zélande, Miss Ngaio Marsh (1895-1982) est une artiste aux multiples visages. Tout d'abord décoratrice, elle se laisse cependant séduire par « les planches » et va sillonner la Nouvelle-Zélande et l'Australie durant deux ans, avec la troupe shakespearienne d'Alan Wilkie. En 1932, elle publie son premier roman, *Et vous êtes priés d'assister au meurtre de...*, mettant en scène l'inspecteur Roderick Alleyn de Scotland Yard. Elle devient très vite une nouvelle reine du huis clos criminel. En 1977, après trente romans, elle reçoit l'*Edgar Poe* des *Mystery Writers of America*. Elle reste néanmoins fidèle à sa passion pour le théâtre, continuant de porter à la scène néo-zélandaise les pièces du répertoire classique. Ngaio Marsh a été anoblie en 1966 pour l'ensemble de son œuvre théâtrale et littéraire.

Titre original :
Grave Mistake

ISBN 2-264-03161-1

CHAPITRE PREMIER

L'hymne s'acheva sur un beau chorus chanté à pleins poumons par Mme Jim Jobbin, Mme Foster, la charmante Miss Preston et la femme du pasteur d'Upper Quintern.

On procéda ensuite à la lecture du procès-verbal de la précédente réunion, puis ce fut la causerie du pasteur sur son voyage à Rome.

Mme Jim — comme on l'appelait dans le village — promena autour du salon un regard satisfait de connaisseuse. Elle-même l'avait « fait à fond » ce matin-là et Mme Foster l'avait fleuri de camélias, beaucoup plus abondamment qu'elle n'eût osé le faire si elle avait su être observée par McBride, son jardinier qui avait si mauvais caractère.

Lorsque le pasteur en eut terminé avec le Vatican et Léonard de Vinci, la présidente déclara être certaine que l'assemblée souhaitait témoigner sa vive sympathie à Mme Black pour la perte cruelle qu'elle venait d'éprouver. Il y eut un murmure d'approbation et la petite femme assise dans un coin de la pièce hocha silencieusement la tête en guise de remerciement.

Deux fois par semaine, Mme Jim venait en ce même endroit, *Quintern Place*, comme femme de ménage, seconder sa nièce Beryl qui y était domestique à plein temps. Deux fois par semaine aussi, Mme Jim allait donner un coup de main au personnel de *Mardling Manor*. Et deux fois par semaine également — dont le samedi

— elle allait œuvrer pareillement chez Miss Preston à *Keys House*. Elle rentrait de ces différentes activités à temps pour préparer le dîner de ses enfants et de son vorace époux. Enfin, quand Miss Preston donnait une de ses rares réceptions, Mme Jobbin aidait à la cuisine, parce qu'un petit supplément d'argent était toujours le bienvenu, mais surtout parce qu'elle aimait beaucoup Miss Preston.

En ce qui concernait Mme Foster, la femme de ménage la tenait pour un peu toquée : toujours à se croire malade tout en déplaçant beaucoup d'air afin de montrer combien elle se dévouait pour le village.

Verity Preston étendit ses longues jambes vêtues de velours côtelé et considéra l'extrémité de ses bottillons tout en se demandant ce qu'elle faisait là. Bien que venant de passer le cap de la cinquantaine, elle conservait un air de jeunesse, non point dû à de coûteux onguents mais au fait qu'elle était restée très jeune d'esprit. Cinq ans auparavant, elle s'occupait encore de production théâtrale. Puis son père, un éminent cardiologue, était mort en lui laissant *Keys House* avec assez d'argent pour lui permettre d'y vivre en écrivant des pièces, ce qu'elle faisait de temps à autre avec un honnête succès.

Née à *Keys* et ayant désormais toutes raisons de penser qu'elle y mourrait, Verity avait fini par se plier plus ou moins au rythme de la vie à Upper Quintern qui, en dépit de la guerre, des bombardements, de la crise et de l'inflation, n'avait guère changé depuis qu'elle y était enfant. La seule grande différence — si l'on faisait exception de M. Nikolas Markos, nouveau venu dans la région — c'est que désormais les notables de l'endroit avaient beaucoup moins d'argent et — hormis toujours M. Markos — ne pouvaient plus se permettre d'avoir des domestiques à demeure. Aussi Mme Jim, sa nièce Beryl et une douzaine de dames de moindre réputation étaient-elles très demandées. Mme Foster avait déployé beaucoup de ruse et passait même pour s'être livrée à une surenchère pour s'assurer largement leur concours. Derrière son dos, on l'appelait couramment la Pirate.

Tout le monde savait que ça n'était pas avec de l'argent qu'on pouvait acheter Mme Jim et Mme Foster, qui s'y était risquée une fois, devenait écarlate lorsqu'elle repensait à la réaction que cela lui avait valu. Elle devait uniquement à une authentique crise de lumbago que Mme Jim eût consenti à revenir travailler pour elle.

Mme Foster ayant la réputation d'être une malade imaginaire, personne n'aurait cru à son lumbago, si McBride, le jardinier à la journée d'Upper Quintern, n'avait raconté l'avoir trouvée, en chapeau et gants, dans une de ses plus belles robes, rampant à quatre pattes dans l'allée pour regagner sa maison, ayant été victime de cette violente crise alors qu'elle se rendait au garage.

On annonça que le thé était prêt et tout le monde se dirigea vers la salle à manger.

— Puis-je vous aider, Sybil ? proposa Verity Preston.

— Oh ! ma chérie, s'écria Mme Foster. Tu es vraiment un amour ! Veux-tu servir le thé ? J'ai en ce moment une crise d'arthrite dans les poignets qui m'en rend absolument incapable !

— Oh ! ce doit être très douloureux ?

— Je n'en ai pratiquement pas fermé l'œil de la nuit. Et je me tourmentais pour cette réunion, sachant qu'il ne me fallait pas compter sur Prue (Prunella était la fille de Mme Foster) qui devait aller je ne sais où assister à des démonstrations de deltaplane. Et pour couronner le tout, cet abominable McBride qui m'a donné son congé. Tu te rends compte ?

— *McBride ?* Mais pourquoi donc ?

— Il prétend ne pas se sentir bien, mais d'après moi, ce sont des histoires !

— Auriez-vous eu des mots ? s'enquit Verity tout en remplissant rapidement des tasses sur des plateaux.

— Plus ou moins. Parce que j'ai cueilli des camélias ce matin.

— Il est encore ici en ce moment ?

— Je l'ignore. Il a probablement fichu le camp... Non, car il n'a pas touché sa paye. J'imagine qu'il doit être en train de bouder dans la resserre aux outils.

— J'espère qu'il ne va pas me faire le même coup...

— Oh ! il n'y a pas de risque ! s'exclama Mme Foster avec un rien d'acidité. Tu es sa Miss Preston adorée, et à ses yeux, incapable de mal agir.

— J'aimerais pouvoir en être sûre. Que vas-tu faire, Sybil ? Insérer une annonce ? Ou lui présenter tes humbles excuses ?

— Ça, jamais ! Madame Black, dit Mme Foster d'une voix mielleuse en tournant la tête. Comme c'est aimable à vous d'être venue. Où êtes-vous assise ? Bon, parfait, parfait... Qui est mort ? demanda-t-elle à Verity quand Mme Black s'éloigna. Pourquoi avons-nous dû lui témoigner notre sympathie ?

— Elle a perdu son mari.

— Ah ! bon, alors je n'en ai pas trop fait.

— Son frère est arrivé pour vivre avec elle.

— Il ne serait point jardinier, par hasard ?

Verity posa la théière et regarda fixement Mme Foster :

— Ne va pas croire que je plaisante, mais j'ai bien l'impression d'avoir entendu quelqu'un dire que justement... Oui, c'était Mme Jim ! Et il est effectivement jardinier.

— Mais c'est le Ciel qui me l'envoie ! Quel camouflet pour McBride ! Penses-tu que je puisse en toucher deux mots tout de suite à Mme Black ? Juste pour être sûre ?

— Ma foi...

— Chérie, tu me connais ! Je vais être le tact même !

— Je n'en doute pas, mais...

Verity regarda Mme Foster faufiler sa silhouette replète entre les groupes. Le brouhaha des conversations était trop fort pour qu'elle pût entendre quoi que ce soit, mais elle devinait les compliments distribués pour prix du passage tandis que la chevelure blond rosé de

Mme Foster progressait vers Mme Black, assise à l'autre extrémité de la pièce, dans le relatif isolement convenant à son affliction.

Verity observa la rencontre avec amusement, la progression de l'entretien, les hochements de tête, puis le départ des deux dames sans doute en direction du boudoir de Sybil. Maintenant, pensa Verity, Sybil va y aller carrément.

Brusquement, elle eut conscience d'être elle-même observée.

Mme Jim Jobbin la regardait avec un air tellement entendu que Verity faillit la gratifier d'un clin d'œil en retour. Elle s'avisa que, de toutes les personnes présentes, c'était encore pour Mme Jim qu'elle éprouvait le plus de sympathie.

Verity se servit une tasse de thé et se mit en devoir de circuler dans l'assistance. Elle était timide de nature, mais le fait de travailler pour le théâtre l'avait aidée à surmonter ce handicap. En sus de quoi, elle s'intéressait beaucoup aux gens.

« Miss Preston, lui avait dit M. Nikolas Markos la seule fois qu'ils s'étaient rencontrés, j'ai l'impression que vous nous considérez comme une sorte de matière première ! »

Et ses yeux brillaient malicieusement en disant cela. Bien que la remarque lui eût souvent été faite sous une forme moins originale, Verity se demanda, cet après-midi-là, si les habitants d'Upper Quintern n'avaient pas de quoi lui fournir les éléments d'une comédie plutôt noire.

Elle atteignit les portes-fenêtres ouvertes sur les pelouses, la roseraie, et offrant une vue magnifique du Weald of Kent[1]. Tout en buvant son thé légèrement à l'écart des autres invités, elle ramena son regard des lointains du paysage aux abords immédiats et remarqua

---

1. Région située au sud de Londres et analogue à notre Boulonnais (*N.d.T.*).

un postérieur humain qui dépassait d'une haie basse dans la roseraie.

Le pantalon gris, informe et terreux, était indubitablement celui d'Angus McBride. Verity pensa qu'il devait être littéralement plié en deux au-dessus de quelque précieux semis. Peut-être avait-il pardonné à Sybil Foster ou tenait-il à terminer ce qu'il avait entrepris avant de se retirer définitivement.

— Quelle belle vue, n'est-ce pas ? dit le pasteur qui avait rejoint Verity sans qu'elle en eût conscience.

— Certes... Mais, pour l'instant, je regardais la personne qui se trouve derrière cette haie.

— C'est McBride, décréta aussitôt le pasteur.

— Oui, il me semblait bien avoir reconnu son pantalon.

— Je le reconnais d'autant mieux, pour ma part, que c'est moi qui le lui ai donné voici deux ou trois ans !

— Mais ne trouvez-vous pas curieux qu'il reste si longtemps plié en deux ?

— Maintenant que vous me le faites remarquer, si.

— Et il ne bouge absolument pas.

— Peut-être en extase devant quelque merveille de la nature ? plaisanta le pasteur.

— Peut-être. Mais plié en deux de cette façon...

— En effet, ce doit être peu confortable...

— Il a donné son congé ce matin à Sybil, pour des raisons de santé.

— Alors, se sentant au bord de l'évanouissement, peut-être a-t-il mis sa tête entre ses genoux pour vaincre ce malaise ? Je m'en vais aller voir.

— Je vous accompagne, dit Verity. De toute façon, j'avais envie de me promener dans la roseraie.

Franchissant la porte-fenêtre, ils traversèrent la pelouse et, comme ils se rapprochaient de la haie, le pasteur, qui mesurait plus d'un mètre quatre-vingts, dit d'une drôle de voix :

— C'est vraiment très bizarre...

— Quoi donc ? demanda Verity dont, sans raison, le cœur se mit à battre plus rapidement.

— Il a la tête dans sa brouette. Il a dû s'évanouir.

Mais McBride avait fait plus que s'évanouir. Il était mort.

Le médecin diagnostiqua une crise cardiaque en déclarant que, vu son état de santé, la chose aurait pu se produire à n'importe quel moment depuis déjà un an au moins. Sans doute en voulant saisir la brouette avait-il basculé en avant, le nez dans l'humus dont elle était pleine.

Verity Preston était vraiment émue. McBride n'était pas toujours commode et s'exprimait parfois avec rudesse, mais aimant tous deux les roses ils s'estimaient mutuellement. Lorsque Verity avait eu la grippe, il lui avait apporté des primevères dans un pot de confitures et elle en avait été extrêmement touchée.

La mort de McBride eut pour conséquence immédiate que l'on chercha aussitôt à s'assurer les services du frère nouvellement arrivé de Mme Black. Ayant déjà préparé la voie en s'entretenant avec la veuve, Sybil Foster arriva en tête des concurrentes. Dès le matin qui suivit le décès de McBride, avec une précipitation que Verity jugea indécente, Sybil s'en fut chez la veuve Black sous prétexte de lui faire une visite de condoléances, ce qui était d'autant plus déplacé que M. Black était mort depuis trois semaines déjà et que les deux femmes s'étaient vues la veille.

De retour chez elle, Mme Foster téléphona à Verity, absolument délirante :

— Ma chère, il est *par-fait* ! Plein d'attentions pour son ennuyeuse sœur et se comportant avec moi de très bonne façon. Il a tout de suite compris ce que je souhaitais et m'a dit sentir mon amour « des fleurs du Bon Dieu ». Il est écossais.

— Je l'aurais parié.

— Mais pas du tout le même genre que McBride. Lui

doit être des Highlands. En tout cas, très supérieur à l'autre.

— Et combien prend-il ?

— Un petit peu plus cher, mais je t'assure que ça vaut la différence !

— Des références ?

— En quantité. Il les a dans les bagages qu'il a expédiés par le train et qui ne sont pas encore arrivés.

— Tu l'as engagé ?

— Quelle question ! Les lundi et jeudi, toute la journée. Si cela ne suffit pas, il me le dira.

— Je suppose que je ferais bien de me mettre sur les rangs...

— Certes, et dépêche-toi ! J'ai entendu dire que M. Markos avait besoin de quelqu'un en supplément à *Mardling*, encore que je ne pense point que Jardine accepterait un poste subalterne.

— Comment s'appelle-t-il ?

— Qui ?

— Ce jardinier.

— Mais Jardine précisément.

— Tu veux rire ?

— Non, c'est la vérité vraie, ma chère... Verity !

Verity vit l'homme en question le surlendemain soir. Comme la petite maison de Mme Black ne se trouvait pas très loin de *Keys House*, Miss Preston s'y rendit en fin d'après-midi.

Entendant la télévision dans le salon, Verity dit, lorsque la veuve vint lui ouvrir, être navrée de déranger. Mais Mme Black déclara qu'elle allait prévenir M. Jardine, car elle appelait ainsi son frère.

Debout près de la fenêtre, Verity vit que l'on travaillait aux plates-bandes et se demanda si c'était l'œuvre de M. Jardine.

Celui-ci était un homme blond, de haute taille, avec une barbe soigneusement taillée, une bouche épanouie et des yeux très bleus affectés d'un strabisme qui ne manquait pas d'un certain charme. Il détailla Verity en gardant les paupières mi-closes et dit :

— Je crains de n'avoir pas bien compris votre nom, madame.

Verity le lui répéta et il l'invita à s'asseoir. Elle déclara ne pas vouloir le déranger et être simplement venue lui demander s'il pourrait s'occuper de son jardin un jour par semaine.

— Vous habitez, je crois, la petite propriété au bout du chemin ? Un joli jardin que vous avez là, madame. Il a ce que j'appelle de la personnalité.

Verity murmura un remerciement, puis on passa aux choses sérieuses. Les bagages de Jardine étaient arrivés et il présenta d'éblouissants certificats — dont Sybil avait déjà touché deux mots à Verity — ainsi que des photos témoignant de son art. Il s'empressa de préciser qu'il avait l'habitude d'avoir à tout le moins un jeune aide, mais comprenait parfaitement que, venu maintenant tenir compagnie à sa sœur, il ne devait pas s'attendre à ce que Upper Quintern lui offrît les mêmes conditions de travail.

Sybil avait rapidement glissé sur le sujet des gages, et Verity en comprit la raison quand il s'avéra que M. Jardine demandait le double de ce qu'on donnait à McBride. Mais comme il précisa qu'il ne lui restait plus que le vendredi de libre, Miss Preston ne discuta même pas.

Il se déclara ravi de travailler pour elle, ajoutant qu'il préférait gagner moins chez des gens avec lesquels il se sentait en harmonie plutôt que pour des millionnaires ou des aristocrates qui vous traitent de haut, s'estimant quittes en vous payant largement. Le tout dit avec un accent écossais à couper au couteau.

Verity s'en retourna parmi les senteurs douces d'une soirée de printemps en se disant qu'elle avait les moyens de s'assurer les services d'un homme aussi compétent et que c'eût donc été dommage de s'en priver pour laisser le jardin livré à quelque rustaud du voisinage. Mais, sincère avec elle-même, Verity dut s'avouer qu'elle ne prisait pas tellement les façons de M. Jardine.

Comme elle ouvrait la porte d'entrée, elle entendit la sonnerie du téléphone. C'était Sybil, brûlant de connaître le résultat de la visite. Sur quoi, elle adopta un ton satisfait, semblant considérer que tout cela était son œuvre.

Verity se demandait souvent comment il se faisait que Sybil et elle fussent aussi intimes. Certes, elles se connaissaient depuis toujours, ayant partagé la même gouvernante lorsqu'elles étaient enfants. Mais plus tard, lorsque Verity habitait Londres et que Sybil, déjà jeune veuve, avait épousé son riche agent de change dont l'existence devait être brève, elles ne se voyaient que rarement. C'était seulement après son deuxième veuvage, lorsque Sybil s'était retrouvée seule avec Prunella et un fils que son mari avait eu de sa première femme, qu'elles avaient renoué. Mais elles avaient vraiment très peu de chose en commun.

Au bout du fil, Sybil ne tarissait pas à propos de Jardine. Il avait commencé à travailler pour elle justement ce jour-là... Ah ! quelle différence avec McBride ! Quel goût, quelle imagination ! Et le travail qu'il abattait !

— Et ne trouves-tu pas un charme fou à son accent ? ajouta-t-elle au comble du délire.

— Mais sa sœur ne l'a pas !

— N'a pas quoi, ma chérie ?

— L'accent écossais. Comment cela se fait-il ?

— Seigneur, Verity, les questions que tu poses ! Parce qu'elle est venue dans le Sud et a épousé un homme du Kent, je suppose. Oh ! j'ai une grande nouvelle à t'apprendre !

— Quoi donc ?

— Tu ne devinerais jamais. Je suis invitée à *Mardling Manor* pour dîner !

— Vraiment ?

— Oui, à dîner, mercredi prochain. Il m'a téléphoné ce matin, chose sans doute un peu désinvolte sur le plan protocolaire, mais de nos jours on n'en est plus à de tels détails. D'autant que nous nous étions déjà rencontrés, lorsqu'il avait prêté *Mardling* pour cette vente de charité au profit de l'hôpital. Mais, ce jour-là, personne n'était admis à l'intérieur. J'ai entendu dire qu'il avait tout fait refaire, de la cave au grenier. Tu y étais, à cette vente de charité, n'est-ce pas ?

— Oui, bien sûr.

— Et comment l'as-tu trouvé ?

— Nous nous sommes à peine parlé, tu sais.

— J'espérais qu'il t'aurait invitée aussi.

— Non. Je pense que ce sera très mondain.

— Mais il ne m'a pas dit qu'il s'agissait d'un grand dîner...

— Un tête-à-tête ?

— Oh ! voyons, sûrement pas ! Il se trouve simplement que Prue est de retour. Or elle a fait la connaissance du fils je ne sais où. Si bien qu'elle a été invitée aussi. Enfin, nous verrons !

— Amuse-toi bien. Comment va ton arthrite ?

— Oh ! c'est toujours pareil, hélas... Mais il faut apprendre à vivre avec ses maux... Comment faire autrement ? Si seulement je n'avais pas cette satanée migraine !

— Je croyais que le Dr Field-Innis t'avait donné quelque chose pour la migraine ?

— Sans aucun effet, malheureusement. À mon avis, ça le dépasse. Et puis je t'avoue trouver qu'il devient plutôt désinvolte.

Verity n'écoutait qu'à demi ces doléances dont elle avait l'habitude. Depuis des années, Sybil avait consulté un tas de médecins et chaque fois l'enthousiasme premier s'était vite estompé. Verity se disait souvent que si Sybil n'était pas devenue la proie d'un charlatan, c'était uniquement parce qu'il ne s'en trouvait pas dans la région.

— ... Alors, j'envisage d'aller passer quinze jours à *Greengages*. J'en reviens toujours ragaillardie.

— Mais oui, c'est une excellente idée.

— Seulement, je voudrais être ici tant que M. Jardine remet tout en état.

— Ainsi donc, on l'appelle « monsieur Jardine » ?

— Il est tellement au-dessus de sa condition, Verity. Et on gagne toujours à traiter les gens de façon civile.

« Qui parle ! » pensa Verity avant de répliquer :

— Oh ! je suis toute disposée à lui donner du « monsieur » gros comme le bras s'il me débarrasse de mes mauvaises herbes !

— Il faut vraiment que je te quitte, dit soudain Sybil comme si c'était son amie qui la retenait. Mais je ne sais que décider au sujet de *Greengages.*

Greengages était un endroit extrêmement coûteux, une sorte d'hôtel trois étoiles avec médecin à demeure, où l'on pouvait aussi bien vous faire suivre des régimes pour perdre du poids que vous stimuler l'appétit en vous prescrivant de longues promenades. Si Sybil décidait d'y aller, Verity devait s'attendre à devoir couvrir une trentaine de kilomètres sur une route toujours encombrée pour s'aller régaler d'un potage-santé suivi d'une tranche de foie accompagnée de tomates et de champignons, plat qu'elle détestait.

Elle n'avait pas plus tôt raccroché le combiné que le téléphone sonna de nouveau.

Une belle voix mâle demanda s'il était possible de parler à Miss Preston et, apprenant que c'était elle-même qui se trouvait au bout du fil, déclara être Nikolas Markos.

— Je m'avise que l'heure est mal choisie... Peut-être étiez-vous en train de regarder les informations à la télé ou sur le point de vous mettre à table ?

— Non, non, pas encore.

— De toute façon, je serai bref. Me feriez-vous le plaisir de venir dîner ici mercredi prochain ? Toute la journée, j'ai vainement essayé de vous joindre. Alors, soyez gentille, et dites-moi oui...

Il lui parlait comme s'ils étaient de vieux amis et

Verity, habituée par le théâtre à ce genre de familiarité, répondit aussitôt :

— Avec le plus grand plaisir. Merci beaucoup. À quelle heure ?

À Upper Quintern, nul ne savait grand-chose de Nikolas Markos. Il passait pour être un financier, veuf et fabuleusement riche. Bien entendu, on ne manquait pas de subodorer que le pétrole devait être pour quelque chose dans sa fortune. Lorsque *Mardling Manor* fut mis en vente, M. Markos l'acheta, et cela faisait quatre mois qu'il y résidait plus ou moins quand Verity y arriva pour dîner.

Construite sous le règne de Victoria, avec des mâchicoulis et des tourelles en poivrière, c'était une demeure aussi laide qu'incommode. Absolument rien à voir avec la propriété de Sybil Foster, *Quintern Place*, où n'importe qui rêvait d'habiter. La seule chose qu'on pût dire en faveur de *Mardling*, c'est que la bâtisse était imposante.

Quand elle s'arrêta devant le perron, Miss Preston reconnut la Mercedes de Sybil parmi un certain nombre d'autres voitures. La porte d'entrée s'ouvrit à deux battants avant même que Verity l'eût atteinte, révélant ce phénomène d'un autre temps : un maître d'hôtel.

Tandis que le domestique l'aidait à retirer son manteau, Verity se rendit compte que le hall le plus hideux pouvait paraître très beau si l'on y mettait de belles choses. M. Markos avait recouvert de tapisseries la majeure partie des murs ridiculement sculptés. Leurs tons effacés mettaient en valeur le tableau qui surmontait une immense cheminée. Il représentait un homme du XVe siècle, grandeur nature, en manteau écarlate sur un cheval de bataille, et pointant son épée vers la blancheur d'une petite ville toscane.

Pétrifiée d'admiration, Verity eut à peine conscience qu'on ouvrait et refermait une porte derrière elle.

— Ah ! dit Nikolas Markos. Mon arrogant cavalier

vous plaît ? Ou êtes-vous simplement surprise de le trouver ici ?

— Les deux, répondit Verity.

Ils se serrèrent la main sans cérémonie. Markos avait revêtu une veste de velours vert. Ses cheveux, très bruns et courts, frisaient sur la nuque. Il avait le teint bilieux, l'œil sombre, une bouche aux lèvres minces mais énergique.

— Serait-ce un Uccello ? demanda-t-elle en se tournant de nouveau vers le tableau.

— Je me plais à le croire, mais « École d'Uccello » est tout ce que les experts veulent bien m'accorder.

— Il est splendide !

— N'est-ce pas ? Je suis heureux que vous l'aimiez. Et ravi que vous m'ayez fait le plaisir de venir. Nous serons neuf pour dîner : mon fils Gideon, un certain Dr Basil Schramm qui n'est pas encore arrivé, plus des gens que vous connaissez : Mme Foster et sa fille, le pasteur (sa femme est souffrante) ainsi que le Dr et Mme Field-Innis. Venez les rejoindre.

Du salon de *Mardling*, Verity gardait le souvenir d'une pièce immense, bourrée de meubles et dont l'ambiance était glaciale. Elle se retrouva dans un salon blanc et céladon, étincelant de lumières, meublé à ravir.

Sur un sofa, Sybil rayonnait de féminité : coiffeur, esthéticienne et manucure lui avaient prodigué leurs soins, robe, bijoux et — si vous vous approchiez suffisamment près — parfum parachevaient l'effet cherché. Elle sourit à Verity, en agitant un minuscule mouchoir dans sa direction.

— Voici Gideon, dit M. Markos.

Encore plus brun que son père, il était d'une beauté saisissante. « Un véritable Adonis ! » devait dire de lui Sybil, avant d'ajouter : « Avec toutefois quelque chose de pas très net, que je ne puis définir mais que je *sens*... Souviens-toi de mes paroles ! » Verity crut comprendre ce qui la poussait à parler ainsi. Sybil s'employait de toutes ses forces à nouer une idylle entre sa fille Prunella et un jeune aristocrate nommé Swingletree. Aussi voyait-elle d'un très mauvais œil qu'un garçon séduisant s'empressât autour de Prunella.

Âgé apparemment d'une vingtaine d'années, Gideon était un garçon de belle prestance et d'une parfaite éducation. Ses cheveux noirs, bien peignés, n'étaient pas trop longs et, tout comme son père, il portait une veste de velours avec, pour seule extravagance, une chemise ornée de dentelle, qui ne lui donnait nullement mauvais genre, il avait simplement une allure romantique.

Il s'entretenait avec Prunella qui, tout comme Sybil à son âge, était ravissante et très bavarde ; à cette différence près que Prunella n'élevait guère la voix au-dessus du murmure, tout en hochant la tête et souriant fréquemment. Selon la mode du moment, chaussée de bottes, elle arborait une robe qui semblait faite de pièces et de morceaux.

Le Dr Field-Innis était depuis longtemps établi à Upper Quintern. Fils cadet d'un général, il avait préféré la carrière médicale à celle des armes et épousé une femme rangée.

Le pasteur, lui, se nommait Walter Cloudesley et était assez triste de ne compter qu'une vingtaine de fidèles dans la belle vieille église qui avait été conçue pour en abriter trois cents.

Tandis qu'on buvait des champagne-cocktails, Sybil ne cessait de complimenter M. Markos sur sa maison et l'habile homme qu'il était. Elle avait le don — ce qui ne manquait jamais d'agacer Verity — de paraître glisser des sous-entendus dans la moindre de ses remarques lorsqu'elle s'adressait à un homme. Mais bien qu'elle tapotât le sofa pour qu'il s'asseye près d'elle, Markos continua de lui parler en restant debout et Verity pensa que cela lui vaudrait sûrement de s'entendre déclarer plus tard par son amie que Markos était « véritablement un gentleman ».

Il alla se camper devant la cheminée et dit :

— Je suis ravi de vous avoir tous ici... C'est une pendaison de crémaillère, en quelque sorte, et j'apprécie donc tout particulièrement votre présence, monsieur le pasteur.

— Vous avez ma bénédiction ! lui assura Cloudesley qui en était à son second champagne-cocktail.

— Mais nous attendons encore quelqu'un et qui n'est pas de Quintern. J'espère qu'il ne va plus tarder... Il s'agit d'un médecin dont j'ai fait la connaissance à New York, le Dr Basil Schramm, et que j'ai trouvé (Markos marqua une légère pause en esquissant un drôle de petit sourire) fort intéressant. Il m'a téléphoné ce matin à l'impromptu, me disant qu'il prenait la succession d'un confrère dans nos parages et arriverait ce soir. Comme il s'avéra qu'il passerait par Upper Quintern, je l'ai invité à se joindre à nous. Cela va rompre l'harmonie de la table, mais j'espère qu'aucun de vous ne s'en formalisera.

— Un Américain ? s'enquit Mme Field-Innis, de sa voix rauque.

— Je crois qu'il est suisse de naissance.

— Il fait un remplacement ou s'installe de façon permanente ? questionna le Dr Field-Innis.

— Non, il ne s'agit pas d'un remplacement. À ce que j'ai compris, il prend la direction médicale d'une maison de repos ou de quelque chose comme ça... *Greenage*, si je ne m'abuse...

— Pas *Greengages* ? s'exclama Sybil.

— Si, si... *Greengages*, c'est bien ça !

— Oh ! cet endroit... dit le Dr Field-Innis d'un ton expressif.

Lorsqu'on en eut terminé avec cette nouvelle, la conversation dériva vers le jardinage et Sybil parla avec beaucoup d'excitation de sa « découverte ». Quand Gideon fit remarquer qu'ils avaient dû engager quelqu'un eux aussi, son père se montra très grand seigneur en déclarant ignorer absolument comment pouvait se nommer l'homme en question. Sur quoi, prenant une chaise, il vint s'asseoir à côté de Verity.

— J'ai beaucoup aimé votre pièce, lui dit-il. Pour moi, c'est incontestablement votre meilleure à ce jour.

— Vraiment ? Oh ! vous me faites grand plaisir !

— Vous vous y montrez extrêmement incisive mais avec beaucoup de finesse, sans jamais appuyer. Je me suis demandé...

Il se mit à lui parler très intelligemment de sa pièce et Verity s'avisa soudain que jamais encore il ne lui était arrivé de discuter ainsi de son travail avec quelqu'un d'Upper Quintern. Elle le fit avec fièvre et dit, lorsqu'elle en prit conscience :

— Voilà que je me laisse aller à parler boutique ! Excusez-moi...

— Pourquoi ? Quel mal y a-t-il à parler boutique ? Surtout quand il s'agit d'une boutique relevant des arts.

Il jeta un coup d'œil à sa montre :

— Schramm est nettement en retard. Il a dû se perdre dans le Weald of Kent. Nous n'allons pas l'attendre davantage pour passer à table...

Au même instant, le maître d'hôtel survint :

— Le Dr Schramm, Monsieur.

Lorsque le nouvel arrivant fit son entrée dans la pièce, Verity eut l'impression que celle-ci se mettait à vaciller et déglutit avec peine. Et quand Nikolas Markos arriva à sa hauteur pour faire les présentations, elle entendit le Dr Schramm déclarer :

— Nous nous sommes déjà rencontrés, voici quelques années !

Vingt-cinq ans exactement, pensa Verity. C'était ridicule, après un si long temps, de se sentir aussi émue de le revoir.

— C'est le cas de dire : « Que le monde est petit » ! s'exclama le Dr Schramm.

Il faisait souvent des remarques de ce genre et riait ensuite en caressant sa moustache.

Il s'était éloigné en compagnie de Markos et, tout en

buvant un cocktail, expliquait qu'il avait dépassé le tournant menant à Upper Quintern.

Mais pourquoi « Schramm » ? se demandait Verity. Si « Smythe » ne lui semblait pas assez élégant pour lui, il aurait pu mettre un trait d'union. Et le voilà « docteur » ? Il aurait donc fini par arriver à terminer ses études ?

Le maître d'hôtel, qui n'attendait que cela, revint pour annoncer que Monsieur était servi.

Verity craignit d'avoir Schramm pour voisin mais, après avoir marqué une légère hésitation, Markos le fit asseoir entre Sybil et le Dr Field-Innis, placé à la droite de Verity, laquelle était elle-même à la droite du pasteur, cependant que le maître de maison se trouvait à celle de Sybil.

Le dîner se passa très bien pour Miss Preston, car tant le médecin que le pasteur se montrèrent très volubiles avec elle. Lui faisant face, le Dr Schramm buvait sec, en riant beaucoup de ce que lui racontait Sybil, comme si un flirt s'ébauchait déjà entre eux. Cela raviva chez Verity des blessures depuis longtemps cicatrisées, car elle reconnaissait la technique dont il usait lorsqu'il voulait lui montrer combien une autre femme lui plaisait. Et, pour ridicule que cela pût paraître après tant d'années écoulées, Verity fut convaincue qu'il le faisait à dessein.

Verity évitait de regarder de leur côté, mais il lui suffisait d'entendre les gloussements de Sybil pour deviner qu'elle roulait des yeux extasiés.

— Quant à la Villa Giulia, poursuivait le pasteur qui était de retour de Rome, je ne puis vous la décrire...

En se tournant poliment vers lui, Verity s'aperçut que leur hôte l'observait. Peut-être parce que le pasteur abordait maintenant le chapitre des Étrusques, elle eut l'impression que Markos la gratifiait d'un léger sourire de connivence et pensa que bien peu de chose devait échapper à cet homme.

Il avait probablement demandé à Mme Field-Innis de faire fonction de maîtresse de maison, car ce fut elle qui donna le signal aux dames de quitter la table pour laisser ces messieurs boire le porto entre eux.

Dès qu'elles furent installées dans le salon, il apparut que le Dr Schramm avait fait grande impression. Sans perdre une minute, Sybil demanda à Verity pourquoi elle ne lui en avait encore jamais parlé. Le connaissait-elle bien ? Était-il marié ?

— Je n'en ai aucune idée. Il y a des siècles que je ne l'avais revu. Je crois qu'il était un des élèves de mon père et nous avions dû faire connaissance, pour autant qu'il me souvienne, à un bal d'internat ou quelque chose comme ça.

Pendant la première moitié de la soirée, il ne l'avait pratiquement pas quittée des yeux tandis qu'elle dansait avec l'un ou l'autre et ensuite il l'avait complètement accaparée.

Se tournant vers la jeune Prunella dont elle était la marraine, Verity lui demanda ce qu'elle faisait ces temps-ci, mais eut l'impression que la réponse tenait du mime plus que d'autre chose.

— Je crains de devenir sourde, dit-elle.

Prunella secoua vigoureusement la tête et se fit audible :

— Oh ! non, marraine, vous savez bien que c'est ma faute ! Parlez-nous donc de votre ami. Il est super !

— *Prue !* protesta automatiquement sa mère.

— Mais c'est la vérité, maman, dit la jeune fille en retombant dans son chuchotement. D'ailleurs, il n'y avait qu'à regarder la façon dont tu le gobais des yeux pour s'en rendre compte.

— Prunella, vraiment ! fit Mme Field-Innis qui gâta son effet en ne pouvant se retenir de pouffer.

Au grand soulagement de Verity, cela détourna la conversation du Dr Schramm et, lorsque ces messieurs les rejoignirent, elle se demanda si leur hôte, le pasteur ou le Dr Field-Innis avaient questionné Schramm sur leurs relations passées et, dans l'affirmative, ce qu'il avait pu leur répondre. De toute façon il serait bon qu'il lui parlât, sans quoi cela ne manquerait pas de paraître bizarre.

Il n'y manqua pas et vint directement la rejoindre. En le regardant s'asseoir près d'elle, Verity pensa qu'il était presque malséant d'avoir si peu changé en tant d'années. S'il en avait été autrement — comme ce devait être le cas aux yeux de Schramm en ce qui la concernait — elle aurait été moins frappée par leur rencontre. Mais, sauf quand l'éclairage faisait ressortir un fin réseau de rides, il semblait presque le même qu'autrefois, avec les yeux juste un peu plus protubérants et légèrement injectés de sang. Un homme, pensa-t-elle, dont on devait dire qu'il savait tenir l'alcool. Et toujours ce port altier, qui avait quelque chose de militaire.

— Comment allez-vous, Verity ? Vous êtes délicieusement épanouie.

— Je vais très bien, merci.

— Vous écrivez des pièces, à ce que j'ai entendu dire ?

— C'est exact.

— Splendide ! Je crois qu'on en joue une actuellement à Londres ? Il faut absolument que j'aille la voir. À quel théâtre est-ce ?

— Au *Dauphin*.

— Et ça marche bien ?

— C'est toujours plein.

— Oh ! alors je n'arriverai pas à avoir une place... À moins que vous n'interveniez ? Vous voudrez bien ?

Il avait penché la tête de côté, comme il aimait à le faire pour enjôler.

— Si vous voulez patienter un peu, oui, car actuellement il y a des congrès et des salons, alors on refuse du monde.

— Avez-vous été surprise en me revoyant ?

— Oui, plutôt.

— Pourquoi ?

— Eh bien...

— Oui ?

— À cause du nom, d'abord.

— Oh ! fit-il en agitant la main, une vieille histoire ! C'est le nom de jeune fille de ma mère, un nom suisse. Elle avait toujours souhaité me le voir porter et, le croiriez-vous, elle l'a stipulé dans son testament, suggérant que je me fasse appeler « Smythe-Schramm », mais comme on en avait vraiment plein la bouche à prononcer un tel nom, j'ai décidé de supprimer Smythe.

— Je comprends.

— J'ai quand même fini par décrocher mes diplômes, comme vous voyez.

— Oui.

— À Lausanne. Ma mère habitait là-bas et je l'y avais rejointe. C'est ainsi que j'ai été amené à terminer mes études en Suisse.

— Je vois.

— J'ai exercé là-bas jusqu'à sa mort. Puis j'ai vagabondé à travers le monde, car un médecin trouve toujours à s'employer.

Il parlait avec aisance, comme si c'étaient là des choses qu'il avait l'habitude de raconter fréquemment. En parlant, il était tout charme dehors, mais Verity fut bien aise de constater que, le premier choc passé, cela ne lui faisait aucun effet.

— Et maintenant vous vous installez dans le Kent, dit-elle pour entretenir poliment la conversation.

— Oui... Dans une sorte d'hôtel qui tient de la maison de repos. Je me suis plus ou moins spécialisé dans la diététique et l'endroit m'a paru très adéquat. Ça s'appelle *Greengages*... Vous connaissez ?

— Sybil — Mme Foster — y va souvent.

— Oui, c'est ce qu'elle m'a dit.

Il regarda Sybil, qui ne semblait pas autrement ravie de se trouver en la compagnie du pasteur. Elle lui sourit aussitôt, comme s'ils partageaient quelque secrète entente.

— Papa, demanda Gideon Markos, puis-je montrer à Prue ta dernière extravagance ?

— Mais oui, bien sûr !

Lorsque les jeunes gens furent partis, il dit :

— Schramm, je ne puis vous laisser monopoliser ainsi Miss Preston. À mon tour, maintenant. Je suis sûr que Mme Field-Innis va être ravie de pouvoir enfin s'entretenir aussi avec vous.

Lorsqu'il eut pris la place de Schramm à côté de Verity, Markos enchaîna :

— Gideon se plaint que, lorsque je reçois, je ne suis plus du tout dans le ton. Mais que puis-je y faire ? Je ne vais quand même pas inciter mes invités à jerker au son de disques assourdissants ?

— J'avoue qu'il serait assez piquant de voir Florence Field-Innis s'essayer au jerk avec le pasteur.

— En effet, oui ! convint-il en lui coulant un regard de côté. Voulez-vous savoir quelle est « ma dernière extravagance », comme dit mon fils ? Il s'agit d'un tableau. Un Troy.

— Acheté à sa récente exposition ?

— Exactement.

— Quelle heureuse idée ! Lequel est-ce ? Pas *Plaisirs divers*, par hasard ?

— Si, justement.

— Est-ce possible ?

— Venez constater par vous-même.

Il l'emmena dans la bibliothèque, vaste pièce encore en cours de rénovation, et où il n'y avait pas trace des jeunes gens. Des caisses de livres jalonnaient le parquet. Les murs avaient été recouverts d'un papier chinois d'un rouge sombre, et le Troy était posé sur le marbre de la cheminée.

— Vous collectionnez de très beaux tableaux, dit Verity.

— Oh ! je collectionne un peu tout, comme les pies. Même les timbres !

— Vraiment ?

— Oui, je suis un collectionneur passionné, déclara-t-il en contemplant son acquisition les yeux mi-clos.

— Vous allez l'accrocher où il est, n'est-ce pas ?

— Je le pense, oui. Mais quoi que je fasse dans cette maison ridicule, ça tiendra toujours du compromis.

— Cela vous contrarie tellement ?

— Oh ! oui. Ce dont je rêve, c'est de *Quintern Place* !

Il avait dit cela avec une telle passion, que Verity en demeura quelque peu sidérée.

— Vraiment ? C'est une maison ravissante, bien sûr. Toutefois, quand on n'en voit que l'extérieur...

— Ah ! mais j'en connais aussi l'intérieur !

Quelle cachottière que cette Sybil, qui ne lui avait pas soufflé mot d'une telle visite !

Mais, continuant de parler, Markos expliquait que, cherchant une maison pour s'installer dans le Kent, il avait aperçu de loin *Quintern Place* et la propriété lui avait fait une telle impression qu'il s'y était rendu sur-le-champ.

— Mme Foster était absente, toutefois une domestique a bien voulu me laisser jeter un coup d'œil au rez-de-chaussée. Cela m'a suffi. J'ai foncé chez l'agent immobilier le plus proche, où je me suis entendu déclarer que *Quintern Place* n'était à vendre ni chez lui, ni ailleurs. J'ai insisté pour qu'il fasse quand même une proposition — fort généreuse, je vous l'assure — mais elle a été sans effet. Alors, au plus fort de ma rage, j'ai acheté ce monstre d'où je puis à tout le moins contempler mon idéal en continuant d'espérer.

— Sybil est-elle au courant de tout cela ?

— Non. L'agent en question a opéré avec beaucoup de discrétion. Soyez gentille : ne lui en parlez pas.

— D'accord.

— Vous êtes un ange !

— Mais je suis convaincue que vous continuez d'espérer en vain.

— On ne sait jamais.

Et Verity se dit que si jamais elle avait vu quelqu'un en proie à une obsession, c'était bien Nikolas Markos.

En repartant pour son domicile, Verity s'efforçait de mettre un peu d'ordre dans ses souvenirs de cette soirée, lorsque ses phares découvrirent une silhouette familière.

— Montez donc, madame Jim, dit-elle en s'arrêtant. Je vais vous déposer chez vous.

— Ce n'est pas votre chemin, Miss Preston.

— Aucune importance. Montez.

— Vous êtes vraiment très aimable, et j'avoue que ça n'est pas de refus.

Mme Jim prit place dans la voiture avec un long soupir d'aise, qui sous-entendait la fatigue. Verity lui demanda si elle avait beaucoup travaillé et Mme Jim acquiesça.

— Un peu trop même, mais avec Jim qui n'est plus employé qu'à mi-temps, j'aime pas refuser. D'autant qu'on a toujours besoin de ceci ou de cela, et avec les prix qui n'arrêtent pas de monter !

— Ils ont beaucoup de domestiques à demeure ici ? s'enquit Verity.

— Cinq, en comptant la femme de charge. Car ils en ont une, comme du temps où j'étais placée, dit Mme Jim. On n'en voit plus guère de nos jours, n'est-ce pas ? Je le dis souvent à Jim : maintenant on vend les grandes propriétés pour en faire des pensionnats, des maisons de repos ou des trucs comme ça. C'est rare qu'on brûle d'en acheter une, comme M. Markos.

— M. Markos brûle d'acheter une autre propriété ?

— Oui, il aimerait avoir *Quintern Place*. Il y a eu un an en avril, alors que Mme Foster se trouvait à *Greengages*, il est venu demander si c'était à vendre. Je faisais le nettoyage de printemps. Il avait l'air drôlement emballé !

— Mme Foster l'a su ?

— Il n'avait pas donné son nom. Mais, bien sûr, j'avais dit qu'un monsieur était venu s'informer si la maison était à vendre. Ça m'a fait tout drôle la première fois que je l'ai vu après son installation au manoir.

— Avez-vous dit alors à Mme Foster que c'était lui qui était venu ?

— À l'époque, je n'allais pas à *Quintern Place*, dit Mme Jim d'un ton bref et Verity se rappela l'accrochage qu'elle avait eu avec Sybil.

— C'est venu ce soir dans la conversation. M. Alfredo, le maître d'hôtel, poursuivit Mme Jim, pense que M. Markos n'a pas renoncé. Il dit que M. Markos finit toujours par obtenir ce qu'il veut. Alors, vous avez trouvé un jardinier ?

Mme Jim avait ainsi l'habitude de sauter d'un sujet à l'autre sans aucune transition. Verity crut déceler quelque chose de légèrement désapprobateur dans le ton de la femme de ménage.

— Oui, il commence vendredi. L'avez-vous déjà rencontré, madame Jim ?

— Ç'aurait été difficile de faire autrement, répondit Mme Jim en massant son genou rhumatisant. Annie Black l'exhibe d'un bout à l'autre du village comme si c'était le gagnant du Derby !

— C'est une compagnie pour elle.

— Pour ça, oui, se borna à dire la femme de ménage.

Verity tourna dans l'étroit chemin où se trouvait le cottage des Jobbin. Aucune lumière aux fenêtres. Jim et les enfants devaient sûrement dormir. Mme Jim eut plus de peine à s'extraire de la voiture qu'elle n'en avait eu à y monter.

— Commencez-vous de bonne heure demain matin ? lui demanda Verity.

— Huit heures, à *Quintern Place.* C'est vraiment très gentil à vous de m'avoir ramenée, Miss Preston. Bonne nuit !

Ce fut donc seulement lorsqu'elle se retrouva étendue dans son lit que Verity put passer en revue les événements de la soirée. Elle s'aperçut alors que sa rencontre avec Basil Schramm (comme il lui vaudrait mieux l'appeler désormais) avait été plus éprouvante qu'elle n'avait voulu se l'avouer sur l'instant. Le passé refluait vers elle, avec presque autant de violence que lors de l'humiliation initiale, et elle dut recourir à la méthode qui consiste à se détendre muscle par muscle en s'efforçant de ne penser à rien. Elle n'y parvint pas complètement, mais réussit néanmoins à chasser cette impression de menace latente qui lui rappelait celle qu'on éprouve lorsqu'on voit reparaître le « méchant » dans quelque mélodrame. Alors, elle finit par trouver le sommeil.

CHAPITRE II

Incontestablement, Jardine était un bon jardinier, tenant compte des goûts et des désirs de ses employeurs comme jamais McBride ne l'avait fait.

Quand il s'aperçut que l'appeler par son nom causait de l'embarras à Verity, il rit en lui disant qu'elle pouvait très bien user de son prénom qui était « Brrruce ». Bien qu'elle eût peu d'expérience des Écossais, Verity se dit que, pour ce qui était de l'accent, Jardine ne faisait pas les choses à moitié. Ce fut ainsi que, pour tous ceux qui l'employaient, il devint tout simplement Bruce et, d'un bout à l'autre d'Upper Quintern, on ne tarissait pas d'éloges sur son compte. Il s'était adjoint un gamin qui mesurait un mètre quatre-vingts et passait pour un peu demeuré. Tout le monde accepta ce compagnonnage, à l'exception du chef jardinier de M. Markos qui se montra absolument intraitable sur ce point.

Sybil Foster continuait à être enchantée de Bruce, avec qui elle allait jusqu'à boire un verre de bière lorsqu'il avait terminé son travail. De son côté, quand le besoin d'un coup de main pour ceci ou cela se faisait sentir à l'intérieur de la maison, Jardine ne rechignait jamais à le donner.

— Quel réconfort de l'avoir à sa disposition ! déclara Sybil à Verity. Et il a une capacité de travail extraordinaire. Il s'est mis dans la tête que je devais faire pousser des asperges et il a creusé, au-delà du tennis, deux énormes fosses, profondes comme des tombes, qu'il remplit d'un humus de sa composition, où entrent même des algues ! Les petites en raffolent, Dieu merci !

Mme Foster appelait ainsi Beryl, la nièce de Mme Jim, et une autre fille du village qui venait travailler dans la journée. À l'en croire, Beryl aurait même eu des vues sur lui !

Le Dr Basil Schramm avait aussi complètement disparu d'Upper Quintern que s'il n'y avait jamais mis les pieds et, après un temps, Verity réussit presque — mais presque seulement — à n'y plus penser.

À *Mardling*, les décorateurs avaient terminé leur travail et l'on disait que M. Markos était à l'étranger. Gideon, lui, venait de Londres presque tous les week-ends, amenant le plus souvent des amis avec lui. D'après Mme Jim, Prunella était de toutes ces réceptions. En conséquence de quoi, Sybil affectait une attitude ambiguë : elle semblait flattée que sa fille eût décroché un beau parti, mais n'en continuait pas moins à « sentir » quelque chose à propos du jeune homme, et se flattait d'avoir un instinct infaillible. Verity en arrivait à se demander s'il ne s'agissait pas tout bonnement d'une sorte de jalousie maternelle. Sybil ne voyait pas d'inconvénient à ce que Prue eût un essaim de soupirants, mais devenait agressive si l'un d'eux semblait l'emporter sur les autres. Ou bien était-ce qu'elle tenait vraiment à voir sa fille épouser l'apathique lord Swingletree ?

— C'est très joli d'épouser un riche et beau garçon, confiait-elle à Verity un jour de juillet au téléphone, mais encore faudrait-il connaître *tous* ses antécédents... Il y a quelque chose dans ces yeux noirs, ces cheveux frisés... Ne va surtout pas t'imaginer que je sois raciste le moins du monde, s'empressa-t-elle d'ajouter en « sentant » la réaction de Verity.

— Prue est-elle sérieusement éprise ?

— Je n'en sais rien, répondit Sybil avec irritation, absolument rien ! Dire que j'étais si tranquille avec John Swingletree... Évidemment, tout cela ne vaut rien pour ma santé. Je n'ai pas fermé l'œil de la nuit et j'ai des douleurs dans tout le dos. C'est au point que j'ai décidé enfin d'aller à *Greengages*.

— Quand cela ?

— Lundi. J'espère que ton ami pourra faire quelque chose pour moi.

— Je le souhaite aussi...

— Je lui ai écrit et il m'a répondu aussitôt. Une lettre charmante, très amicale et débordante de compréhension.

— Parfait.

— Ma chérie, peux-tu m'offrir un œuf dur et un verre d'eau demain à déjeuner ?

— Mais oui, bien sûr, répondit Verity.

Lorsque Sybil arriva, Miss Preston fut surprise de constater que, effectivement, elle semblait en mauvaise santé. Elle avait vilaine mine et avait perdu du poids. Et puis surtout son visage — comment dire ? —, son visage semblait un masque. Ce ne fut toutefois qu'une impression momentanée et Verity se demanda si ça n'était pas uniquement dû à son imagination. S'étant enquise si Sybil avait vu un médecin récemment, elle eut droit aussitôt à un compte rendu de sa visite à la clinique de Great Quintern, la ville la plus proche, où un praticien inconnu s'était « rué sur elle avec son stéthoscope », lui avait « pompé le bras » avant de la livrer à une infirmière pour d'autres traitements du même genre. La conclusion, c'est qu'il n'avait visiblement rien compris à son cas.

— C'est d'ailleurs le contraire qui m'eût étonnée : un petit homme terne, portant une chevalière au doigt qu'il ne faut pas... Oui, oui, je sais : je suis affreusement snob ! lança Sybil en s'attaquant à la côtelette qui avait été substituée à l'œuf dur humblement demandé.

Elle se remit à parler de son jardinier. Bruce, comme toujours, avait été parfait. Remarquant que Sybil n'avait pas l'air dans son assiette, il lui avait apporté des légumes tout frais pour la requinquer.

— Cet homme a de la classe, Verity.

— Veux-tu dire par là que ce serait un bâtard ayant du sang bleu dans les veines ?

— Je n'en serais pas autrement étonnée, assura Sybil, qui demeura un moment à considérer son amie avant d'enchaîner d'un ton détaché : Il n'est vraiment pas à son aise chez sa sœur... Une chambre minuscule sans rien pour ranger ses affaires.

— Ah ?

— Oui. Alors, poursuivit rapidement Mme Foster, je me demande si je ne pourrais pas le loger où était le cocher, au-dessus de l'écurie. Après avoir tout remis en état, bien sûr. Ça me tranquilliserait de savoir quelqu'un à la maison, quand nous sommes absentes.

— Prends garde, ma petite, ou tu finiras comme la reine Victoria avec son Brown.

— Ne sois pas ridicule !

Mme Foster essaya sans succès que Verity lui fixe le jour où elle viendrait à *Greengages* partager avec elle un déjeuner diététique.

— Tu me dois bien ça, Verity. Pense que je vais être entourée là-bas de gens ennuyeux comme la pluie. Et puis tu m'apporteras des nouvelles de Prue.

— Mais je ne la rencontre pour ainsi dire jamais...

— Invite-la à déjeuner.

— Ça va l'ennuyer à mourir !

— Non, elle sera enchantée ! Elle te trouve absolument *mer*-veilleuse, et elle se confiera sûrement à toi. Après tout, tu es sa marraine.

— De toute façon, si elle se confie à moi, je n'entendrai pas un mot de ce qu'elle me dira.

— C'est un handicap à surmonter, je le reconnais. Tu n'auras qu'à lui dire de crier. D'ailleurs, ses amies semblent entendre ce qu'elle leur dit et je présume qu'il en va de même pour Gideon Markos. Mais ce n'est pas tout !

— Tout quoi ?

— Ce qui m'est arrivé. Devine un peu qui me tombe sur les bras.

— Je ne vois vraiment... Oh ! pas *Claude* ? s'exclama Verity avec un accent de sincère inquiétude.

— Si, hélas. Il a quitté l'Australie voici plusieurs semaines et paie sa traversée en travaillant comme steward sur un bateau nommé *Poseidon*. J'ai reçu une lettre de lui.

Il s'agissait de Claude Carter, le jeune beau-fils de Sybil, un vestige de son premier mariage, en faveur duquel même Verity ne trouvait guère à dire.

— Oh ! Sybil, je suis navrée pour toi !

— Il m'a demandé de lui envoyer cent livres à Ténériffe.

— Il vient à Quintern ?

— Il ne me le dit pas expressément, mais c'est sous-entendu, bien sûr. Sans doute a-t-il la police à ses trousses.

— Prue est au courant ?

— Oui, je le lui ai dit et elle est horrifiée. Elle filera à Londres le moment venu. C'est pourquoi, en sus du reste, je tiens tant à aller à *Greengages*. Tu comprends, je ne peux pas l'empêcher de rester.

— Non, bien sûr. Après tout...

— Écoute, Verity, il avait hérité une très jolie somme de son père et il ne lui en reste pas un sou. Je suis sans cesse obligée de le tirer d'embarras. Et qui plus est — ceci strictement entre nous, ma chérie — lorsque je m'en irai, il aura tout ce dont son père m'a laissé l'usufruit. Dieu seul sait ce qu'il en fera. Il a déjà été en prison et je suis convaincue qu'il se drogue.

— Finalement, quand il arrivera, qui va-t-il trouver chez toi ?

— Beryl, probablement, ou Mme Jim qui vient l'aider pour le grand nettoyage de printemps, ou Bruce si c'est un de ses jours. Ils ont tous pour instructions de dire que je suis allée me faire soigner quelque part et que je ne veux recevoir personne. Mais s'il insiste pour s'installer à demeure, personne ne peut l'en empêcher. Il est possible évidemment...

Comme Sybil s'interrompait, Verity s'enquit :

— Qu'est-ce qui est évidemment possible ?

— Qu'il vienne te trouver, pour te poser des questions.

— Si cela se produit, que désires-tu que je fasse ?

— Ne lui dis pas où je suis, et viens à *Greengages* me mettre au courant. Ne te contente pas de m'écrire ou de téléphoner : viens. Tu es ma plus vieille amie et...

— Je ne te promets rien.

— Non, mais je sais que tu viendras me dire ce que Prue t'a raconté et si l'affreux Claude t'a rendu visite. Songe que cela te donnera l'occasion de revoir ton si séduisant ami !

— Je n'en ai aucune envie.

À peine eut-elle dit ça, Verity se rendit compte que c'était une erreur. Elle vit un éclair de curiosité illuminer les grands yeux bleus de Sybil.

— Pourquoi donc ? Je me doutais qu'il y avait quelque chose. Le soir du dîner chez Nikolas Markos, je l'ai tout de suite *senti* !

— Je t'en prie, Sybil . pas de ça avec moi.

— Il y a quelque chose ! J'en étais sûre : mon instinct ne me trompe jamais. Bon, d'accord... Je le demanderai à Basil Schramm... au Dr Schramm... et lui me le dira.

— Tu t'en garderas bien ! protesta Verity en s'efforçant de masquer sa panique intérieure. Il se demanderait de quoi tu veux parler...

— Ta-ra-ta-ta ! Je finirai bien par savoir de quoi il retourne !

Verity réussit à se contenir, mais se dit in petto que rien ne pourrait l'inciter à aller voir Sybil à *Greengages* et c'est en proie aux pires appréhensions qu'elle regarda partir son amie.

Gideon Markos et Prunella Foster étaient installés sur une splendide balancelle au bord de la piscine toute neuve de *Mardling Manor*. Pareillement bronzés et presque nus, elle avait sa tête blonde appuyée contre la poitrine du jeune homme, et ils avaient l'air de poser pour quelque luxueuse publicité.

— Parce que je n'en ai pas envie, murmurait la jeune fille.

— Je ne te crois pas : ça saute aux yeux.

— Bon, d'accord. Mais je ne le ferai pas.

— Pourquoi donc ? Qu'est-ce que tu as dit ? Parle plus fort !

— Parce que je t'aime trop.

— Prue chérie, c'est très gentil à toi de m'aimer trop, mais où cela nous mène-t-il ? dit Gideon en faisant osciller violemment la balancelle.

— Ne fais pas ça ! Nous allons tomber !

— Alors, dis que tu vas reconsidérer la chose.

— Gideon, tu me donnes le mal de mer ! Je t'en prie !

— Alors, dis-le !

— Je vais reconsidérer la chose !

Il immobilisa la balancelle, mais continua de serrer Prunella contre lui.

— Tu es vraiment très méchante avec moi. Une fille impossible !

— J'ai envie de me baigner encore tant qu'il y a du soleil sur l'eau.

— Prunella, m'aimes-tu vraiment ? Penses-tu à moi quand nous ne sommes pas ensemble ?

— Souvent, oui.

— Très bien. Alors, voudrais-tu considérer que... que nous puissions essayer ? Pour voir si nous nous convenons ?

— Comment ça ?

— Eh bien, vivre dans mon studio... ensemble. On ferait un essai d'un mois, disons, et puis on verrait ?

Elle secoua la tête.

— Oh ! je te battrais ! Allons, Prue, réponds-moi franchement : m'aimes-tu ?

— Je te trouve fantastique, tu le sais. Mais comme je te l'ai dit, je tiens trop à toi pour accepter ce que tu me proposes. Si ça se révélait un échec, nous ne pourrions jamais plus être comme avant et nous regretterions d'avoir tenté l'expérience. À combien de nos amis n'est-ce pas arrivé ? Au début, c'est absolument sensass... et puis ça devient de plus en plus tiède.

— Bon, et alors ? Il n'y a pas de bobo. C'est quand même beaucoup mieux que de devoir divorcer.

— Je reconnais que c'est plus logique, plus civilisé, plus « in »... Mais je ne me vois pas faisant ça. Je dois être une survivante d'une autre époque. Désolée, Gideon chéri... Mais ça n'empêche pas que je t'aime, je t'aime, *je t'aime* ! conclut-elle en l'embrassant impulsivement.

— Non, écoute, Prue, ça n'est pas juste ! Fiançons-nous, au moins. Des fiançailles très chastes, à l'ancienne mode, que tu pourras rompre si le cœur t'en dit. Et je suis prêt à te jurer que je ne chercherai pas à abuser de la situation... Non, ne réponds pas ! Prends le temps de réfléchir. Et, en attendant, comme disait Donne, « Pour l'amour de Dieu, tiens ta langue et laisse-moi t'aimer ».

— Il ne disait pas cela à sa damoiselle élue, mais à une parente qui l'irritait.

L'après-midi tendait sereinement vers sa fin. En face, à *Quintern Place*, ayant creusé une fosse encore plus profonde pour les asperges, Bruce disait à son aide, prénommé Artie, qu'un drainage bien conçu et du bon engrais étaient tout ce qu'il fallait maintenant pour réussir ce qu'ils avaient entrepris.

À trente kilomètres de là, à *Greengages* dans le Kent, le Dr Basil Schramm venait d'achever à nouveau un examen complet de Sybil Foster. Elle avait introduit dans sa chambre une sorte de féminité débordante, à grand renfort de coussins, de taies brodées, de ravissants négligés, de photographies et de mules brodées de tulle, ainsi qu'une grande boîte de petits fours au massepain de chez *La Marquise de Sévigné*, qu'elle ne s'était guère donné la peine de cacher aux regards de son médecin. Et flottait sur le tout la senteur de l'huile déposée dans la coupelle spéciale qui coiffait l'ampoule de la lampe de chevet.

— Parfait, déclara le Dr Schramm en retirant son stéthoscope, puis il se détourna et, avec un tact tout professionnel, regarda par la fenêtre tandis que Sybil se rajustait.

— Voilà, ça y est, annonça-t-elle.

Il se tourna de nouveau vers elle, la considérant avec cet air possessif qu'elle goûtait tellement.

— Je commence à être content de vous, lui dit-il.

— Sincèrement ?

— Sincèrement. Certes, vous avez encore beaucoup de chemin à faire, mais votre état général s'est nettement amélioré. Vous réagissez bien au traitement.

— Je me sens mieux.

— Avant tout, parce que vous êtes dans une ambiance paisible. Une personne hypersensible comme vous l'êtes ne doit pas être sans cesse en butte aux tracasseries des gens.

Sybil exhala un long soupir d'intense satisfaction.

— Vous me comprenez parfaitement.

— Bien sûr. C'est mon métier, non ?

Il remonta le bracelet pour prendre le pouls de Sybil. Elle eut le sentiment qu'il devait battre à tout rompre. Quand, sur une ultime pression, il la libéra, elle lui dit de son ton le plus détaché :

— Je viens d'écrire une carte à une de vos vieilles amies.

— Ah ?

— Pour l'inviter à déjeuner samedi. Verity Preston.

— Oh ! oui...

— Cela a dû être amusant de vous retrouver après un si long temps ?

— Effectivement, cela faisait bien des années. Nous nous rencontrions de temps à autre lorsque j'étais étudiant.

Il consulta sa montre.

— À présent, vous devez vous reposer.

— Il faudra venir bavarder un moment avec elle samedi.

— Très volontiers.

Mais finalement il se trouva dans l'obligation, ce samedi, d'aller à Londres pour voir un collègue de New York qui y était de passage.

Verity, de son côté, téléphona à Sybil, dans l'impossibilité de se rendre à son invitation, ayant déjà un déjeuner ailleurs. Elle n'avait pas vu Prue mais, d'après Mme Jim, elle séjournait chez des amis à Londres.

— Cela veut-il dire : chez Gideon Markos ?

— Je n'en ai aucune idée.

— Je le parierais ! Et l'horrible Claude ?

— Il ne s'est pas encore manifesté. D'après ce que j'ai pu voir dans le journal, aux nouvelles maritimes, le *Poseidon* est arrivé avant-hier à Southampton.

— Alors, touchons du bois, et peut-être nous épargnera-t-il sa venue !

— Je ne le pense pas, dit Verity qui regardait par sa fenêtre ouverte, car le voilà justement qui se pointe à mon portail.

Claude Carter était de ces gens dont le physique reflète très exactement le caractère. Il avait toujours l'air moite et, bien qu'il eût largement passé la trentaine, il avait encore de l'acné juvénile. Sans guère de menton, avec un regard furtif derrière des lunettes aux verres épais et une barbe clairsemée, il avait des cheveux d'un châtain indécis lui descendant dans le cou.

À cause précisément de ce physique désespérant, Verity éprouvait pour lui une sorte de pitié, engendrée par l'idée qu'il ne pouvait pas être un aussi affreux personnage qu'il le semblait et que, de toute façon, il avait été injustement traité par son géniteur, puis par ses maîtres — on l'avait renvoyé de trois collèges —, ses camarades — qui se plaisaient à le rudoyer — et par la vie en général. Sa mère était morte en le mettant au monde, et il était encore bébé lorsque Sybil avait épousé son père, lequel avait été tué par le blitz six mois plus tard et dont Verity savait très peu de choses sinon qu'il collectionnait les timbres. Claude avait été élevé par ses grands-parents qui ne lui avaient témoigné aucune affection. Tout cela incitait Verity à éprouver un sentiment de culpabilité, aussi vague qu'injustifié, et que ne partageait absolument pas la belle-mère de Claude.

Quand il aperçut Verity de l'autre côté de la fenêtre, Carter feignit maladroitement de ne pas l'avoir vue et se dirigea vers la porte d'entrée en regardant par terre. Elle alla aussitôt lui ouvrir et, sans prononcer une parole, il parut se soumettre à son inspection.

— Claude ! s'exclama-t-elle.

— Oui, c'est bien moi.

Elle le fit asseoir dans le salon, tout ensoleillé. Il portait un T-shirt qui semblait avoir été confectionné dans le sac de farine dont il arborait la marque. Son jeans était si étroit qu'il devait souvent le gêner dans ses mouvements.

Le jeune homme dit être allé à *Quintern Place* où il n'avait trouvé que Mme Jobbin, laquelle lui avait appris que Mme Foster était absente, sans qu'on sût à quelle date elle reviendrait.

— Accueil plutôt réfrigérant, commenta le jeune homme, car elle me déclara ignorer aussi l'adresse de Prue. Je lui ai alors demandé qui assurait la réexpédition de leur courrier... Du coup, elle a eu l'air toute bête ! conclut-il en soufflant trois fois dans son nez, ce qui était sa façon de rire.

— Sybil fait une cure, expliqua Verity, et elle ne reçoit personne.

— Encore une cure ! Qu'est-ce donc, cette fois ?

— Elle est absolument exténuée et a besoin d'un repos complet.

— J'ai pensé que vous me diriez où elle était, et c'est pour cela que je suis venu.

— Je crains que non, Claude.

— C'est très embêtant, car je comptais là-dessus.

— Où logez-vous ?

— Oh ! là-bas, jusqu'à nouvel ordre. À *Quintern Place.*

— Vous êtes venu par le train ?

— Non, j'ai fait de l'auto-stop.

Verity se sentit dans l'obligation de lui demander s'il avait déjeuné et il lui répondit que non. Il la suivit dans la cuisine où elle improvisa un en-cas à base de viande froide, cornichons, pain, beurre, fromage et bière. Il mangea avec beaucoup d'appétit et fuma une cigarette tout en prenant son café. Verity le questionna sur l'Australie et il lui répondit que ça n'était vraiment pas le pied, à moins de disposer d'un capital. Avec un capital, oui, il y avait des possibilités.

Il la suivit dans le salon et Verity commença à trouver le temps long.

— Je comptais absolument sur Sybil, lui déclara-t-il alors, car je me trouve plutôt dans le pétrin.

— Quel genre de pétrin ?

— Je suis à court d'argent.

— Mais, et les cent livres qu'elle vous avait envoyées à Ténériffe ?

Accentuant encore son air de chien battu, il s'exclama :

— Elle les avait envoyées ? Alors ça, c'est bien la poste ! Quelle inefficience !

— Vous ne les avez pas reçues ?

— Serais-je à sec si je les avait reçues ?

— Êtes-vous bien sûr de ne pas les avoir dépensées ?

— Miss Preston, vous m'offensez ! dit-il en faisant mine de prendre la mouche.

— Désolée si c'est un jugement téméraire. Je peux vous donner vingt livres, ce qui vous tirera d'embarras, et j'informerai Sybil de votre arrivée.

— J'aurais de beaucoup préféré savoir où la joindre, mais merci quand même. Et soyez sans inquiétude : je vous rembourserai.

Verity s'en fut dans son bureau pour chercher l'argent et, de nouveau, Claude lui emboîta le pas. Elle s'en voulut d'être contrariée qu'il sût ainsi où elle gardait l'argent des menues dépenses et, dans le vestibule, elle lui dit :

— J'ai un coup de fil à donner : je vous retrouve dans le jardin. Après quoi, nous devrons nous quitter, car j'ai du travail qui m'attend.

— Mais je le comprends très bien, lui assura-t-il en s'efforçant de prendre un air digne.

Quand elle le rejoignit, il était devant la porte d'entrée.

— Voici vingt-trois livres, lui dit-elle. C'est tout ce que j'ai ici pour l'instant.

— Je vous en remercie infiniment, Verity. Il va sans dire que si j'avais ce qui me revient, je n'en serais pas réduit à une telle extrémité.

— Que voulez-vous dire ?

— Si j'avais le timbre.

— Le timbre ?

— Le fameux timbre que mon père m'avait légué.

— Oh ! je l'avais complètement oublié.

— À ma place, vous ne l'oublieriez sûrement pas. L'Alexandre noir.

À présent, Verity se souvenait de cette histoire qui avait toujours évoqué pour elle celles qu'on lit dans les illustrés destinés à la jeunesse. Le père de Claude avait hérité d'un timbre, lequel faisait partie d'une planche qui avait été retirée de la vente le jour même de l'émission à cause d'un défaut : une malencontreuse tache noire en plein sur le front du tsar Alexandre. Il passait pour être le seul exemplaire subsistant et valait une somme astronomique. Quand on sortit la collection de la banque, l'Alexandre noir en était absent, et on ne l'avait jamais retrouvé.

— Une bien étrange histoire que celle de ce timbre, commenta-t-elle en hochant la tête.

— C'est le moins qu'on puisse dire, opina-t-il d'un air entendu.

Puis il se décida enfin au départ et tendit à Verity une

main aussi molle que moite. Il s'éloignait déjà quand une idée sembla le frapper soudain.

— Au fait... Si jamais quelqu'un s'informait de moi, je vous serais reconnaissant de déclarer ignorer où je puis être. Je ne pense pas que cela se produise mais, enfin, on ne sait jamais.

— Et de qui pourrait-il s'agir ?

— Oh ! des gens ennuyeux... et que vous ne connaissez pas.

Il la considéra avec un petit sourire narquois.

— Vous ignorez si facilement où peut se trouver Sybil que cela ne devrait pas présenter pour vous beaucoup de difficulté.

Elle se sentit rougir et demanda vivement :

— Auriez-vous des ennuis ?

— Des ennuis ?

— Avec la police ?

— Eh bien, par exemple ! Qu'est-ce qui a bien pu vous donner une idée pareille ?

Elle ne répondit rien et il haussa les épaules avant de partir en disant :

— Je ne vous en remercie pas moins pour le prêt.

À mi-chemin du portail, il se prit à siffloter.

Verity rentra dans la maison avec l'intention de se mettre au travail. Une heure durant, elle s'efforça en vain de se concentrer, faillit écrire à Sybil, y renonça au profit d'une promenade dans le jardin, et ce fut alors que le téléphone sonna.

C'était Mme Jim, l'appelant de *Quintern Place*. Elle s'excusa de la déranger, mais elle ne savait vraiment que faire... Après un certain nombre d'autres préliminaires, elle finit par dire que c'était « au sujet de M. Claude Carter ».

Sybil avait prévenu ses domestiques que Claude viendrait peut-être et que s'il manifestait le désir de s'installer à demeure, il n'y aurait qu'à le laisser faire. Et puis, au début de l'après-midi, quelqu'un avait téléphoné en demandant s'il était là. En toute bonne foi, Mme Jim avait répondu que non, qu'elle ne l'attendait d'ailleurs pas et qu'elle ignorait où il pouvait se trouver. Sur quoi, une demi-heure plus tard, Claude était arrivé, en déclarant vouloir rester.

— Alors, suivant les instructions de Mme Foster, je l'ai mis dans la chambre verte. Puis je lui ai dit que quelqu'un lui avait téléphoné. Il m'a répondu que si jamais ça se reproduisait, je devais répondre comme je l'avais fait : ignorer totalement où il pouvait se trouver. Mais vous comprenez, Miss Preston, je n'aime pas ça. Il se passe quelque chose de pas net et je ne veux pas prendre une telle responsabilité. C'est pourquoi je viens vous demander conseil.

— Ma pauvre madame Jim, vous vous seriez bien passée de cette complication. Mais enfin, Mme Foster vous ayant dit de l'héberger, vous ne pouviez faire autrement.

— Oui, mais je ne savais pas alors ce que je sais maintenant.

— Que savez-vous donc maintenant ?

— Si je n'ai pas voulu en parler plus tôt, c'est parce que ça n'est pas plaisant à dire... La personne qui a téléphoné... c'était la police.

— Oh ! Seigneur...

— Oui, miss. Et ça n'est pas tout. À cinq heures, son travail terminé, Bruce Jardine est venu comme d'habitude pour boire sa bière. Il m'a dit avoir croisé un monsieur dans le jardin... Ce devait être quand M. Claude revenait de chez vous. M. Claude s'est présenté comme un parent de Mme Foster et ils se sont mis à parler...

— Oh ! mon Dieu, madame Jim, est-ce que Bruce sait... ? Lui a-t-il dit où était Mme Foster ?

— Eh oui, Miss Preston, exactement. Elle va être drôlement contrariée, hein ?

— Ça, vous pouvez le dire ! s'exclama Verity qui, après un léger temps, ajouta : Mais ça n'est pas votre faute, madame Jim. Ni celle de Bruce, à la vérité. Alors, ne vous tracassez pas.

— Mais qu'est-ce que je dois dire si la police téléphone de nouveau ?

Verity réfléchit longuement, sans arriver à trouver une solution potable. Finalement, elle avoua :

— Je n'en sais vraiment rien, madame Jim... Je suppose que le mieux serait encore de dire la vérité et d'informer M. Claude du coup de téléphone. Cela nous vaudrait au moins de le voir décamper.

N'entendant plus rien à l'autre bout du fil, elle demanda :

— Madame Jim ? Vous êtes toujours là ?

La femme de ménage chuchota rapidement :

— Excusez-moi, mais il vaut mieux que je raccroche.

Puis à haute voix :

— Ce sera tout pour aujourd'hui, merci.

La communication fut coupée et Verity pensa que l'affreux Claude devait être de retour.

Elle était furieuse de se sentir aussi préoccupée par cette histoire, car elle devait apporter d'assez importantes modifications au dernier acte de sa nouvelle pièce qui, après avoir reçu un accueil prometteur en province, avait suscité l'intérêt d'un directeur de théâtre londonien. En dépit de tous ses efforts, elle ne put travailler convenablement. Sybil Foster et ses problèmes, réels ou imaginaires, continuaient de l'obséder. Par exemple : fallait-il mettre Sybil au courant de cette histoire de police ? Verity avait-elle le droit de la laisser dans l'ignorance d'une telle chose ? Sans aucun doute, Sybil eût préféré continuer de ne rien savoir, mais si quelque désastre venait à se produire, Verity risquait de voir sa responsabilité mise en cause, car Sybil n'hésiterait pas à lui reprocher de ne pas l'avoir prévenue, comme cela s'était déjà produit dans le passé.

Verity s'avisa alors que Prunella pouvait très bien être mise dans le secret... Mais où était actuellement la jeune fille ? Sans compter que, si Verity arrivait à la joindre quelque part au téléphone, elle aurait sûrement beaucoup de mal à comprendre ce que lui dirait sa filleule.

Miss Preston relut trois fois de suite la même portion de dialogue, puis finit par jeter son stylobille en pestant et sortit faire un tour dans le jardin. Elle adorait son jardin, et encore plus depuis que Bruce s'en occupait. Des roses trémières et des pieds-d'alouette fleurissaient contre le beau mur de brique qui clôturait le vieux verger. Le jardinier n'avait pas cherché à lui imposer des calcéolaires ou autres plantes à la mode et, n'ayant vraiment qu'à se louer de lui, elle s'en voulait de le trouver si souvent irritant.

Cueillant une feuille de verveine, elle la froissa entre ses doigts pour en humer le parfum, puis s'en revint vers la maison.

« Puisque la nuit passe pour porter conseil, pensa-t-elle, remettons les grandes décisions à demain. »

Mais comme elle débouchait de sous les tilleuls, Verity vit Prunella qui arrivait à pas pressés.

La jeune fille était hors d'haleine, ce qui n'était pas pour améliorer son élocution.

— Marraine, murmura-t-elle, êtes-vous seule ?

— On ne peut plus seule.

— Puis-je vous parler ?

— Certes, à condition que tu fasses l'effort de te rendre plus audible, ma chérie.

— Excusez-moi... Je vais faire de mon mieux...

— Tu es venue à pied ?

— Non, Gideon m'a déposée. Il attend dans la voiture.

— Alors, entrons. Je voulais justement te voir.

Prunella ouvrit de grands yeux, mais n'ajouta rien jusqu'à ce qu'elles fussent à l'intérieur de la maison. Là, jetant les bras autour du cou de sa marraine, elle lui cria qu'elle était fiancée avant que l'émotion ne la fît fondre en larmes.

— Ma chérie ! Quelle curieuse réaction ! Serait-ce que ça ne te fait pas plaisir ?

Des propos embrouillés qui suivirent, il émergea que

Prunella était très éprise de Gideon, mais avait peur qu'il ne continue pas d'être aussi amoureux d'elle qu'il l'était, car cela se produisait fréquemment et, si jamais cela se produisait... Elle avait consenti à se fiancer uniquement parce que Gideon lui avait juré que pour lui c'était du sérieux, mais comment être sûre qu'il mesurait bien ce à quoi il s'engageait ?

Sur quoi, Prunella se moucha et déclara être follement heureuse.

Aimant beaucoup sa filleule, Verity fut touchée de la voir se confier ainsi à elle, mais pressentit vaguement que la jeune fille ne lui avait pas encore tout dit.

Et c'était bien le cas.

— Seulement, il y a maman... Elle va en être verte !

— Pourquoi donc, ma chérie ?

— D'abord, parce qu'elle est abominablement snob et veut me voir épouser John Swingletree qui est pair. Vous vous rendez compte !

— Mal, car je n'ai jamais rencontré John Swingletree.

— Une rude chance que vous avez là ! Et puis maman s'est mis des idées dans la tête à propos de Gideon et de son père. Elle pense qu'ils sont originaires de quelque ghetto d'Europe centrale.

— Et quel mal y aurait-il à ça ?

— Certes ! Mais vous savez comment elle est. Cela tient pour une bonne part à ce que M. Markos ne s'est pas assez mis en frais pour elle la première fois qu'il l'a invitée à *Mardling*. Vous la connaissez bien, marraine !

Verity eût pu difficilement prétendre le contraire.

— Non qu'elle en pince tellement pour lui, poursuivit Prunella. Actuellement, elle ne rêve que de ce médecin de *Greengages*... vous vous souvenez ? N'est-ce pas un de vos anciens amoureux ou quelque chose comme ça ?

— Pas exactement, non.

— En tout cas, elle en est complètement entichée. Ce n'est pas que je ne l'aime point, assura la jeune fille dont les yeux s'étaient soudain embués, mais je voudrais tant ne pas avoir une mère comme ça...

— Je te comprends, ma chérie, va.

— Et maintenant il faut que je la mette au courant... Pour Gideon et moi.

— Comment comptes-tu t'y prendre ? En allant à *Greengages* ? Ou par lettre ?

— De toute façon, elle sera furieuse après moi et me dira que je regretterai de ne pas l'avoir écoutée. Estimant qu'il vaut toujours mieux prendre le taureau par les cornes, Gideon s'est offert à m'accompagner. Mais je ne veux pas qu'il voie comment est maman quand elle se met dans de tels états. Encore une fois, vous la connaissez, marraine : elle est capable de piquer une crise de nerfs, non ?

— Ma foi...

— Mais oui, vous le savez aussi bien que moi. Je serais au supplice si jamais Gideon la voyait comme ça. Aussi, marraine chérie, je me demandais si...

Verity pensa que Prunella ne pouvait s'empêcher de tenir de sa mère et elle ne fut pas autrement surprise d'entendre que la jeune fille se demandait si, devant aller faire visite à sa mère, elle n'accepterait pas de lui préparer la voie, en quelque sorte.

— Je ne compte pas du tout aller voir ta mère, car j'ai vraiment beaucoup à faire, ma chérie...

— Oh... Je vois... murmura Prunella au comble de la désolation.

— De toute façon, ne conviendrait-il pas que vous alliez tous deux la trouver et que Gideon...

— Lui demande ma main, comme dans les romans d'autrefois ?

— Oui.

— C'est aussi ce qu'il dit. Mais, marraine chérie, si nous vous emmenions avec nous et que vous... enfin... commenciez la première... la prépariez... Nous sommes venus de Londres dans cet espoir. Il n'est personne qu'elle écoute plus que vous... Je vous en prie !

— Ma petite Prue...

— Vous acceptez ? Oui, oui, je le sens ! Et vous ne pourrez vraiment plus me le refuser quand vous aurez appris le reste de mes atroces nouvelles... Non, bien sûr, que mes fiançailles avec Gideon en constituent une...

— L'affreux Claude ?

— Vous le saviez ! J'ai téléphoné de *Mardling* et Mme Jim m'a annoncé la nouvelle. Nous qui le croyions à jamais casé en Australie !

— Tu passes la nuit ici ?

— Oui, mais pas à *Quintern Place* ! Pas tant que Claude s'y trouvera ! M. Markos m'offre l'hospitalité. Il est de retour, nous l'avons mis au courant, et il a été absolument épatant. Sur ce, il faut que je m'en aille.

— Puis-je t'accompagner jusqu'à la voiture pour parler à ton jeune homme ?

— Oh ! pas besoin de vous déranger, il va venir.

Mettant deux doigts dans sa bouche, Prunella se pencha à la fenêtre et siffla de façon stridente. On entendit un puissant moteur prendre vie et, l'instant d'après, une voiture remontait l'allée en marche arrière pour venir s'arrêter devant le perron. Gideon Markos en descendit aussitôt.

Verity pensa de nouveau que c'était vraiment un très beau garçon, mais se rendit compte de ce que Sybil avait voulu dire avec son allusion à l'Europe centrale. Il avait quelque chose d'exotique, l'air d'un Latin de la jet-society habillé par un tailleur de Londres. Mais il avait tout naturellement de bonnes manières et son visage rayonnait de vivacité.

— Miss Preston, j'ai le sentiment que vous n'êtes pas seulement une marraine, mais une marraine-fée. Allez-vous nous bénir avec votre baguette magique ?

Prenant Prunella par la taille, il raconta gaiement comment il l'avait littéralement forcée à se fiancer avec lui. Verity, le voyant si ravi de sa conquête, fut persuadée que non seulement il saurait bien s'en tirer avec sa femme, mais peut-être même aussi avec sa belle-mère.

— Je suppose que Prue vous a fait part de ses craintes, continua-t-il. Je ne vois pas pourquoi sa mère me prendrait tellement en grippe... Trouvez-vous vraiment que je sois un parti si peu présentable ? Il est vrai que ma question est stupide, puisque vous ne me connaissez pratiquement pas.

— La première impression a été plutôt bonne, dit Verity.

— Le Ciel en soit loué ! s'exclama Gideon.

— Chéri, chuchota Prunella, marraine va venir avec nous à *Greengages*. Pour prévenir la tempête, en quelque sorte.

— C'est vraiment très chic de votre part, dit le jeune homme en s'inclinant.

Verity eut conscience d'avoir été manœuvrée, mais n'en conçut nul ressentiment. Il fut entendu qu'ils se rendraient à *Greengages* le samedi suivant, mais non pour un déjeuner diététique car, sur le chemin de la maison de repos, Gideon connaissait un restaurant qui, selon l'expression de Prunella, « était du tonnerre ».

Verity les suivit des yeux tandis que la voiture repartait à toute vitesse. Elle était en proie à un malaise grandissant surtout dû, elle en convint, à la perspective de se retrouver confrontée à Basil Schramm.

Les deux jours suivants n'eurent rien de marquant, mais le jeudi ramena Mme Jim à *Keys* et elle apprit à Verity que Claude Carter ne sortait guère de sa chambre, se nourrissant de ce qu'elle laissait à son intention. Beryl, qui devait coucher à *Quintern Place* en l'absence de Mme Foster, avait déclaré tout net qu'elle n'en ferait rien tant que M. Claude serait là. Le problème avait été résolu par Bruce qui s'était spontanément offert à coucher dans le logement qu'un chauffeur avait occupé naguère au-dessus des écuries transformées en garage.

— Je sais que Mme Foster n'y verrait pas d'objection, dit Mme Jim en regardant par la fenêtre.

— Peut-être vaudrait-il mieux quand même lui poser la question, ne croyez-vous pas ?

— Bruce s'en est chargé. Il lui a téléphoné.

— À *Greengages* ?

— Oui. Il va d'ailleurs l'y voir une fois par semaine, pour lui porter des fleurs et prendre ses ordres. Il s'y rend le samedi par le car, mais elle le paye comme pour une journée de travail.

Verity préféra glisser sur la façon un peu cavalière dont la femme de ménage lui parlait de tout cela, et se contenta de lui dire :

— Vous avez fait tout ce que vous pouviez, madame Jim.

Puis ajouta, après un léger temps :

— Je vais moi-même aller la voir samedi prochain.

— Vraiment, miss ? C'est très gentil de votre part, déclara Mme Jim en branchant l'aspirateur. Et puis, comme ça, vous pourrez juger par vous-même.

Verity hocha la tête tout en gagnant son bureau. Mais juger de quoi, au fait ?

Le restaurant ayant les faveurs de Gideon se trouvait à quelque dix kilomètres de *Greengages*. C'était une sorte de club, dont il était membre, et où le service comme les plats étaient de premier ordre. Il arrivait rarement à Verity de fréquenter des établissements de ce niveau, et elle y prit grand plaisir, tout en se demandant pour la première fois ce que Gideon pouvait bien faire dans l'existence. Elle n'oubliait pas que Prue constituait un beau parti.

La demie de deux heures sonnait quand ils arrivèrent à *Greengages*, vaste demeure du siècle dernier aménagée pour sa nouvelle destination. On y accédait par une avenue bordée de conifères et environnée de pelouses jalonnées de corbeilles fleuries. Nombre de pensionnaires se promenaient en compagnie de visiteurs ou se prélassaient sous de grands parasols aux couleurs vives.

— Ta mère sait que nous venons, n'est-ce pas ? demanda Verity qui sentait croître son appréhension.

— Vous et moi, oui. Mais je n'ai pas parlé de Gideon.

— Oh ! Prue !

— J'ai pensé que vous la prépareriez à sa venue, chuchota la jeune fille.

— Je ne crois vraiment pas...

— Moi non plus, intervint Gideon. Ma chérie, pourquoi ne pas, tout simplement...

— La voilà ! s'exclama Verity. Là-bas, près des lobélies, sous ce parasol orange. Elle agite la main ! Elle nous a vus !

— Marraine, s'il vous plaît... Gideon et moi allons nous asseoir dans la voiture jusqu'à ce que vous nous fassiez signe de venir.

Verity se dit qu'elle ne pouvait guère faire autrement après avoir été régalée d'un déjeuner gastronomique aussi copieusement arrosé de champagne.

— Bon, d'accord... Mais il ne faudra pas vous en prendre à moi si ça tourne mal.

En quittant les jeunes gens, Verity pensait que nul n'avait encore imaginé une technique satisfaisante pour marcher vers quelqu'un qui vous a déjà vu de loin. Que faire ? Continuer de sourire au risque que cela finisse par tourner au rictus ? Faire mine d'être abstraite dans ses pensées ? S'élancer gaiement vers la personne en question ? Siffloter ? Fredonner ?

Verity se contenta de presser le pas en s'efforçant de faire comme si ces retrouvailles étaient habituelles. Sybil avait sur elle l'avantage d'arborer d'énormes lunettes noires. Elle agita de nouveau la main en souriant et ouvrit tout grands les bras quand son amie la rejoignit.

— Verity chérie ! Tu as quand même fini par venir !

Elle la fit asseoir dans un fauteuil de toile, demeura un moment à la détailler, puis s'enquit en changeant de ton :

— À qui est cette voiture ? Oh ! je devine : à Gideon Markos. Il vous a amenées toutes les deux ici. Inutile de m'en dire davantage : ils sont fiancés !

En un sens, ce fut un soulagement et, pour une fois, Verity se réjouit que Sybil eût ainsi le don de sentir les choses.

— Oui, en effet. Et sincèrement, Sybil, je ne vois aucune raison de le déplorer.

— Dans ce cas, pourquoi se comportent-ils ainsi ? Pourquoi restent-ils dans la voiture en t'envoyant comme plénipotentiaire ? Si tu trouves que ce sont là des façons de garçon bien élevé ! Prue n'eût jamais agi ainsi par elle-même. C'est lui qui l'y a poussée.

— Erreur totale. Lui voulait venir te trouver directement.

— Ce qui témoigne d'un certain toupet. Inutile de se demander d'où il le tient !

— Autrement dit ?

— Je me comprends.

— Ce que je ne comprends pas, moi, c'est ce que tu as contre Gideon. Il est intelligent, très présentable, visiblement riche...

— Oui, et d'où lui vient cet argent ?

— ... Et, ce qui me paraît le plus important, c'est un garçon ayant très bon caractère et fort épris de Prue.

— John Swingletree, lui, est fou de Prunella. Et elle... elle commençait à l'aimer.

— *Lord* Swingletree, n'est-ce pas ?

— Oui, et inutile de le dire sur ce ton.

— Sybil, ils sont dans l'auto, prêts à venir te rejoindre. Alors, accueille-les gentiment, ça ne t'avancerait à rien d'agir autrement.

Sybil demeura un moment silencieuse, puis dit :

— Sais-tu ce que je pense ? Je pense que c'est une combine qu'il a montée avec son père, afin de mettre la main sur *Quintern Place*.

— Oh ! vraiment, Sybil !

— Bon, bon. Tu verras ce que je te dis. Tu verras !

Cela fut dit avec l'habituel entêtement, mais d'un ton plutôt plat. À cause de cela peut-être, Verity eut le sentiment que Sybil ne se formalisait pas tellement des fiançailles de sa fille. Elle paraissait curieusement partagée entre une sorte d'hésitation et quelque chose ressemblant fort à de la jubilation contenue.

La petite main soignée qu'elle porta à ses lunettes tremblait légèrement. Les lunettes ôtées, Verity eut la brusque sensation que l'après-midi virait au froid.

Le visage de Sybil était lisse et inexpressif, comme si on l'avait repassé. Les grands yeux d'un bleu de porcelaine auraient aussi bien pu être ceux d'une poupée.

— Bon, qu'ils viennent. Tu prends ça sous ton bonnet. Je ne ferai pas de scène, mais je t'avertis que je ne changerai pas d'opinion. Jamais !

Verity fut saisie d'un brusque élan de compassion :

— Ne préfères-tu pas attendre un peu ? Comment te sens-tu ? Tu ne m'as rien dit de ta santé. Vas-tu mieux ?

— Beaucoup, beaucoup mieux. Basil Schramm est absolument fantastique. Jamais je n'ai eu un médecin comme lui. Il *comprend* tout. Il va probablement être furieux quand il apprendra cette visite, continua Sybil avec un évident plaisir, car il tient à m'éviter toute contrariété. Je lui ai parlé de l'affreux Claude et il m'a dit de ne le recevoir sous aucun prétexte. Il a d'ailleurs donné des ordres en ce sens. Je te le répète : il est fantastique.

La chaleur de son enthousiasme ne transparaissait aucunement sur son visage ni dans sa voix. Elle continua de bavarder à propos de Schramm, de son traitement, de l'infirmière, *sister*[1] Jackson, laquelle était visiblement jalouse de l'intérêt que le médecin portait à Sybil.

— Jalouse ! Tu te rends compte ? Oh ! mais fais-moi confiance : je lui ai rivé son clou à celle-là.

— Pour en revenir à ce qui nous occupe, enchaîna Verity en ravalant son inquiétude, il vaut peut-être mieux que j'aille leur dire que tu préfères voir d'abord Prue toute seule, non ?

— Non. Tous les deux et tout de suite.

---

1. Infirmière-major (*N.d.T.*).

— Alors, je vais les chercher ?

— Ne peux-tu te contenter de leur faire signe ? lui rétorqua Sybil d'un ton maussade.

Verity fit donc comme son amie le lui demandait. Par la portière, la main de Prunella lui répondit aussitôt et la jeune fille descendit promptement de la voiture, ainsi que Gideon, puis ils pressèrent le pas pour la rejoindre. Verity savait que Sybil devait être aux aguets et c'est pourquoi elle préféra les attendre sur place au lieu d'aller à leur devant. Quand ils arrivèrent à sa hauteur, elle dit précipitamment :

— Ça va être délicat. Surtout ne la braquez pas !

Prunella se mit à courir vers sa mère et s'agenouilla près de son fauteuil, levant son visage vers elle. Il y eut une brève hésitation, puis elles s'embrassèrent.

— Ma petite maman chérie !

Verity regagna la voiture, d'où elle observa le trio sous le parasol orange. On aurait pu croire qu'ils posaient là pour un peintre comme Troy Alleyn. Sybil avait toutefois remis ses lunettes noires, peut-être, pensa Miss Preston, pour que Prue ne remarque rien.

Gideon se déplaça et porta la main de Sybil à ses lèvres. « Voilà qui devrait lui plaire, se dit Verity. Cela tendrait à indiquer qu'elle cède, mais j'en doute. »

Trouvant insupportable de demeurer assise dans la voiture à attendre, elle décida de marcher jusqu'à la grille. Comme elle serait bien en vue, si on avait besoin d'elle, Gideon n'aurait qu'à venir la chercher.

Un car s'arrêtait devant la grille, d'où descendirent plusieurs personnes qui s'engagèrent dans l'allée. Parmi elles, deux hommes dont l'un portait un panier plein de lys. En costume de tweed campagnard et chapeau, il faisait plutôt distingué. Verity eut un choc en reconnaissant Bruce Jardine ainsi endimanché. Sybil aurait dit qu'il était « extrêmement présentable ».

Mais le choc fut beaucoup plus rude quand Miss Preston s'avisa que le compagnon de Bruce n'était autre que Claude Carter.

Pourquoi Verity eut-elle aussitôt le sentiment que son amie courait un danger imminent, quelque chose de plus vague mais d'infiniment plus inquiétant que les ennuis susceptibles de lui être occasionnés par Claude Carter ? D'où lui venait cette impression ? Et cette étrange immobilité du visage de Sybil n'existait-elle que dans sa propre imagination ?

Enfin, que devait-elle faire concernant Bruce et Claude ?

Bruce se montra ravi de la voir ; levant très haut son chapeau de tweed, il lui sourit par-dessus les lys et la gratifia de son plus rude accent écossais. Il venait faire à la petite dame son habituelle visite du samedi. Et comment Miss Preston l'avait-elle trouvée ? Avait-elle noté une amélioration dans son état ?

Verity répondit que Mme Foster ne lui avait pas paru aller très bien et que, en ce moment, elle avait des visiteurs. Bruce dit alors qu'il attendrait un peu et que, si Mme Preston préférait ne plus voir personne, il laisserait les lys à la réception pour qu'on les monte dans sa chambre.

— Elle aime se rendre compte comment va son jardin.

Claude avait écouté tout cela avec un demi-sourire et Verity ne put faire autrement que lui adresser la parole :

— Vous avez quand même fini par avoir le renseignement que vous vouliez ?

— Oh ! oui... Grâce à Bruce. Il m'a dit être certain qu'elle serait heureuse de me voir.

Verity eut l'impression que Bruce n'était pas tout à fait d'accord avec cette assertion et qu'il allait en faire la remarque, lorsque Claude dit :

— C'est elle là-bas, n'est-ce pas ? Et c'est Prue qui est avec elle ?

— Oui.

— Et le gandin ?

— Un ami.

— Je m'en vais aller voir ça de plus près, annonça-t-il d'un air goguenard.

— Non, s'il vous plaît, Claude, attendez ! intervint Verity qui, dans son désarroi, se tourna vers Bruce, lequel dit aussitôt :

— Vous ne croyez pas, monsieur Carter, qu'il vaudrait mieux attendre un petit moment ?

— Non, sincèrement pas, rétorqua l'autre en poursuivant résolument son chemin.

« Je ne peux quand même pas courir après lui, le retenir par le bras et faire une scène, pensa Miss Preston. Prue et Gideon vont devoir se débrouiller seuls. »

Prue, en tout cas, fut à la hauteur. La distance empêchait Verity de percevoir les paroles, mais le mime était expressif. Étendant vivement la main, Sybil avait saisi le bras de sa fille. Tournant alors la tête, Prue vit Claude et se leva pour aller droit à lui.

Ils s'immobilisèrent presque nez à nez, Prue très digne et Claude la tête baissée, tournant le dos à Verity, cependant que, à l'arrière-plan, Gideon aidait Sybil à se mettre debout et à regagner la maison.

— Oui, vaut mieux qu'elle rentre, commenta Bruce d'un ton soucieux.

Verity avait presque oublié sa présence, mais il était là avec son chargement de lys, l'air inquiet. En cet instant, elle éprouva pour lui une réelle sympathie.

De toute évidence, Prue dut dire à Claude quelque chose de définitif, car elle tourna les talons et rejoignit sa mère ainsi que Gideon sur le perron, prit Sybil par le bras et la fit entrer. Claude tourna alors la tête vers Verity, puis se ravisa et s'en fut d'un autre côté.

— Ce n'est pas moi qui l'ai engagé à venir, dit Bruce avec chaleur. Il a déformé mes paroles.

— Je le crois sans peine, lui assura Verity.

À ce moment, Gideon les rejoignit et dit à Verity :

— Tout va bien. Prue conduit Mme Foster dans sa chambre.

Puis s'adressant à Bruce :

— Vous pourriez peut-être attendre dans le hall jusqu'à ce que Miss Prunella redescende ?

— Oui, c'est ça, monsieur. Merci, acquiesça le jardinier en se dirigeant vers la maison.

Gideon sourit alors à Verity, qui lui trouva de vraiment belles dents.

— Quelle visite ! dit-il.

— Comment cela se présentait-il ? J'entends : avant l'arrivée de l'affreux Claude ?

— Ç'aurait pu être pis, je suppose. Mais guère. Vous aviez vraiment dû vous montrer extraordinairement convaincante, Miss Preston, pour qu'elle accepte même de me voir. Nous vous en sommes terriblement reconnaissants.

Il parut balancer un instant, puis demanda :

— J'espère que vous ne me jugerez pas indiscret mais... la mère de Prue... est-ce que... A-t-elle quelque chose ? conclut-il gauchement en se touchant le visage.

— Je vois ce que vous voulez dire. Oui, sans aucun doute, mais c'est nouveau.

— Je crois que Prue s'en est rendu compte et que ça l'a bouleversée, encore qu'elle ait réussi à ne pas trop le laisser paraître.

— Prue vous a expliqué qui était l'affreux Claude, je suppose ?

— Oui. Il mérite bien ce qualificatif. Mais Prue a été merveilleusement à la hauteur, dit le jeune homme avec fierté.

— La voici.

Quand Prunella les rejoignit, elle était blême mais parfaitement maîtresse de soi.

— Nous pouvons repartir maintenant, dit-elle en montant dans la voiture.

— Où est ton sac ? questionna Gideon.

— Quoi ? Oh ! zut, je l'ai laissé là-haut ! Quelle idiote ! À présent, il faut que je remonte.

— Veux-tu que j'y aille ?

— Il est dans sa chambre, et elle a été si désagréable avec toi...

— Peut-être l'amadouerai-je un peu en changeant de tactique ?

— Bonne idée ! s'exclama Prunella. Essaye... Dis-lui qu'elle ressemble à Jackie Onassis.

— Là, ce serait vraiment excessif. Elles ne se ressemblent en rien !

— Elle est persuadée du contraire.

— Dans ce cas, c'est à essayer, opina Gideon. De toute façon, je n'ai rien à y perdre !

Son absence se prolongea plus longtemps qu'elles ne l'avaient escompté. Et quand il revint avec le sac de Prunella, son visage exprimait le doute. Il prit place au volant, actionna le démarreur.

— Ça s'est bien passé ? se risqua à demander Prue.

— Elle n'a pas été jusqu'à me jeter quelque chose à la figure, si c'est ce que tu tiens à savoir.

— Je vois... fit Prunella d'une voix éteinte.

Elle demeura silencieuse durant le trajet de retour mais Verity, installée à l'arrière, la vit poser la main sur le genou de Gideon, qui l'effleura de la sienne, en lui jetant un bref regard. « Il sait exactement comment la prendre, pensa Miss Preston. Dans le ménage, ce sera bien lui le maître. »

Lorsqu'ils arrivèrent à *Keys*, Verity les invita à entrer boire quelque chose, mais Gideon dit que son père les attendait.

— J'accompagne marraine et je reviens, dit alors Prue.

Dans le vestibule, elle embrassa Verity et la remercia gentiment, avant de demander :

— Maman... A-t-elle eu une attaque ?

— Pourquoi me demandes-tu ça, ma chérie ?

— Oh ! vous l'avez remarqué aussi, je m'en suis rendu compte.

— Je pensais que c'était une impression toute personnelle... D'ailleurs, s'il y avait eu quelque chose de grave, le médecin te l'aurait fait savoir.

— Il n'en sait peut-être rien. Ce n'est peut-être pas un bon médecin... Oh ! pardon, j'oubliais que c'était un de vos amis.

— Oh ! non... Une relation, tout au plus

— Je crois que je vais lui donner un coup de fil car j'ai le sentiment que maman a quelque chose... Pas vous ?

— Je me le demande...

— Et cependant...

— Quoi donc ?

— Elle semblait aussi comme surexcitée, jubilante...

— J'ai également eu cette impression.

— Tout cela est vraiment très bizarre... Quoi qu'il en soit, je téléphonerai demain à ce médecin... Qu'en pensez-vous ?

— Oui, bien sûr, ma chérie. Cela te mettra l'esprit en repos.

Mais un très long temps devait s'écouler avant que l'esprit de Prunella se trouvât dans cette enviable condition.

À neuf heures cinq, ce soir-là, *sister* Jackson, l'infirmière à demeure, s'immobilisa devant la porte de Sybil Foster, car elle entendait marcher la télévision. Elle frappa, entra et, après une longue pause, s'approcha du lit. Cinq minutes plus tard, elle ressortait de la chambre en toute hâte.

À onze heures, le Dr Schramm téléphona à Prunella pour lui apprendre que sa mère était morte.

CHAPITRE III

Verity dut convenir que Basil faisait très distingué et que, vu les circonstances, il ne pouvait agir avec plus de dignité ni de déférence, tout en manifestant juste ce qu'il fallait d'émotion.

— Sauf une grande fatigue nerveuse, qui allait manifestement mieux, elle n'avait rien. Aussi n'avais-je aucune raison de m'attendre à un geste pareil. J'avoue que j'en suis stupéfait car, la dernière fois que je l'ai vue, elle était d'excellente humeur.

— Et quand était-ce, docteur ? s'enquit le coroner.

— Le matin même, vers huit heures. Comme je devais me rendre à Londres, je tenais à voir certains de mes malades avant de m'absenter. Et quand je suis revenu à *Greengages*, vers dix heures du soir, elle était morte.

— Pouvez-vous nous dire dans quelles circonstances vous avez découvert son décès ?

— Oui. Elle m'avait demandé de lui rapporter un livre de Londres... L'autobiographie d'une princesse dont j'ai oublié le nom. Je suis monté le lui porter. Nos chambres sont spacieuses et confortables, si bien que nos clients les utilisent souvent comme une sorte de salon. On m'informa que Mme Foster avait regagné la sienne bien avant l'heure habituelle de son coucher. Elle y avait dîné, en regardant la télévision. Quand j'ai frappé à la porte, je n'ai pas eu de réponse, mais comme la télévision marchait, j'ai pensé que Mme Foster ne m'avait pas entendu. Je suis donc entré. Elle était dans son lit, étendue sur le dos. Sa lampe de chevet était allumée et j'ai tout de suite vu dans sa clarté un flacon de comprimés renversé... Plusieurs de ces comprimés — cinq, exactement — étaient épars sur la table de nuit. Le verre dont elle se servait pour boire était vide et se trouvait posé par terre, près du lit. Par la suite, j'y ai décelé une légère odeur de whisky. Une petite bouteille de whisky, vide, se trouvait près de la lampe. Je savais qu'il arrivait à Mme Foster de prendre un peu d'alcool avant de s'endormir. La carafe d'eau était presque vide. Examinant alors ma patiente, je constatai qu'elle était morte. Il était exactement vingt-deux heures dix.

— Pouvez-vous nous dire à quel moment le décès s'est produit ?

— Avec précision, non. Mais certainement pas moins d'une heure avant que je n'arrive.

— Qu'avez-vous fait alors ?

— J'ai d'abord voulu être absolument certain qu'il n'y avait aucune possibilité de la ramener à la vie. Puis j'ai appelé l'infirmière qui réside à *Greengages*. Nous avons eu recours à la pompe stomacale. L'analyse à laquelle il fut procédé ultérieurement révéla la présence d'une forte dose de barbituriques.

Le médecin marqua une pause, parut hésiter brièvement, puis déclara :

— Si vous le permettiez, monsieur le coroner, j'aimerais dire quelques mots sur *Greengages* et ses principales caractéristiques.

— Mais je vous en prie, docteur Schramm.

— Merci. *Greengages* n'est pas un hôpital ni une clinique, mais un hôtel avec un médecin à demeure. Beaucoup — je dirais même : la plupart — de nos hôtes ne sont pas malades. Quelques-uns sont fatigués et ont besoin de repos, de changement. Certains viennent simplement chez nous pour y passer un week-end tranquille. D'autres en vue de perdre du poids. D'autres enfin y viennent en convalescence, avant de reprendre leurs activités normales. Nombre d'entre eux sont des personnes âgées, qui se sentent rassurées par la présence à demeure d'un médecin et d'une infirmière diplômée. Mme Foster avait l'habitude de séjourner de temps à temps à *Greengages*. C'était une personne extrêmement nerveuse et s'inquiétant sans cesse de son état de santé. Je tiens à dire tout de suite que je ne lui avais pas prescrit les comprimés qu'elle a absorbés et que je n'ai aucune idée de la façon dont elle se les était procurés. Quand elle est arrivée, à sa demande, je lui avais prescrit un phénobarbital au coucher, pour l'aider à s'endormir ; mais au bout d'une semaine, elle avait cessé de le prendre, n'en éprouvant plus le besoin. Je vous prie d'excuser cette digression, mais je pense qu'elle était utile.

— Certes ! Certes ! approuva le coroner.

— J'en reviens donc aux circonstances du décès. Lorsque l'infirmière et moi eûmes fait tout ce qu'il nous était possible de faire, je me mis en quête d'un confrère. Tous les médecins de la région étaient absents ou occupés, mais je finis par joindre le Dr Field-Innis, d'Upper Quintern, qui, très aimablement, vint aussitôt en voiture et, ensemble, nous nous livrâmes à un examen plus approfondi.

— Dont la conclusion fut... ?

— Que Mme Foster avait succombé après avoir absorbé une dose massive de barbituriques. Cela ne faisait aucun doute. Nous avons retrouvé au fond de sa bouche trois comprimés à demi dissous et un autre sur la langue même. Elle avait dû prendre les comprimés par quatre ou cinq à la fois et perdre conscience avant d'avoir pu avaler les derniers.

— Le Dr Field-Innis est présent, je crois ? s'enquit le magistrat.

— Oui, monsieur le coroner, répondit Field-Innis en se levant à demi.

Il fut appelé après que, dûment remercié, le Dr Schramm eut été invité à se retirer.

Verity regarda le Dr Field-Innis chausser ses lunettes et renverser légèrement la tête, exactement comme il le faisait pour rajuster sa vision après avoir ausculté quelqu'un. Ce n'était pas un médecin très dynamique ni qui en imposait, mais il était aimable, très consciencieux et, en cet instant, pensa Miss Preston, visiblement mal à son aise.

Il confirma tout ce que Basil Schramm avait dit touchant l'état de la chambre et du corps ainsi que les conclusions qu'ils en avaient tirées, ajoutant avoir été personnellement très surpris et secoué par ce drame.

— La défunte était une de vos clientes, docteur Field-Innis ?

— Elle m'avait consulté voici environ quatre mois.

— Pour quelle raison ?

— Elle se sentait extrêmement nerveuse et pas dans son assiette, selon ses propres termes. Elle se plaignait de ne pouvoir trouver le sommeil et de se sentir constamment anxieuse. Je lui prescrivis un léger barbiturique, n'ayant rien à voir avec celui qui a entraîné l'issue fatale.

Le médecin marqua une brève hésitation, avant d'ajouter :

— Puis je lui conseillai un bilan de santé.

— Aviez-vous une raison de penser qu'elle pouvait être atteinte de quelque chose de grave ?

Une assez longue pause suivit, durant laquelle le Dr Field-Innis regarda Prunella, laquelle était assise entre Gideon et Verity.

— Voilà une question, dit enfin le médecin, à laquelle il ne m'est pas facile de répondre. Il y avait de légers symptômes qui me semblaient mériter attention.

— Lesquels ?

— D'abord, un tremblement des mains et puis une certaine apparence du visage. Je répète que tout cela ne se manifestait pas avec force ; mais enfin, ayant déjà eu l'occasion de faire ces mêmes constatations, j'estimai qu'il convenait d'en tenir compte.

— Et c'étaient les symptômes de quoi, docteur ? D'une possible attaque ?

— Pas nécessairement, non.

— De quoi donc alors ?

— Avec toutes les réserves dues aux circonstances, j'ai pensé à la maladie de Parkinson.

Prunella émit un petit cri étouffé et Gideon lui prit la main.

— Et la défunte avait-elle suivi votre conseil ? s'informa le coroner.

— Non. Elle me déclara qu'elle allait y réfléchir, et elle n'est jamais plus revenue me consulter.

— Se doutait-elle de ce que vous redoutiez ?

— Non, certainement pas. Je n'y avais pas fait la moindre allusion, cela va sans dire.

— Et en aviez-vous discuté avec le Dr Schramm ?

— J'avais mentionné la chose, oui.

— Le Dr Schramm avait-il remarqué ces symptômes... Au fait, le mieux est de lui poser la question... Docteur Schramm ?

Schramm se leva.

— J'avais remarqué les tremblements. Mais étant donné ses antécédents médicaux et tout ce qu'elle m'avait dit, je les avais mis sur le compte de son état nerveux.

— Oui, je comprends, opina le coroner. Nous pouvons donc en conclure, messieurs, que ça n'est pas la crainte de cette grave maladie qui a pu la pousser au suicide ?

— Certainement pas, confirmèrent les deux médecins avant de se rasseoir.

On appela ensuite *sister* Jackson. L'infirmière diplômée était une femme opulente, de belle allure, haute en couleur, et irradiant une sorte de provocation latente qu'elle tempérait pour la circonstance, pensa Verity. *Sister* Jackson confirma les témoignages des médecins avant de déclarer, d'un air quelque peu dédaigneux, que, bien sûr, si *Greengages* avait été un hôpital il n'eût pas été question que Mme Foster conservât des médicaments par-devers soi.

Vint ensuite le tour de Prunella, qu'un rayon de soleil, entrant par une des fenêtres, nimba d'or dans son deuil.

— Comme elle est jolie, dit Gideon de façon très audible, et comme le soleil est obligeant ! ajouta-t-il avec un sourire à l'adresse de Verity.

Le coroner se montra plein d'égards envers la jeune fille. L'après-midi où elle était allée à *Greengages*, avait-elle remarqué quelque chose d'anormal dans les façons de sa mère ? Voulait-elle avoir l'obligeance de forcer un peu la voix, car l'acoustique de la salle était sans aucun doute défectueuse...

Prunella déglutit, puis haussa le ton :

— Non, je n'avais rien remarqué d'anormal. Ma mère se faisait facilement un monde de n'importe quoi et... comme l'a dit le Dr Schramm, elle se tracassait.

— À propos de quoi, en particulier, Miss Foster ?

— Eh bien... à propos de moi.

— Pardon ?

— À propos de moi, répéta la jeune fille d'une voix presque stridente, qui l'emplit de confusion.

— À propos de vous ?

— Oui, je venais de me fiancer et elle faisait des difficultés. Mais il n'y avait rien là d'inhabituel.

— À part cela, vous n'avez rien remarqué d'insolite ?

— Si... Elle avait quelque chose de... de différent.

— Expliquez-nous ça, je vous prie ?

— Eh bien, comme l'a dit le Dr Field-Innis, ses mains tremblaient. Elle avait la voix traînante... et puis, ce qui m'avait surtout frappée, c'était son visage. Comment dire ? Il semblait avoir été... lissé, être devenu complètement inexpressif...

— Et ça vous a préoccupée ?

— Oui, plutôt... murmura Prunella.

Elle raconta ensuite comment, en compagnie de Gideon, elle avait reconduit sa mère jusqu'à la maison de repos, où elles étaient montées toutes deux dans sa chambre.

— Elle m'avait dit éprouver le besoin de se reposer et qu'elle se coucherait sûrement de bonne heure, après s'être fait servir le dîner dans sa chambre, car il y avait quelque chose qu'elle désirait voir à la télévision. Je l'ai aidée à se déshabiller, mais elle m'a dit que ce n'était pas la peine de m'attarder. Je suis donc partie après lui avoir allumé le poste. Elle semblait alors aller bien, sauf qu'elle était fatiguée et, évidemment, contrariée à cause de... de mes fiançailles.

La voix de Prunella avait sombré dans le même temps que ses yeux s'emplissaient de larmes.

— Juste encore une question, Miss Foster, lui dit le coroner. Y avait-il un flacon de comprimés sur la table de chevet ?

— Oui, répondit aussitôt Prunella. Elle m'avait dit de le lui faire passer, car il se trouvait dans le petit nécessaire où elle gardait ses produits de beauté. Elle m'avait expliqué que c'était un somnifère qu'un pharmacien lui avait recommandé, il y avait des années de ça, et qu'elle en prendrait un après le dîner. Je déposai donc le flacon en question sur la table de chevet où, en sus de la lampe, il y avait un livre et une énorme boîte de petits fours au massepain, qu'elle fait... qu'elle faisait venir de chez *La Marquise de Sévigné* à Paris. J'en ai mangé deux avant de m'en aller.

Comme Prunella cherchait son mouchoir en battant des paupières, le coroner lui dit qu'elle pouvait se retirer et elle retourna s'asseoir entre Gideon et Verity.

Quand Miss Preston s'entendit appeler, elle se sentit soudain nerveuse. Mais on lui demanda simplement de confirmer tout ce que Prunella avait dit et il ne lui fut posé aucune question l'amenant à parler de la venue de Bruce Jardine et de Claude Carter à *Greengages*. Et comme, par ailleurs, ni l'un ni l'autre n'avaient pu voir Sybil, elle ne se sentit pas tenue de les mentionner. Bruce se trouvait dans l'assistance, raide et solennel comme s'il eût été à un enterrement. Il portait son costume de tweed avec une cravate noire, ce que Sybil eût certainement approuvé, y voyant une preuve de « race », comme elle aimait à dire. Brusquement, Verity eut conscience qu'il lui était impossible de croire que cette pauvre Sybil, si souvent ridicule dans ses façons, ait pu se suicider.

Elle avait été troublée par les déclarations du Dr Field-Innis à propos de Sybil, parce qu'elle n'avait jamais prêté grande attention aux maux dont se plaignait sans cesse son amie. Et s'il s'était agi de symptômes ? Si elle avait été vraiment aussi malade qu'elle le disait ?

Bourrelée de remords, Miss Preston n'eut que vaguement conscience qu'on appelait Gideon, lequel déclara être retourné un court instant dans la chambre de Mme Foster pour y récupérer le sac à main oublié par Prunella, et que cette dame lui avait paru alors tout à fait dans son état normal.

L'audience touchait à sa fin. Le coroner fit une brève allocution, d'où il ressortait que le jury était en droit de déplorer qu'on ne fût pas arrivé à établir quelle raison avait pu pousser la défunte à prendre une décision aussi tragique, et correspondant si peu à son caractère si l'on s'en rapportait à ses proches. À ce moment, l'attention de Verity fut distraite par la vue de Claude Carter, dont elle n'avait pas encore remarqué la présence. Assis à l'extrémité d'un banc, contre le mur, il portait un imperméable absolument superflu — dont de surcroît il avait relevé le col — et se rongeait les ongles.

— ...Vous pouvez donc estimer que, en l'absence de raison apparente et en dépit des mesures appropriées prises par le Dr Schramm, il est nécessaire de procéder à une autopsie. Si vous en décidez ainsi, j'ajournerai l'audience *sine die.*

Le jury ne demeura pas longtemps absent et rapporta un verdict en ce sens, si bien que l'enquête fut ajournée jusqu'après l'autopsie.

L'assistance se dispersa aussitôt dans la tranquillité estivale du petit village.

En sortant de la mairie, Miss Preston se trouva face à face avec le jeune M. Rattisbon, lequel avait soixante-cinq ans et était le fils du vieux M. Rattisbon qui en avait quatre-vingt-douze. Tous deux étaient des notaires londoniens éminemment respectables, qui s'occupaient des affaires de la famille de Verity comme de celles de Sybil depuis deux générations. Au fil des ans, le fils avait fini par ressembler de plus en plus au père, adoptant même certains de ses tics. Tous deux se comportaient comme s'ils avaient joué dans quelque comédie datant du siècle précédent. Lorsqu'ils étaient amenés à se prononcer sur quelque point de droit, ils agitaient le bout de la langue et juxtaposaient l'extrémité de leurs doigts.

Lorsqu'il aperçut Verity, M. Rattisbon souleva son feutre noir bordé en disant que « Oui, vraiment, c'était très triste » comme si elle lui avait posé la question. Elle lui demanda s'il regagnait Londres, mais il répondit que non, qu'il allait déjeuner au village, puis se rendrait ensuite à *Quintern Place* en souhaitant que Prunella Foster puisse le recevoir.

Passant rapidement en revue ses provisions, Verity lui dit aussitôt :

— Vous ne pouvez pas déjeuner au village, où il n'y a qu'une auberge que je vous déconseille absolument. Venez donc chez moi manger une omelette et du fromage, avec un Hochheimer pas désagréable du tout.

Visiblement ravi, il ne protesta que pour la forme. Il avait besoin de dire deux mots au coroner et se rendrait aussitôt après à *Keys*.

Cela donna le temps à Verity de préparer un repas un peu plus substantiel. Consommé madrilène glacé, omelette aux fines herbes, puis en sus du vin du Rhin promis, elle descendit chercher à la cave une des dernières bouteilles de sherry qui lui venaient de son père.

Lorsque M. Rattisbon arriva, elle lui servit le sherry

dans le salon en lui laissant la bouteille, et s'en fut préparer l'omelette.

Ils terminèrent leur repas avec du stilton et des biscuits. Verity n'avait bu qu'un verre de vin tandis que le notaire en était à son troisième, ce qui avait rosi son visage, lequel était ordinairement couleur de parchemin. Ils sortirent ensuite s'asseoir sous les tilleuls du jardin.

— Je vous dois des moments vraiment délicieux, en sus d'un excellent repas, ma chère Verity. Mais, hélas, l'heure tourne, et je ne voudrais pas abuser.

— Allons, allons, ne soyez pas si cérémonieux, et dites-moi plutôt ce que vous pensez de l'enquête de ce matin.

Le bout de la langue s'agita et les extrémités des doigts se juxtaposèrent :

— Pour ne vous rien celer, ma chère Verity, plus j'y repense et moins elle me satisfait.

— Je suis exactement comme vous. Qu'est-ce qui vous chiffonne ? Vous pouvez vous confier à moi : vous savez que je suis la discrétion même. Je vous promets de ne pas souffler mot de ce que vous me direz.

— Ma chère enfant, je n'en doute pas un seul instant. J'avais d'ailleurs l'intention de vous en parler... Vous étiez, n'est-ce pas, une amie très proche de Mme Foster ?

— Une très *vieille* amie, serait plus exact. À vrai dire, elle se sentait probablement plus proche de moi que moi d'elle.

— Elle se confiait à vous ?

— Oui, mais elle se serait aussi bien confiée au crieur municipal quand elle en éprouvait le besoin.

— Savez-vous si elle avait fait récemment un testament ?

— Oh ! C'est ça qui vous préoccupe ?

— En partie, du moins. Je peux vous dire qu'elle en avait rédigé un voici quatre ans, mais j'ai quelque raison de penser — sans en avoir la certitude — qu'il pourrait en exister un autre, postérieur. Elle m'avait écrit il y a trois semaines en m'indiquant les termes d'un nouveau testament qu'elle désirait me voir lui préparer. Très franchement, sa lettre m'a atterré. Je lui ai répondu avec, je l'espère, beaucoup de diplomatie, en lui demandant de prendre le temps de réfléchir. Par retour de courrier, elle m'a fait savoir que je n'avais pas à me soucier davantage de ses dernières volontés. J'en ai conclu que j'avais été... euh... remercié.

— Allons donc ! Elle n'aurait pas fait ça !

— Effectivement, quand je lui écrivis dans les formes requises pour lui demander si elle désirait que je lui restitue tous les documents Passcoigne que nous détenions depuis, en fait, la création de cette baronnie, elle m'a expédié un télégramme.

— Disant quoi ?

— *Ne soyez pas stupide.*

— Là, je reconnais bien Sybil !

— J'en ai déduit que nos relations n'étaient pas rompues, mais c'est la dernière communication que j'ai reçue d'elle. J'ignore donc si elle a rédigé un testament olographe sur un formulaire, poursuivit M. Rattisbon en baissant le ton comme s'il proférait un blasphème, mais je crains que mes remontrances, bien intentionnées pourtant, ne l'y aient incitée.

— En tout cas, depuis qu'elle était à *Greengages*, elle n'en avait pas bougé. Il lui aurait donc fallu demander à quelqu'un de lui procurer le formulaire et, en ce qui me concerne, elle ne m'en a pas soufflé mot...

— Chère amie, je crois entendre sonner votre téléphone...

C'était Prunella.

— Marraine, dit-elle d'une voix parfaitement audible, je vous ai vue vous entretenir avec M. Rattisbon. Savez-vous où il comptait aller ?

— Il est ici et se proposait d'aller te voir.

— Oh ! épatant... Parce que j'ai trouvé quelque chose qui le concerne.

— Quoi donc, ma chérie ?

— Je crains qu'il ne s'agisse d'un testament, dit Prunella en retombant dans son murmure habituel.

Ayant appris cela, M. Rattisbon repartit aussitôt au volant de sa voiture et, à peine avait-il démarré, que Prunella téléphona de nouveau, assurant qu'elle estimait devoir en dire davantage à sa marraine avant que n'arrive le notaire.

— C'était dans le secrétaire qui se trouve dans le boudoir de maman. Une enveloppe placée bien en vue dans un tiroir et sur laquelle il y avait écrit *Testament.* Il a été signé devant témoins voici dix jours. À *Greengages*, bien entendu. Et il est rédigé sur un formulaire imprimé.

— Comment se trouve-t-il donc à *Quintern Place* ?

— Mme Jim m'a dit que maman avait demandé à Bruce Jardine de le rapporter et de le mettre dans le secrétaire. En fait, il l'a donné à Mme Jim et c'est elle qui s'est chargée de le ranger dans le tiroir. Oh ! marraine, c'est un testament abominable !

— Ma chérie !

— Vous ne le croiriez jamais... Moi-même, je ne... Elle commence en disant me léguer la moitié de ses biens. Vous savez, n'est-ce pas, qu'elle était riche comme tout ?

— Je n'ai jamais eu aucune raison d'en douter.

— Mais vraiment très, *très* riche. En partie grâce au grand-père Passcoigne et aussi parce que papa avait un flair extraordinaire pour les placements. Où en étais-je ?

— Tu disais qu'elle te léguait la moitié de ses biens.

— Oui. Ce qui correspond grosso modo à ce qui doit me revenir de papa. Y compris *Quintern Place*, bien entendu.

— Elle n'a quand même pas... ?

— Attendez, attendez la suite ! Elle me fait ce legs *à condition* que j'épouse John Swingletree. Jamais je n'aurais imaginé pareille chose possible, même de la part de maman. C'est sans importance, bien sûr... Je veux dire : j'ai largement de quoi vivre avec ce que m'a légué papa, encore que cela ait beaucoup diminué avec l'inflation et tout le reste. À vrai dire, je comptais même tout laisser à maman quand je me marierais. Gideon n'était pas d'accord...

— Tu m'étonnes.

— Oh ! mais il ne s'y serait pas opposé, car il dit avoir de quoi assurer notre existence à tous les deux. Mais, marraine, comment a-t-elle pu faire une chose pareille ? Comment a-t-elle pu croire qu'en agissant ainsi elle me ferait renoncer à Gideon et épouser Swingletree ? C'est... c'est répugnant !

— Je n'aurais jamais cru ça d'elle. Au fait, est-ce que Swingletree t'a demandé de l'épouser ?

— Oh ! oui... pour ça, le pauvre garçon n'arrête pas de le faire !

— Sybil a dû écrire cela sous le coup de la colère, et elle aurait déchiré ce testament lorsqu'elle se serait calmée.

— Mais elle n'en a rien fait. Or elle a eu tout le temps de se raviser. Mais vous n'avez pas encore tout entendu ! À qui supposez-vous qu'elle laisse tout... enfin, à l'exception de vingt-cinq mille livres ? Ces vingt-cinq mille livres, elle les lègue à Bruce Jardine, ainsi que la jouissance d'une petite maison du village faisant partie de la succession, aussi longtemps qu'il lui plaira de rester à Upper Quintern. Mais tout le reste... y compris ma part, si je n'épouse pas Swingletree... Devinez à qui ?

Verity éprouva une brusque nausée. Elle s'assit près du téléphone et constata avec détachement que le combiné tremblait dans sa main.

— Marraine... Vous êtes toujours là ?

— Oui, oui...

— Vous pouvez me dire trois noms... Mais jamais vous ne devinerez. Vous donnez votre langue au chat ?

— Oui.

— À votre cher et tendre, le Dr Basil Schramm.

Un long silence suivit, Verity essayant en vain de dire quelque chose.

— Marraine ? Est-ce que la communication est coupée ? Vous m'entendez ?

— Oui, je t'entends... Simplement, je ne sais que dire.

— N'est-ce pas terrible ?

— Scandaleux.

— Je vous avais bien dit qu'elle était folle de lui, non ?

— Oui, tu me l'avais dit, et je l'avais constaté moi-même. Mais de là à ce que...

— Eh oui ! Si je ne me marie pas avec Swingletree, Schramm ramassera tout.

— Seigneur !

— À moins que le testament ne soit pas valable ? Je n'entends rien à ces choses...

— Pour ça, fais confiance à M. Rattisbon. Il a été signé devant témoins ?

— À ce qu'il semble, oui. G. M. Johnson et Marleena Biggs... Je suppose qu'il doit s'agir de femmes de chambre de *Greengages* ?

— Probablement, oui.

— Enfin, voilà... Je tenais à ce que vous soyez au courant.

— Oui, et je t'en remercie.

— Je vous ferai connaître le sentiment de M. Rattisbon.

— C'est ça, oui.

— Au revoir, marraine chérie.

— Au revoir, mon petit... Je suis vraiment navrée... et plus encore, je crois, à cause du détail Swingletree.

— Oui, je suis comme vous. En comparaison, Schramm, ça ne compte pas. Lady Swingletree... Non, mais vous vous rendez compte ! Un nom pareil !

Très exactement une semaine après cet entretien téléphonique et par un aussi bel après-midi, répondant à un coup de sonnette, Verity vit un homme de très grande taille debout sous le porche, qui retira aussitôt son chapeau :

— Miss Preston ? Excusez-moi de vous déranger... Je suis inspecteur de police et mon nom est Alleyn.

Après coup, lorsqu'il fut reparti, Verity s'étonna que sa première réaction n'eût pas été de se sentir inquiète. Non, sur l'instant, elle avait été simplement frappée par l'allure de son visiteur, sa voix, son visage mince et — il n'y avait pas d'autre mot — sa distinction. Puis elle avait pensé qu'il était probablement sur les traces de « l'affreux Claude », comme on l'appelait toujours dans la famille. Quand elle l'eut conduit dans le salon, il s'assit, croisa les jambes, noua ses mains et fixa sur elle ses yeux très vifs.

Miss Preston éprouva un choc quand elle l'entendit lui dire :

— C'est au sujet de la défunte Mme Foster que j'aimerais m'entretenir avec vous.

— Pourquoi donc ? Quelque chose cloche ?

— Disons que c'est plutôt pour avoir la confirmation du contraire.

— À la suite de l'autopsie, peut-être ?

— En un sens, oui. Les choses se sont révélées un peu plus compliquées qu'elles ne semblaient l'être.

Un silence s'établit, que Verity rompit en demandant :

— Je suppose que je ne suis pas censée poser des questions ?

— Effectivement, c'est le contraire qui doit se produire, répondit-il en souriant. Mais n'hésitez cependant pas à m'interroger, si vous en éprouvez le besoin.

— Très bien, merci.

— Ma première question concernera la chambre de Mme Foster.

— À *Greengages* ?

— Oui.

— Je ne l'ai jamais vue.

— Savez-vous si Mme Foster avait l'habitude d'utiliser une sorte de coupelle en verre, qu'on garnit d'huile parfumée et pose sur une ampoule allumée ?

— Oui, oui... Elle le faisait dans son salon, à *Quintern Place*, et aussi dans sa chambre quelquefois. Elle aimait beaucoup ce parfum... *Oasis*.

— *Oasis*... Et avait-elle coutume de prendre un verre de whisky avant de s'endormir ?

— Je crois qu'il lui arrivait de le faire, mais ça n'était pas une femme qui buvait, loin de là.

— Miss Preston, j'ai lu les minutes de votre déposition à l'enquête, mais si vous n'y voyez pas d'inconvénient, j'aimerais revenir à la conversation que vous avez eue ce jour-là avec Mme Foster à *Greengages*. Simplement pour le cas où il en ressortirait quelque chose donnant à entendre qu'elle envisageait de se suicider.

— Non, absolument rien. J'y ai pensé et repensé : rien du tout.

Et, en disant cela, Verity eut conscience que, de tout son cœur, elle eût souhaité se rappeler quelque chose en ce sens, dans le même temps qu'elle se reprochait d'éprouver un tel désir. Elle se rendit compte qu'Alleyn lui parlait :

— ... passer en revue les choses dont vous aviez discuté, aussi insignifiantes qu'elles puissent vous paraître.

— Eh bien, elle m'a prodigué des commérages touchant l'hôtel... m'a beaucoup parlé du médecin et de son traitement qui faisait merveille... de l'infirmière — *sister* je ne sais plus comment — qui, selon elle, était jalouse que le médecin la chouchoute. Mais nous avons surtout parlé des fiançailles de Prunella, sa fille.

— Elle n'aimait pas le futur ?

— La nouvelle l'avait bouleversée mais... En toute justice, il convient de dire qu'elle se bouleversait volontiers et pour n'importe quoi.

— Ce qu'on appelle poliment « une faiseuse d'histoires » ?

— Exactement.

— Une femme trop gâtée ?

— Il y avait beaucoup de ça, certainement.

— Et qui restait encore très portée sur les hommes ?

Il avait énoncé cela si posément que Miss Preston en resta sidérée :

— Vous êtes drôlement intuitif !

— Oh ! un rapprochement qui s'est fait dans mon esprit...

— Vous avez dû être informé du testament !

— L'intuitive, c'est vous ! riposta le policier en souriant.

— À moins que ce ne soit de la transmission de pensée... À vrai dire, je ne sais plus que croire, avoua Verity en le regardant d'un air désemparé.

Il se borna à hocher la tête en émettant un petit bruit de bouche marquant la compréhension, et, après un temps, elle reprit :

— Lorsque vous m'avez demandé si elle avait parlé de quoi que ce soit pouvant donner à croire qu'elle nourrissait des idées de suicide, je vous ai répondu non. Et si vous aviez connu Sybil comme je la connaissais, vous auriez été tout aussi catégorique. Mais je dois à la vérité de préciser qu'il lui arrivait, lorsqu'elle était mécontente de ceci ou de cela, de dire que la vie ne valait pas d'être vécue et qu'elle ferait aussi bien d'en finir une fois pour toutes. Mais ce n'était là que du cinéma. J'ai souvent pensé que Sybil aurait dû être actrice.

— Je m'en rapporte donc à votre jugement.

— Avez-vous vu Prunella ? Sa fille ?

— Non, pas encore. Mais j'ai pris connaissance de sa déposition. Pensez-vous qu'elle soit chez elle actuellement ?

— Elle y était ces temps-ci, mais il lui arrive souvent d'aller à Londres.

— Et trouverais-je quelqu'un là-bas si elle était absente ?

— Oui, Mme Jim Jobbin, qui assure l'entretien de la maison. C'est le matin où elle va à *Quintern Place*.

— Personne d'autre ?

« Ah ! nous y voilà ! » pensa Verity.

— Non... Ah ! si : je crois que c'est aussi le jour du jardinier.

— Ah ! oui, le jardinier.

— Vous êtes donc bien au courant du testament ?

— Me Rattisbon m'en a parlé, qui est un vieil ami à moi. Mais revenons à ce fameux après-midi... Avez-vous discuté avec Mme Foster des fiançailles de sa fille ?

— Oui. Je me suis efforcée de lui en faire admettre le principe.

— Avec succès ?

— Guère. Mais elle avait quand même consenti à les voir. Puis-je vous demander... A-t-on découvert à l'autopsie la preuve de quelque maladie ?

— D'après le rapport du Dr Field-Innis, le médecin légiste estime qu'elle pouvait être atteinte de la maladie de Parkinson.

— Évidemment, si elle avait su ça, cela aurait pu... Mais le Dr Field-Innis ne lui avait rien dit.

— Et, semble-t-il, le Dr Schramm ne s'était même pas avisé de cette possibilité.

Tôt ou tard, il fallait bien que ce nom fût prononcé.

— Connaissez-vous le Dr Schramm, Miss Preston ?

— Oui.

— Vous le connaissez bien ?

— Non. Je l'avais connu voici nombre d'années, mais nous avions perdu tout contact depuis longtemps.

— L'aviez-vous revu récemment ?

— Oui, une fois, à un dîner à *Mardling*, il y a quelques mois. *Mardling Manor* appartient à M. Nikolas Markos, au fils duquel Prunella est fiancée.

— S'agirait-il de Markos le millionnaire ?

— Tout ce que je peux vous dire, c'est qu'il paraît avoir une assez grosse fortune.

— Achète-t-il des tableaux ?

— Oui. Un Troy, notamment.

— Alors, c'est lui. Elle appelait ce tableau *Plaisirs divers.*

— Mais... comment... ? Oh ! vous êtes allé à *Mardling* ?

— Non, il se trouve simplement que le peintre est ma femme.

— Comme c'est curieux !

— Vous trouvez ? Je ne vois rien de particulièrement curieux à cela.

— Je voulais dire, plus exactement : comme il doit être agréable d'avoir Troy pour épouse.

— Ma foi, ça nous plaît assez, convint le mari de Troy. Mais où en étions-nous avant cette incidente ?

— Vous m'aviez demandé si je connaissais Basil Smythe.

— *Smythe ?*

— J'aurais dû dire Schramm, rectifia vivement Verity. Je crois que Schramm était le nom de jeune fille de sa mère et qu'elle a souhaité le lui voir reprendre. Il m'a raconté quelque chose comme ça, me semble-t-il.

— Et cela se serait produit vers quelle époque, pensez-vous ?

— Après que je l'ai eu connu, donc après 1951, répondit Verity en souhaitant que son ton parût aussi détaché qu'elle le désirait.

— Depuis combien de temps pensez-vous que Mme Foster le connaissait ?

— Pas très longtemps... Elle avait fait sa connaissance au dîner dont je vous ai parlé. Mais cela faisait plusieurs années déjà qu'elle avait l'habitude d'effectuer des séjours à *Greengages.*

— Alors que lui n'y est que depuis avril dernier. Est-ce un homme aimable ? Sympathique ?

— Comme je vous l'ai dit, je ne l'ai vu que ce soir-là.

— Mais vous l'aviez connu autrefois ?

— Cela remonte à si longtemps !

— Je n'ai pas le sentiment qu'il vous soit très sympathique, murmura-t-il comme se parlant à soi-même. Ou c'est peut-être que... Bref, aucune importance.

— Monsieur Alleyn, dit Verity d'une voix qu'elle fut navrée de sentir mal assurée, je connais les termes du testament.

— Oui, je m'en doutais bien.

— C'est le genre de testament que Sybil aurait pu rédiger à n'importe quel moment de sa vie ; sous le coup d'une violente contrariété, elle aurait été capable de tout léguer ainsi à la personne qui aurait eu alors la cote auprès d'elle.

— Mais, à votre connaissance, lui était-il déjà arrivé d'en rédiger un semblable ?

— Peut-être n'avait-elle encore jamais été aussi violemment contrariée.

— Ou aussi violemment attirée ?

— Oh ! elle s'entichait facilement des gens. Voyez, par exemple, ce legs disproportionné qu'elle a fait à Bruce.

— Bruce ? Oh ! oui : le jardinier. Elle l'estimait beaucoup, je suppose ? Le vieux serviteur, fidèle et dévoué ?

— Elle l'avait à son service depuis environ six mois et c'est un homme d'une quarantaine d'années, mais elle pensait le plus grand bien de lui.

— En ce qui concernait le jardin ?

— Oui. Il s'occupe également du mien.

— Et vous en êtes tout aussi entichée ?

— Non. Mais j'avoue que je l'apprécie mieux qu'au début. Il s'est beaucoup occupé de Sybil. Il allait la voir une fois par semaine, en lui portant des fleurs, et je ne pense pas qu'il l'ait fait par intérêt. Certes, il a tendance à en rajouter dans son rôle d'amoureux de la nature, mais peut-être parce que ses employeurs l'y encouragent. En tout cas, il se passionne pour le jardinage.

— Et il allait voir Mme Foster à *Greengages* ?

— Il y était même ce fameux après-midi.

— En même temps que vous ?

Verity raconta au policier comment la rencontre avait eu lieu dans les jardins de *Greengages*, comment elle avait été amenée à prévenir le jardinier que Sybil ne pourrait sans doute pas le recevoir et comment, ensuite, Prunella lui avait suggéré de laisser les lys à la réception.

— Et c'est ce qu'il a fait ?

— Je pense que oui. Je suppose qu'ils ont dû rentrer par le car suivant

— Ils ont dû ?

— J'avais oublié l'affreux Claude.

— Qui donc ?

— L'horrible beau-fils de Sybil.

Verity expliqua les liens de Claude avec la défunte, mais se garda de toute allusion à ses activités douteuses, le peignant simplement comme un panier percé. Elle se répétait de rester sur ses gardes, de ne pas se laisser aller à croire que ce policier était un ami avec qui elle bavardait, ou sinon elle allait finir par lui parler de cet épisode de son passé dont elle n'avait jamais soufflé mot à personne et qui persistait encore si douloureusement dans sa mémoire.

— Ce Claude est un fils de son second mari ?

— Non, du premier : Maurice Carter. Elle l'avait épousé alors qu'elle venait d'avoir dix-sept ans. C'était un tout jeune veuf, dont la première femme était morte en couches, lui laissant Claude qui a été élevé par ses grands-parents, lesquels n'éprouvaient guère d'affection pour lui, j'en ai peur, sans quoi il eût peut-être été différent. Là-dessus, Maurice a épousé Sybil qui était dans les W.R.N.S.[1]. Elle se trouvait quelque part en Écosse, lorsqu'il bénéficia d'une permission imprévue. Il arriva donc à *Quintern* — *Quintern Place* appartenait à la famille de Sybil — et, ne l'y trouvant pas, essaya sans succès de la joindre au téléphone. N'y étant point parvenu, il lui écrivit un mot. Sur ces entrefaites, il fut appelé d'urgence à Londres. Le train militaire dans

1. Women's Royal Naval Service (*N.d.T.*).

lequel il se trouvait fut bombardé et il mourut. En revenant à *Quintern*, Sybil trouva le mot qu'il lui avait laissé. Une bien triste histoire, n'est-ce pas ?

— Oui. Ce beau-fils, Claude, avait-il de quoi vivre ?

— Oh ! oui, largement. Son père n'était pas un homme immensément riche, mais il avait institué un fidéicommis pour assurer l'éducation de son fils, et qui aurait ensuite permis à celui-ci de vivre très raisonnablement, s'il n'avait dépensé l'argent à mesure qu'il le recevait. Évidemment, conclut Verity plus pour elle-même que pour Alleyn, c'eût été différent si on avait retrouvé le timbre.

— Quel timbre ?

— L'Alexandre noir. Maurice Carter en avait hérité. Il s'agit d'un timbre datant d'avant la Révolution russe et qui avait été retiré de la vente le jour même de son émission à cause d'une horrible petite tache, donnant l'impression que le tsar avait reçu une balle en plein front. Comme, apparemment, on n'en connaît pas d'autre spécimen, ce timbre vaut des sommes folles. En dehors de lui, la collection de Maurice avait une valeur moyenne, et Claude s'empressa de la vendre. Mais on n'a jamais pu retrouver l'Alexandre noir. On a su que Maurice l'avait retiré de sa banque le jour de sa mort. On a fouillé partout, mais sans résultat. Aussi s'accorde-t-on à penser que Maurice devait l'avoir sur lui lorsqu'il a été tué, mis en bouillie par le bombardement. Un sale coup pour Claude.

— Et où est Claude actuellement ?

Mal à l'aise, Verity répondit qu'il avait séjourné à *Quintern Place*, mais qu'elle ignorait s'il s'y trouvait toujours.

— Je vois... Dites-moi : quand s'est remariée Mme Foster ?

— Voyons un peu... En 1958. À un très important agent de change, qui l'adorait. Malheureusement, il avait une maladie de cœur et il est mort en 1964. Quand on raconte l'histoire ainsi, par bribes, on croirait presque à une sorte de tragédie classique, mais Sybil n'avait vraiment rien d'un personnage de tragédie. Sauf quand on repense à l'air qu'elle avait ce jour-là.

— Ce visage inexpressif dont on a parlé à l'enquête ?

— Oui. Au fait, quand doit reprendre l'enquête ?

— Probablement au début de la semaine prochaine. Mais je ne pense pas que l'on vous convoquera de nouveau. Votre témoignage a été très utile.

— De quelle façon ? Non, non, ne me le dites pas... Je... je ne suis pas sûre de tenir à le savoir. Je ne crois pas avoir souhaité être utile.

— Ah ! personne n'aime beaucoup avoir affaire avec la police, dit gaiement Alleyn en se mettant debout.

Verity l'imita. Elle était grande pour une femme, mais il la dominait néanmoins.

— Je pense, dit-il, que cette affaire vous a bouleversée plus que vous ne vous en rendez compte. Me permettez-vous de vous donner un conseil ? S'il y a dans vos souvenirs quelque chose qui puisse jeter si peu de lumière que ce soit sur... disons le caractère de l'une ou l'autre des personnes dont nous avons parlé, ne le gardez surtout pas pour vous. On ne sait jamais. En agissant ainsi, vous pourriez desservir un ami.

— Nous voici revenus au testament, non ?

— Oh ? Oui, en un sens, vous avez raison.

— Vous pensez que Sybil aurait pu être influencée ? Ou qu'il y aurait eu quelque manigance ? C'est ça ?

— C'est une hypothèse qui ne doit jamais être exclue lorsqu'on se trouve en présence d'un testament extravagant et totalement inattendu dans sa forme, rédigé si peu de temps avant le décès de la testatrice.

— Mais ce n'est pas tout, hein ? Vous n'êtes pas ici simplement parce que Sybil a rédigé un testament idiot. Vous êtes ici parce qu'elle est morte et parce que vous pensez qu'il ne s'agit pas d'un suicide ?

— Je crains que vous n'ayez raison, répondit-il.

Elle avait dû pâlir intensément car il la fit aussitôt asseoir et revint peu après avec un verre d'eau.

— J'ai trouvé votre cuisine... Voulez-vous un peu de cognac avec ?

— Non, merci, dit Verity en buvant avidement une longue gorgée d'eau. Un étourdissement stupide... Je vous prie de m'en excuser.

— C'est moi qui vous demande pardon de vous avoir importunée aussi longtemps. Y a-t-il autre chose que je puisse faire pour vous ?

— Non, merci beaucoup, mais à présent je me sens tout à fait bien.

— Alors, je me retire. Au revoir, Miss Preston.

Dans la voiture conduite par l'inspecteur Fox et qui roulait vers *Quintern Place*, Alleyn parlait d'elle en ces termes :

— Une femme intelligente, qui a du caractère et du cran, mais qui n'a pu s'empêcher de changer de visage quand je lui ai parlé de Schramm. Après quoi, elle a tenu à bien me préciser qu'ils ne s'étaient revus qu'une seule fois depuis de nombreuses années. Pourquoi ? Une ancienne liaison ? Je brûle de rencontrer ce Dr Schramm.

Quintern Place était une demeure du XVIIIe siècle qui, à mi-hauteur d'une colline, se détachait sur un arrière-plan de chênes et dominait une roseraie, des pelouses en pente et un haha[1]. Faisant face à cette ravissante propriété et séparée d'elle par un creux de vallon, se dressait une monstruosité victorienne, avec mâchicoulis, tourelles à poivrière et tout à l'avenant, à laquelle, franchies d'imposantes grilles, on accédait par une large avenue partant du même chemin qui desservait *Quintern Place.*

— Ça, dit Alleyn, c'est *Mardling Manor*, résidence de M. Nikolas Markos qui a pourtant suffisamment de bon sens et de goût pour avoir acheté *Plaisirs divers* de Troy.

1. Ouverture faite au mur d'un jardin avec un fossé en dehors pour laisser la vue libre (*N.d.T.*).

— Je n'aurais pas pensé qu'une telle maison fût son genre.

— Et vous auriez absolument raison. Je n'arrive pas à imaginer ce qui a pu le pousser à l'acquérir, si ce n'est peut-être la consolation d'avoir ainsi constamment sous les yeux l'image même de la perfection, répondit Alleyn sans se douter combien il était proche de la vérité. Avez-vous pris contact avec le chef de la police du patelin ? ajouta-t-il.

— Oui. Il se réjouit beaucoup de faire votre connaissance. J'ai réussi à lui soutirer quelques renseignements. Ils semblent s'intéresser au beau-fils de la défunte, un bon à rien nommé Carter. Il vient de rentrer d'Australie en travaillant comme steward à bord du *Poseidon* pour payer son voyage. Il a purgé une peine de prison pour tentative de chantage et il est soupçonné d'avoir débarqué de la drogue dure, mais on n'a pas réussi à le prendre sur le fait. Il séjourne à *Quintern Place.*

— Eh bien, nous y voici.

En levant les yeux vers la façade, Alleyn eut la fugitive impression de quelqu'un se retirant vivement d'une fenêtre située tout au bout du premier étage.

La porte fut ouverte par une petite femme replète arborant un tablier. Elle décocha un coup d'œil à la voiture ainsi qu'à son conducteur, avant de considérer d'un air de doute Alleyn qui ôtait son chapeau, en disant :

— Je présume que vous devez être Mme Jim Jobbin ?

— Oui, c'est bien moi.

— Pensez-vous que Miss Foster puisse nous recevoir ?

— Elle n'est pas là.

— Oh...

Le regard se porta de l'autre côté de la petite vallée, là où s'exhibait sans vergogne *Mardling Manor.*

— Elle est sortie.

— Je le regrette... Verriez-vous un inconvénient à ce que j'entre et m'entretienne quelques instants avec vous ? Je suis inspecteur de police, mais cela ne doit pas vous inquiéter. Je cherche simplement à préciser quelques détails de l'enquête concernant le décès de Mme Foster.

Alleyn eut l'impression que Mme Jobbin prêtait l'oreille vers l'intérieur de la maison et parut soulagée de ne rien entendre. Elle s'effaça, mais Alleyn dit alors :

— Je vais prévenir mon collègue.

De retour à la voiture, il chuchota :

— J'ai l'impression qu'il faut ouvrir l'œil. Si quelqu'un apparaît et semble vouloir filer, demandez-lui s'il est M. Carter et gardez-le en attente. Même chose pour le jardinier.

Mme Jim l'introduisit dans un grand hall, merveilleusement proportionné avec un plafond peint et un ravissant escalier.

— Quelle jolie maison ! dit le policier. C'est vous qui l'entretenez ?

— Je viens aider, répondit Mme Jobbin avec circonspection.

— Miss Preston m'a parlé de vous. La mort de Mme Foster a dû vous causer un grand choc, depuis le temps que vous la connaissiez.

— Je trouve ça bien triste.

— Vous attendiez-vous à quelque chose de ce genre ?

— Je n'aurais jamais pensé qu'elle voudrait en finir avec la vie. Ce n'était vraiment pas la femme à ça.

— C'est ce que tout le monde s'accorde à dire.

Le hall traversait la maison de part en part et, à l'autre extrémité, avait vue sur le Weald of Kent. Comme il s'approchait d'une fenêtre, Alleyn eut le temps de voir s'escamoter derrière une haie une tête et des épaules dont le propriétaire semblait courir plié en deux.

— Vous avez dans votre jardin quelqu'un qui se comporte de façon plutôt bizarre. Venez voir.

La femme de ménage le rejoignit.

— Il est courbé en deux derrière cette grande haie. Serait-ce qu'il donne la chasse à quelque animal ?

— Je ne saurais vous le dire...
— Qui cela peut-il être ?
— Le jardinier travaille ici aujourd'hui.
— A-t-il de longs cheveux blonds ?
— Non... répondit-elle d'une voix faible.
— S'agirait-il alors de M. Claude Carter ?
— Ça se pourrait.
— Peut-être chasse-t-il les papillons ?
— Avec lui, tout est possible, se borna à répondre la femme de ménage.

Continuant de surveiller la haie, Alleyn dit :

— Je désire seulement vous parler, madame Jobbin, de l'enveloppe que vous avez mise dans le secrétaire de Mme Foster peu avant sa mort.

— Elle l'avait donnée au jardinier une semaine environ avant de mourir, en lui disant de la mettre là. Il me l'a donnée en me demandant de m'en charger à sa place, ce que j'ai fait.

— Et vous en avez informé ensuite Miss Foster.

— Oui. Après l'enquête, je m'en suis souvenue et je le lui ai dit.

— Savez-vous ce que contenait cette enveloppe ?

— Ça ne me regardait pas. Mais il y avait écrit dessus « Testament » et Miss Prue m'a dit que c'était une abomination. Elle l'a remise au notaire.

— Cette enveloppe était cachetée ?

— Pas très bien. Mais Mme Foster était comme ça avec ses lettres. Se rappelant quelque chose qu'elle avait oublié de dire, elle rouvrait l'enveloppe et puis la recollait ensuite tant bien que mal.

— Verriez-vous un inconvénient à me montrer ce secrétaire ?

Mme Jobbin rougit et mordit sa lèvre inférieure.

— Je puis vous assurer, lui dit alors Alleyn, que nous sommes ici uniquement pour éviter qu'il soit fait du tort à Miss Prunella Foster ou, aussi bien, à la mémoire de sa mère. Je ne vous dirai pas que les policiers ne tendent jamais de pièges, car vous savez très bien que c'est faux, mais je vous donne ma parole que, en l'occurrence, ce n'est pas le cas et que je désire uniquement voir le secrétaire, si vous voulez bien me montrer où il se trouve.

Mme Jobbin le regarda fixement durant un moment, puis ce fut comme si des écluses s'ouvraient brusquement :

— Je ne sais pas ce qui se trafique, monsieur, et je ne tiens pas à le savoir. Mais Miss Prue est une jeune fille comme il faut, même si on n'entend pas la moitié de ce qu'elle dit, et ça se voit qu'elle est bouleversée. Heureusement que son jeune homme est loin d'être bête et qu'il est là pour veiller sur elle. Son vieux... son père aussi d'ailleurs, rectifia vivement Mme Jobbin. Il est ravi de ces fiançailles qui vont enfin lui permettre d'avoir ce dont il rêve.

— Vraiment ? Et qu'est-ce donc ? questionna Alleyn tout en continuant de surveiller la haie.

— Cette propriété. Il voulait l'acheter et paraît qu'il était prêt à payer n'importe quelle somme pour l'avoir. Ben, à présent, on peut dire que, d'une certaine façon, son désir va être exaucé. Il aura son appartement à lui, c'est déjà convenu... Si vous voulez bien venir par ici, je vais vous montrer où est le secrétaire.

Il se trouvait dans une petite pièce — que, du vivant de Sybil, on appelait son boudoir — située entre le grand salon et la salle à manger où, le jour de la mort du vieux jardinier, se tenait la réunion des dames de Upper Quintern. Le secrétaire, un joli meuble de style Chippendale, était placé devant la fenêtre. Du geste, Mme Jim indiqua le tiroir du milieu et Alleyn l'ouvrit, découvrant ainsi du papier à lettres, des timbres et un agenda.

— Ce tiroir n'était pas fermé à clef ?

— Avant, non, jamais. Mais quand j'y ai eu mis l'enveloppe, j'ai préféré donner un tour de clef et emporter celle-ci, que j'ai remise à Miss Prue. Mais elle ne semble pas l'avoir refermé.

— Et l'enveloppe était cachetée ?

— De la façon que je vous ai dite, oui, monsieur.

Elle marqua un temps, puis ajouta vivement :

— Si vous voulez en savoir davantage, vous n'avez qu'à interroger Bruce. C'est à lui que Mme Foster avait remis l'enveloppe.

— Pensez-vous qu'il ait été au courant du contenu ? Des détails, j'entends ?

— Demandez-lui, moi j'en sais rien. Je ne discute pas des affaires de la maison et je ne pose pas de questions, pas plus que je ne tiens à ce qu'on m'en pose.

— J'en suis sûr, madame Jobbin, et je ne vous dérangerai pas plus longtemps.

Alleyn allait refermer le tiroir, lorsqu'il remarqua un étui de cuir élimé. Le prenant, il l'ouvrit et vit la photo sépia, très pâlie, d'un groupe de militaires appartenant à un régiment écossais. Parmi les officiers, il y avait un sous-lieutenant si beau qu'il tranchait de façon saisissante sur ses compagnons.

— C'était son premier mari, dit Mme Jobbin derrière Alleyn. Le troisième en partant de la gauche, au premier rang. Il s'appelait Carter.

— Quel bel homme !

— Un dieu grec, déclara Mme Jobbin de façon inattendue. C'est toujours ce que disent les gens du village qui se souviennent de lui.

Tout en se demandant qui, à Upper Quintern, avait pu utiliser une image aussi raffinée, Alleyn referma le tiroir et regarda les objets décorant le dessus du secrétaire. D'abord une photo de la ravissante Prunella Foster, tout à fait le cliché qu'on reproduit dans les magazines mondains. Une autre photographie, tout aussi conventionnelle, montrait un homme d'âge moyen, en habit, et qui avait signé « John » en travers de la photo. Probablement Foster, le second mari et le père de Prunella. Le regard du policier se porta vers la petite lampe à abat-jour rose. Une coupelle de verre était posée sur l'ampoule, d'où s'exhalait encore un léger parfum d'amandes douces.

— Y a-t-il quelque chose d'autre que vous désiriez ? demanda Mme Jim.

— Non, pas de votre part, madame Jobbin, merci. Mais j'aimerais parler à votre jardinier. Je pense que je vais le trouver quelque part dehors.

Il attendit un commentaire, qui ne vint pas, et lança :

— J'ai l'impression que vous ne raffolez pas de lui.

— Oh ! pour ça non. Il se croit vraiment trop !

— Ah oui ?

— Remarquez bien que ça n'est pas méchant... Mais on dirait toujours qu'il vous fait un honneur en acceptant de travailler pour vous. C'est d'ailleurs un excellent jardinier, faut dire ce qui est. Tout au fond, je pense que ça n'est pas le mauvais cheval, mais faut vraiment aller chercher tout au fond !

— Madame Jobbin, vous êtes vraiment une personne très observatrice ! Je vous souhaite une bonne journée et vous laisse ma carte que vous voudrez bien remettre à Miss Foster.

— Oui, monsieur... Merci, monsieur... Vous avez des chances de trouver Bruce près des anciennes écuries. À droite en sortant, et encore à droite. Il fait pousser des champignons !

Comme Alleyn approchait des anciennes écuries, il entendit le raclement d'une porte qu'on fermait. Le jardinier se trouvait à l'intérieur du petit bâtiment.

Il avait enlevé une partie du sol, afin de creuser au-dessous. Des sacs d'humus et un tas de terreau attendaient son bon plaisir.

À l'entrée d'Alleyn, il se redressa en carrant les épaules :

— Bien le bonjour, monsieur. Vous cherchez quelqu'un ?

— Oui, vous... si votre nom est bien Jardine ?

— C'est bien moi. Jardine de nom et jardinier de profession. Que puis-je pour vous ?

Alleyn se présenta dans les formes.

— La police ? Vous ? Ça, je l'aurais jamais cru !

— Voulez-vous que je vous montre ma carte ?

— Oh ! non, non, pour sûr ! Mais, à première vue, vous n'avez vraiment pas l'air d'un policier. Qu'est-ce que je peux faire pour vous ?

Dans la police, on finit par acquérir un sixième sens, et Alleyn eut l'impression que Bruce avait conscience qu'une troisième personne se trouvait dans les parages, mais cela ne semblait pas le déranger.

— Je désirerais vous parler de la défunte Mme Foster. Vous savez, je suppose, que l'enquête a été ajournée ?

Bruce le regarda fixement, comme s'il s'était attendu à autre chose.

— Oui, oui, bien sûr.

— Et vous avez certainement compris que l'ajournement avait été décidé, afin de ne laisser subsister aucun doute en ce qui concernait la possibilité du suicide.

— J'aurais jamais cru ça d'elle, dit lentement Bruce. Jamais ! Elle était si pleine de vie, d'enthousiasme ! Il lui tardait de voir les plantes pousser et elle faisait un tas de projets pour le jardin. Tenez, la dernière fois que je l'ai vue... Pourquoi aurait-on décidé de faire pousser des champignons si elle avait eu dans l'idée de se tuer ?

— Et quand cela se passait-il ?

Jardine passa une main terreuse dans ses cheveux et dit que c'était la dernière fois qu'il l'avait vue, une semaine avant sa mort, qu'elle était de très bonne humeur et qu'ils avaient même dessiné le tracé d'un bassin pour des nénuphars, après être tombés d'accord pour faire pousser des champignons de couche dans les anciennes écuries. Alors, voilà, il continuait ce qui avait été dit, comme si elle allait revenir un de ces quatre matins pour voir où il en était. Quelque chose avait sûrement dû se produire au cours de cette dernière semaine, pour qu'il lui soit venu de pareilles pensées !

— Est-ce au cours de cette visite qu'elle vous a remis son testament pour que vous le rangiez ici, dans son secrétaire ?

Bruce répondit que oui, tout en laissant entendre que la mission ne l'enchantait guère, mais qu'elle lui avait demandé cela d'une façon tellement enjouée qu'il n'avait pas eu le moindre pressentiment.

— Vous avait-elle donné un aperçu du contenu de son testament ?

Pour la première fois, Jardine parut déconfit, et murmura qu'elle lui avait dit « qu'elle ne l'avait pas oublié ». À quoi il avait répondu qu'il avait jamais rien fait dans cette intention. C'était peut-être pas aimable de dire ça, mais elle avait l'air de vouloir l'appâter. Remuant ses pieds avec gêne, Bruce finit par conclure :

— Bref, je trouvais que c'était pas bien.

— L'avez-vous dit à Mme Foster ?

— Pour sûr !

— Et comment a-t-elle pris ça ?

— Elle a ri en disant que j'étais victime d'un excès de scrupules.

— C'est tout ?

— Oui. Alors, j'ai remis l'enveloppe à Mme Jim, n'ayant aucune envie de m'en occuper davantage, et elle m'a dit l'avoir rangée dans le secrétaire.

— Cette enveloppe était cachetée ?

— Oui, mais pas avec de la cire. Mme Foster voulait même me la remettre ouverte et c'est moi qui lui ai dit que je préférais qu'elle la cachette.

Le jardinier marqua un temps avant d'ajouter, comme par scrupule :

— C'est pas que j'aurais pas été content de recevoir un petit legs, loin de là, au contraire. Et ç'aurait même été comme un souvenir de cette bonne dame. Mais je voulais pas qu'on puisse penser que je l'y avais poussée ou quelque chose comme ça.

— Je vous comprends, dit Alleyn. Au fait, Mme Foster vous avait-elle demandé de lui procurer le formulaire ?

— Le formulaire ? Quel formulaire, monsieur ?

— Le formulaire de testament qu'on achète dans les papeteries.

— Ah ! non... non... Je ne me suis pas occupé de ça.

— Et tant que nous sommes sur ce sujet, Mme Foster vous demandait-elle de lui apporter des choses quand vous veniez lui faire visite ?

Oui, de temps en temps, elle lui remettait une liste à l'intention de Mme Jim ; la plupart du temps, il s'agissait de linge ou de produits de beauté. Alors, pour qu'il ne soit pas gêné de les transporter, Mme Jim les lui mettait dans une petite valise, qu'il remportait ensuite de *Greengages* avec le linge à laver. Alleyn eut le sentiment que le jardinier tenait à ce que tout se passe de façon très comme il faut et s'arrangeait pour regarder par la fenêtre pendant que Mme Foster s'occupait de ces choses intimes.

De tout cela se dégageait une impression de relations amicales, mais ne dépassant jamais les limites de certaines convenances, issues de longs moments passés ensemble à discuter d'aménagements du jardin et à consulter des catalogues d'horticulteurs.

Derrière Jardine, il y avait une porte délabrée, communiquant vraisemblablement avec les anciennes écuries. Alleyn vit que le sol restait marqué par l'ouverture ou la fermeture de cette porte dont certaines planches frottaient par terre.

Le policier fit mine de s'apprêter à prendre congé, puis, regardant le travail de Bruce, lui demanda s'il s'agissait de préparatifs pour faire pousser des champignons de couche.

— Oui, c'est pratiquement la dernière chose qu'elle m'ait commandée, et j'ai à cœur de la terminer.

Bruce se laissa aller à parler un peu de la technique de cette culture, puis dit que si Alleyn n'avait rien d'autre à lui demander, mieux valait qu'il se remette au travail.

— Non, juste une chose encore que j'ai failli

oublier... Le jour où Mme Foster est morte, vous étiez allé à *Greengages*, n'est-ce pas ?

— Oui, mais je ne l'ai pas vue.

Le jardinier raconta comment il avait attendu dans le hall, et que « la petite demoiselle » était finalement descendue lui dire que sa mère était trop fatiguée pour recevoir qui que ce fût. Alors, il avait laissé les lys à la réceptionniste — une dame très aimable — qui lui avait promis de s'en occuper. Après quoi, il était rentré à la maison par le car.

— Avec M. Claude Carter ?

Les mains du jardinier s'immobilisèrent sur le manche de la bêche, et il regarda fixement Alleyn, comme s'il allait dire quelque chose, puis se ravisa. Le policier attendant en silence, l'autre finit par dire :

— Je ne savais pas que vous aviez rencontré ce monsieur.

— Je ne l'ai pas rencontré encore. C'est Miss Preston qui m'a dit que vous étiez en sa compagnie lorsque vous êtes arrivé à *Greengages.*

— Ouais... Il était avec moi quand je suis arrivé... Mais pas quand je suis reparti.

Il éleva la voix.

— Je tiens à ce qu'il soit clairement entendu que je ne souhaite pas avoir de relations personnelles avec ce monsieur.

Puis, avec une intonation chargée de ressentiment :

— Il s'est accroché à moi, jusqu'à ce qu'il ait réussi à me faire dire où se trouvait Mme Foster. Des façons que je ne suis pas près de lui pardonner.

Il tourna légèrement la tête vers la porte fermée en concluant d'une voix forte :

— Et voilà tout ce que j'ai à déclarer sur ce sujet.

— Vous m'avez été d'un grand secours, et je ne vais pas vous déranger plus longtemps. Merci de vous être montré aussi coopératif.

— Y a pas à me remercier. Je n'ai fait que mon

devoir de citoyen. Je vous souhaite une bonne journée, monsieur.

— Ce vieux bâtiment a beaucoup de caractère, dit alors Alleyn. J'ai un faible pour l'architecture du XVIIIe siècle. Vous permettez que je jette un coup d'œil ?

Sans attendre la réponse, passant entre le jardinier et la porte, Alleyn tira sur celle-ci pour l'ouvrir en grand, et se trouva ainsi en présence de Claude Carter.

— Oh ! bonjour, dit celui-ci. Il me semblait bien avoir entendu parler.

CHAPITRE IV

La pièce était vide, et sentait le rat, avec peut-être un vague relent de fourrage depuis longtemps disparu. Une cheminée croulante en occupait un des angles et dans un autre s'accumulait un tas de choses hétéroclites : boîtes de conserve vides, sac troué ayant laissé échapper du ciment, truelle rouillée et veuve de son manche, ainsi que d'autres débris. L'unique fenêtre avait ses volets mi-clos, si bien que Claude se détachait sur une sorte de pénombre.

— Je cherchais Bruce. Le jardinier, dit-il. Je ne pense pas vous...

Il témoignait d'une aisance presque convaincante, un peu comme s'il était le fils de la maison, sauf que sa voix était juste un tout petit peu trop aiguë, estima Alleyn, pour paraître naturelle. Mais, pour avoir été surpris en train d'écouter aux portes, le garçon ne manquait pas d'aplomb.

Sans même tourner la tête, Bruce se mit à manier vigoureusement sa bêche tandis qu'Alleyn refermait la porte.

— Je souhaitais justement vous rencontrer, dit-il. Monsieur Carter, je suppose ?

— Oui. Mais je ne pense pas vous connaître ?

— Inspecteur principal Alleyn.

Il y eut une pause très nette avant que Claude ne réagisse :

— Oh... Et que puis-je pour vous ?

Dès qu'Alleyn le lui eut dit, il parut se détendre, et répondit avec empressement aux questions posées. Oui, le jour du drame, il s'était entretenu avec Miss Preston et Miss Foster, mais il n'avait pas été autorisé à voir sa belle-mère. Alors, il était allé se promener dans le parc et avait ainsi manqué un car, avant de prendre celui qui l'avait ramené au village.

— Un après-midi complètement fichu, se plaignit-il. Et j'avoue n'avoir guère apprécié la façon dont j'ai été accueilli. Surtout à la clarté de ce qui a suivi. Après tout, c'était ma belle-mère.

— Quand l'aviez-vous vue pour la dernière fois ?

— Ça, je ne saurais vous le dire au juste... Il y a trois ou quatre ans.

— Avant que vous ne partiez pour l'Australie ?

— C'est exact, oui, dit Carter en décochant au policier un regard oblique. Vous semblez très bien informé de mes mouvements, inspecteur.

— Je sais que vous avez effectué le voyage de retour comme steward à bord du *Poseidon.*

Cette fois, il s'écoula un temps encore plus marqué avant que Carter ne dise :

— Ah oui ?

— Si nous sortions pour discuter plus à l'aise de tout cela ? suggéra Alleyn.

Carter ouvrit une porte donnant directement sur la cour, que baignait le soleil. Bruce bêchait avec une ardeur accrue et, après lui avoir jeté un regard chargé de ressentiment, Carter gagna l'extrémité opposée de la cour, suivi par le policier.

— Depuis combien de temps étiez-vous dans cet appartement obscur et quelque peu malodorant ? lui lança Alleyn.

— Combien de temps ? Je ne sais pas... Un instant... Pourquoi ?

— Je ne tiens pas à gaspiller ma salive et votre temps en me répétant, si vous êtes déjà au courant du testament. Et je pense que c'est le cas pour la raison que, lorsque je suis arrivé tout à l'heure, j'ai entendu la porte de communication se fermer en raclant le sol.

Claude eut un drôle de petit rire.

— Vous êtes futé, dites donc !

Puis baissant le ton :

— Comme je vous l'ai dit, j'étais à la recherche du jardinier. Je pensais le trouver dans l'autre pièce et là-dessus vous êtes arrivé en commençant à parler, si bien que c'était très gênant... Je ne voulais pas m'immiscer... alors je... vous comprenez... c'est difficile à expliquer...

— Mais vous vous y êtes quand même essayé, hein ? À la vérité, votre extrême délicatesse vous a poussé à vous retirer dans cette pièce en fermant la porte de communication, contre laquelle vous êtes demeuré pour écouter notre conversation. C'est bien ça ?

— Nullement ! Vous n'avez pas compris !

— Vous nous avez peut-être vus arriver dans une voiture de police et vous êtes sorti en hâte de la maison pour gagner la roseraie et, de là, l'aile gauche vers les écuries.

— J'ignore ce qui vous pousse à adopter cette attitude avec moi, monsieur, rétorqua Claude avec une sorte d'agressivité craintive, mais je la trouve offensante.

— Oui, j'ai bien pensé que notre arrivée pourrait vous désemparer quelque peu, vu que vous aviez quitté le *Poseidon* dans des conditions irrégulières.

Claude se mit à affirmer fiévreusement qu'il devait y avoir quelque erreur et que la police n'était vraiment plus comme autrefois, au point qu'il eût été enclin à porter plainte s'il n'avait jugé que ça n'en valait vraiment pas la peine.

Alleyn le laissa parler tout son saoul, puis lui déclara que sa visite n'avait rien à voir avec tout cela et qu'il désirait simplement savoir si Claude était au courant d'un testament que Mme Foster avait fait peu avant son décès.

En se déplaçant légèrement de côté et esquissant des hochements de tête en direction de l'endroit où Bruce continuait à bêcher avec ardeur, Claude exprima le désir qu'on changeât de lieu, mais Alleyn n'en tint aucun compte, continua avec enjouement, en élevant même le ton :

— Une question toute simple, et n'ayant aucun caractère privé. Étiez-vous au courant d'un tel testament ?

Pointant à plusieurs reprises l'index du côté de Bruce, Claude répondit à mi-voix :

— Oui...

— Ah ? Voulez-vous me dire comment vous avez appris la chose ?

— Oh ! je... comme ça.

— Comme ça quoi ?

— Je veux dire...

— *Bon sang !* tonna Bruce en se redressant et regardant les deux hommes. Quand on vous pose une question directe, mon garçon, ne pouvez-vous répondre de même ? Dites-lui donc ce qu'il en est. Y a pas de quoi en faire une telle histoire !

— Oui... bon... très bien, balbutia Claude, avant de retrouver un rien de hauteur pour rétorquer : Ça n'est pas une raison pour me parler sur ce ton, hein ?

Bruce cracha dans ses mains et se remit à bêcher.

— Eh bien, monsieur Carter ? questionna Alleyn.

Petit à petit, il apparut que Claude était présent lorsque Bruce était revenu à la maison avec le testament, qu'il l'avait vu le remettre à Mme Jobbin et avait alors remarqué le mot TESTAMENT, écrit en grandes lettres sur l'enveloppe.

— Ce qui vous a amené, intervint Bruce en jetant une pelletée de terre derrière lui, à poser des questions avec insistance.

— Jardinier, je commence à en avoir assez de vos façons !

— Oh ! monsieur Carter, c'est à prendre ou à laisser. Et pour ma part, je serais plutôt porté à tout laisser tomber ici, alors...

— Connaissiez-vous les clauses de ce testament ? coupa Alleyn.

— Non, et il ne m'intéresse pas de les connaître, vu qu'elles ne peuvent me concerner.

— Que voulez-vous dire ?

— Mon père a pris soin de mon avenir, par un fidéicommis ou je ne sais comment cela s'appelle au juste. Sybil ne pouvait y toucher et il est peu probable qu'elle ait voulu y ajouter quoi que ce soit, conclut Claude d'un ton venimeux.

Sur quoi, Alleyn quitta les deux hommes pour s'en aller rejoindre Fox en coupant à travers le potager. Il remarqua au passage deux fraîches tranchées d'asperges et quantité d'énormes choux en se demandant qui pouvait bien finalement les consommer. Patient comme toujours, Fox l'attendait dans la voiture, et lui annonça :

— Rien à signaler. J'ai fait un petit tour dans les parages mais je n'ai vu personne.

Alleyn entreprit de lui raconter ce qu'il avait fait, dit et vu.

— Miss Preston trouve l'accent écossais de Bruce excessif...

— Un faux accent ?

— Je ne saurais dire, car je ne suis pas expert en dialectes, mais en tout cas il parle avec l'aisance de quelqu'un à qui la chose est depuis longtemps familière. Comme son emploi précédent était en Écosse, il pense peut-être que cela ajoute à son charme ou à son air finaud.

— Et le beau-fils ?

— Horrible, le pauvre type. Capable vraiment de n'importe quoi s'il avait assez d'estomac pour le faire.

— On s'en va ?

— Oui. Allons à *Greengages* à l'endroit marqué « x », si tant est qu'il y en ait un. Voulez-vous que je prenne le volant et que vous nous guidiez avec la carte ?

— Ma foi, volontiers. Que dois-je chercher ?

— Un tournant à droite après Maidstone et ensuite il

faut suivre une route jusqu'à un village appelé Greenvale, dont dépend *Greengages.*

— D'accord. Et si on faisait le point tout en roulant ? Que savons-nous au juste maintenant ?

— Nous savons que la dame est morte, ça ne fait aucun doute. Elle était très riche et commençait à ressentir les premières atteintes de la maladie de Parkinson, mais l'ignorait. Le médecin chargé de cette résidence, qui n'est ni un hôpital ni une clinique mais simplement un hôtel pour riches malades plus ou moins imaginaires, ce médecin donc n'avait pas su remarquer les symptômes de cette maladie, à la différence de celui du patelin, le Dr Field-Innis, et du médecin légiste. Dans l'après-midi qui a précédé le drame, la fille de la défunte lui a annoncé ses fiançailles avec un garçon très riche, mais qui ne plaisait pas à la dame. Par ailleurs, nous avons le papa millionnaire du riche fiancé qui convoitait la maison de la défunte, n'avait pas réussi à s'en rendre acquéreur, mais va pouvoir l'habiter quand son fils aura épousé l'héritière.

— Un instant... Bon, d'accord, je vous suis.

— Donc, nous avons un jardinier d'un certain âge, écossais ou non, à qui la dame a légué vingt-cinq mille livres dans un tout récent testament. Le reste de sa fortune est divisé entre sa fille, si celle-ci épouse un pair nommé Swingletree, et le médecin de *Greengages* qui n'a pas su diagnostiquer le Parkinson. Si la fille n'épouse pas Swingletree, le toubib ramasse tout le paquet.

— Il s'agit du Dr Schramm ?

— Oui. Le reste de la distribution comprend le beau-fils que la dame a hérité de son premier mari et qui est l'archétype du garçon que sa famille expédie aux colonies pour s'en débarrasser, outre qu'il possède un casier judiciaire. Enfin, nous avons une femme charmante et intelligente nommée Verity Preston.

— C'est le lot au complet ?

— On peut encore y ajouter une infirmière diplômée

et une extraordinaire femme de ménage appelée Mme Jim.

— Et où en sommes-nous exactement ?

— Eh bien, nous avons deux éléments importants : le testament et ce que j'appellerai « la mise en scène ». Si l'enquête a été ajournée, c'est parce que tout le monde s'accordait à dire que la défunte n'était vraiment pas femme à se suicider et n'avait de surcroît aucune raison de le faire. Une autopsie s'imposait. C'est sir James Curtis qui l'a pratiquée. On avait soigneusement conservé ce que le Dr Schramm avait récolté avec sa pompe stomacale et sir James y a découvert une forte quantité du barbiturique dont il y avait un flacon sur la table de chevet ainsi que des comprimés dans la gorge de la défunte et sur sa langue. On suppose qu'elle enfournait les comprimés à la poignée et a ainsi perdu conscience avant d'avoir réussi à avaler les derniers.

— Plausible ?

— Le Dr Schramm le pense. Sir James non, car il estime qu'il faut une vingtaine de minutes avant que le barbiturique en question, soluble dans l'alcool, agisse au point d'empêcher d'avaler ce qu'on s'est mis dans la bouche.

— Alors, que nous demandons-nous ?

— Nous nous demandons si ça n'est pas quelqu'un d'autre qui les lui aurait fourrés dans la bouche. Soit dit en passant, sir James recherchait des traces de cyanure.

— Pourquoi ?

— Parce qu'il y avait une odeur d'amandes dans la pièce aussi bien qu'émanant du contenu de l'estomac. Mais l'une provenait d'une huile parfumée que la dame mettait dans une coupelle de verre posée sur l'ampoule de sa lampe de chevet, et l'autre de petits fours au massepain dont elle se goinfrait. On en a retrouvé une boîte à demi vide — de *La Marquise de Sévigné*, s'il vous plaît ! — sur sa table de chevet avec différentes autres choses.

— Dont une bouteille de scotch vide ?

— Et un verre renversé, oui.

— Quelqu'un a-t-il pu dire quelle quantité de whisky il y avait ce jour-là dans la bouteille ?

— Apparemment, non. Il s'agit d'une demi-bouteille qu'elle gardait dans un placard au-dessus du lavabo. On suppose qu'elle la faisait durer assez longtemps.

— En ce qui concerne les empreintes ?

— Les gars d'ici s'en sont occupés avant de nous alerter. Mais Bailey et Thompson doivent venir pour voir ça bien à fond.

— Drôle d'affaire, non ?

— Oh oui ! Par exemple, le contenu de l'estomac qui a été examiné par le Dr Field-Innis et son confrère Schramm.

— Quantité de barbituriques ?

— D'après Schramm, oui. Mais selon sir James, une quantité certes appréciable, mais n'entraînant pas nécessairement la mort. Et il n'a rien découvert dénotant une allergie ou quelque chose de ce genre qui pourrait être l'explication.

— Ce qui nous amène à nous poser des questions concernant les bénéficiaires d'un testament aussi récent qu'excentrique ?

— Exactement. Et qui lui avait procuré le formulaire imprimé ? Le jeune M. Rattisbon me l'a montré et il s'agit d'un exemplaire en parfait état, aux bords bien nets et nullement jaunis.

— Ce testament est valable ?

— Rattisbon le craint fort, pour outrageants qu'en soient les termes. Soit dit en passant, j'ai cru comprendre que Miss Prunella Foster préférerait encore aller à l'autel en compagnie d'un orang-outan plutôt qu'avec lord Swingletree.

— Si bien que sa part ira au Dr Schramm ?

— Oui, en sus du joli paquet dont il héritait déjà.

— Ça ne me paraît pas juste.

— Ah ! mon cher Fox, si vous entendiez Rattisbon père et fils sur ce sujet !

— Je parie qu'il doit y avoir un petit *pub* très convenable dans ce village.
— Le fond de votre pensée, Fox ?
— Eh bien, c'est qu'on doit pouvoir s'y faire servir des œufs, du fromage, des sandwichs, le tout arrosé d'une bonne pinte de bière.
— Alors, qu'il en soit ainsi fait, dit Alleyn en arrêtant la voiture.

Venant de Londres, Prunella Foster arriva à *Quintern Place* avant de se rendre à *Mardling* pour y déjeuner avec son fiancé et son futur beau-père. Mme Jim l'informa de la visite qu'avait faite Alleyn dans la matinée. Elle répondit aux différentes questions de la jeune fille, mais se garda de tout commentaire personnel.
— Il s'agissait bien d'un policier, madame Jim ? insista Prunella, déconcertée.
— C'est ce qu'il m'a dit, en tout cas.
— Auriez-vous un doute ?
— C'était marqué sur la carte qu'il m'a montrée.
— Eh bien, alors ?
Ainsi acculée à se prononcer, Mme Jim déclara qu'Alleyn lui avait paru un peu trop distingué.
— Ç'aurait pu être un de vos amis. Il faisait monsieur bien élevé, si vous voyez ce que je veux dire.
— Et il a demandé après... ? fit Prunella avec un hochement de tête en direction du côté de la maison où se tenait ordinairement Claude Carter.
— Oui, mais simplement parce qu'il l'avait vu ayant l'air de marcher à quatre pattes dans la roseraie. Après, il est parti vers les écuries.
— Et il y a trouvé Bruce ?
— Oui, mais aussi M. Claude, je crois.
— Oh !
— M. Claude est venu ici après le départ de ce policier et il est allé dans la salle à manger.
C'était là un euphémisme dont usait Mme Jim, se rap-

pela Prunella, pour signifier que Claude « était allé boire un coup ».

— Où est-il à présent ?

Mme Jim déclara n'en avoir aucune idée. Ils étaient convenus qu'elle lui préparait un repas chaud pour une heure de l'après-midi et qu'elle donnait alors un grand coup de gong avant de s'en retourner chez elle. Lorsqu'elle revenait à *Quintern Place* deux jours plus tard, elle y trouvait les reliefs de ce repas desséchés sur la table, avec ceux des « snacks » que Claude s'était préparés entre-temps.

— Bon, merci, madame Jim. Je m'en vais déjeuner à *Mardling*. Nous sommes occupés à faire des plans en vue de transformer la maison, de façon que le père de M. Gideon puisse l'habiter avec nous sans que nous risquions de nous gêner réciproquement. Je crois qu'il va vendre *Mardling*. Vous vous rendez compte : après tous les travaux qu'il y a faits ! De toute façon, son port d'attache restera la maison de Londres.

— Alors, c'est bien vrai, miss ? demanda Mme Jim, en ayant peine à dissimuler son excitation. Nous allons entendre bientôt sonner les cloches pour votre mariage ?

— Oui... Mais pas tout de suite, bien sûr.

— Non, évidemment, approuva Mme Jim. Ce ne serait pas convenable d'agir si vite après...

— Moi, j'aurais préféré me marier dans la plus stricte intimité. Mais M. Gideon semble tenir à ce que...

En dépit de tout ce que lui avait fait sa mère avant même de se surpasser dans la rédaction du testament, se rendant compte brusquement qu'elle était orpheline, Prunella sentit une vague de désolation la submerger et elle s'effondra en sanglotant, le visage contre le cardigan de Mme Jim qui sentait l'encaustique.

— Pleurez, mon petit, allez... Ça vous fera du bien, dit la femme de ménage d'un ton maternel.

Mais cette invitation eut l'effet opposé. Prunella se moucha et reprit le contrôle de soi, pour continuer à parler de son futur mariage.

— Il faudra que quelqu'un me conduise à l'autel évidemment...

— Du moment que ça n'est pas M. Claude...

— Oh ! mon Dieu, j'avais oublié ce détail. Ne peut-on être conduite à l'autel par une femme ? Il faut que je pose la question au pasteur.

— Vous pensez à Miss Verity ?

— Oui, d'autant qu'elle est ma marraine.

— Vous ne pourriez mieux choisir, approuva la femme de ménage.

— Sur ce, il faut que je me sauve, dit Prunella qui ne tenait pas à rencontrer Claude. Vous ne sauriez pas, par hasard, où sont rangés ces vieux plans de *Quintern Place* que nous avons ? M. Markos voudrait y jeter un coup d'œil. Ils étaient dans une sorte de carton à dessins...

— Dans la bibliothèque. Le placard près de la porte, sur l'étagère du bas.

— Vous êtes une véritable providence, madame Jim !

— Votre mère me les avait fait sortir pour les montrer à Bruce. Avant qu'elle ne s'en aille à *Greengages*. Elle les avait abandonnés sur la table et *lui* — mouvement de tête se référant à Claude Carter — les a feuilletés en les laissant tout en désordre. C'est donc moi qui les ai rangés.

— Un grand merci, madame Jim. Au fait, est-ce qu'*il* fouine ?... Vous voyez ce que je veux dire ?

— Puisque vous me posez la question, oui, répondit Mme Jim. Je m'en rends compte, parce qu'il ne remet jamais les choses bien à leur place.

— Seigneur...

— Et ces plans semblent l'intéresser tout particulièrement. L'autre jour, il les avait étalés par terre et les étudiait avec une loupe. Vous voulez que je vous les apporte ?

— Oui, s'il vous plaît. Pendant ce temps, je monte chercher quelques affaires dans ma chambre.

La vue qu'on avait de la chambre était exquise, avec une légère brume voilant les lointains, et Prunella fut heureuse de savoir que, même après son mariage, elle continuerait d'habiter cette maison.

Elle se baigna les yeux à l'eau fraîche, refit sa valise et s'apprêtait à partir quand, sur le palier, elle se heurta à Claude.

Rien ne s'opposait à ce qu'il passât par là, mais la jeune fille trouva quelque chose de furtif à son attitude.

— Oh ! bonjour, Prue... J'ai vu ta voiture.

— Bonjour, Claude. Oui, je suis juste venue prendre quelques affaires.

— Tu ne restes pas, alors ?

— Non.

— J'espère que ça n'est pas à cause de moi ?

— Bien sûr que non. Mais, ces temps-ci, je suis presque continuellement à Londres.

Il jeta un rapide coup d'œil à la main gauche de Prunella.

— Je vois qu'il convient de t'adresser des félicitations et des vœux.

— Oui. Merci.

— C'est pour quand ?

Elle lui répondit que la date n'était pas encore arrêtée, tout en se dirigeant vers l'escalier.

— Euh... fit Claude. Je me demandais...

— Oui ?

— Si j'allais être flanqué à la porte.

La jeune fille fit mine de prendre la chose sur le mode enjoué.

— Oh ! rassure-toi : tu seras prévenu largement à temps.

— Trop aimable. Vous allez habiter ici ?

— Oui. Après avoir procédé à quelques modifications. Mais je te promets que tu auras tout le temps de te retourner.

— Syb avait dit que je pouvais habiter ici.

— Je sais ce qu'elle avait dit et tu peux rester ici, Claude, jusqu'à l'arrivée des ouvriers.

— Trop aimable, répéta-t-il mais cette fois avec une

intonation nettement sarcastique. Au fait, si tu ne vois pas d'inconvénient à me le dire, j'aimerais savoir quand a lieu l'enterrement.

Prunella eut la même impression que si l'hiver s'était brusquement abattu sur la maison, glaçant son cœur. Elle parvint à bredouiller :

— Je ne sais pas... Nous ne pouvons rien décider tant que l'enquête n'est pas terminée. M. Rattisbon doit s'occuper de tout. Je te préviendrai, Claude, sois tranquille.

— Tu iras à la reprise de l'enquête ?

— Probablement, oui.

— Moi aussi. Non que cela me concerne en quoi que ce soit, bien sûr...

— Il faut absolument que je me sauve. Je vais être en retard !

— Veux-tu que je te descende ta valise ?

— Non, merci, elle ne pèse vraiment rien. Mais merci quand même.

— J'ai vu que tu avais pris les vieux plans de la maison.

— Au revoir ! lança désespérément Prunella en se hâtant de descendre l'escalier.

— Hé ! lui cria-t-il comme elle atteignait le rez-de-chaussée.

Quoi qu'elle en eût, la jeune fille se força à lever la tête vers le palier à la balustrade duquel il se penchait.

— Tu as compris, je suppose, que nous avions eu la visite de la police ? dit Claude en détachant les derniers mots.

— Oui, bien sûr.

— Ces messieurs semblent très intéressés par le jardinier de ta mère. Je me demande pour quelle raison.

Et de montrer les dents en un large sourire.

La jeune fille se précipita hors de la maison, fourra sa valise sur la banquette arrière de la voiture et démarra à toute vitesse.

— Sincèrement, disait-elle dix minutes plus tard en rejoignant Gideon et son père, j'ai presque le sentiment que nous aurions besoin d'un exorciste en ce qui concerne Claude !

— Ma chère enfant, dit aimablement M. Markos en levant son verre comme pour porter un toast à la jeune fille, est-ce que cet invraisemblable garçon vous bouleverse à ce point ? Voulez-vous que Gideon et moi intervenions pour vous en débarrasser ?

— Oui, intervint Gideon, je le trouve quand même culotté de s'être installé ainsi à *Quintern Place*. Après tout, il n'a rien à y faire. Il n'existe aucun lien entre la famille et lui.

— Non, sans doute, convint Prunella. Mais ma mère estimait qu'elle ne devait pas se laver complètement les mains de lui, pour odieux qu'il puisse être. Vous comprenez, elle avait été très éprise du père de Claude.

— À considérer les choses froidement, ça ne donne pas pour autant au fils le droit de s'imposer ainsi à vous.

Prunella avait remarqué qu'une des expressions favorites de M. Markos était « À considérer les choses froidement » et elle était plutôt contente que Gideon n'eût pas hérité de cette manie. Mais son futur beau-père lui était néanmoins très sympathique et elle se sentait toujours très à l'aise avec lui.

Ils étaient assis hors de la maison, sur des balancelles, et M. Markos avait estimé que c'était un jour à prendre du champagne comme apéritif. Prunella, qui avait sauté son petit déjeuner, se sentit très vite d'humeur expansive et parla de façon très audible. Elle vida son verre que M. Markos s'empressa de remplir à nouveau.

— Ma chérie, demanda Gideon, qu'as-tu dans ce monstrueux carton, ou je ne sais quoi, que tu trimbales dans ta voiture ?

— Une surprise ! s'exclama la jeune fille en agitant la main. Mais pas pour toi, mon amour : pour ton père.

— Je vais le chercher ? proposa le jeune homme.

— Oui, mon chéri, si tu veux... Et peut-être vaut-il mieux que je ne boive pas davantage de champagne.

— Là, tu as peut-être raison ! approuva le jeune homme en riant et l'embrassant dans les cheveux.

— Je suis grise ! C'est horrible ! dit Prunella tandis que Gideon allait chercher le carton à dessins.

— Non, ça n'est sûrement pas si grave, lui assura M. Markos. Mangez quelques olives et de ces petites choses au fromage... Ah ! voici Miss Verity Preston, ajouta-t-il comme une automobile survenait dans l'avenue. Vous ai-je dit qu'elle déjeunait avec nous ?

— Non ! s'exclama la jeune fille. Mon Dieu, ma marraine ! Dans l'état où je suis ! Mais heureusement, je sens que le fait de manger ces allumettes au fromage contribue à me dégriser.

Les Markos allèrent au-devant de Verity, Prunella y ayant renoncé après une malencontreuse tentative pour s'extraire de la balancelle.

Verity, quelques instants plus tard, trouva que sa filleule avait l'air d'une églantine entre deux plantes exotiques, capables de l'engloutir. Une pensée lui traversa l'esprit : et si Sybil avait eu raison ? Devrais-je intervenir ? Et sa tante Boo (Boo, sœur de Sybil, avait une réputation de tête de linotte) qui se trouvait à Acapulco ? Elle aurait d'ailleurs dû venir, au lieu de se contenter d'envoyer des télégrammes.

Verity s'aperçut que Nikolas Markos lui parlait :

— ... que vous n'avez rien contre le champagne à cette heure-ci ?

— Oh ! non, c'est délicieux ! se hâta-t-elle de répondre.

Lorsque M. Markos ouvrit le carton pour en extraire le contenu avec des gestes presque tendres, Prunella se trouva suffisamment remise de son instant d'éthylisme pour faire des commentaires :

— Ce sont les plans originaux, je crois. Mon je ne sais combien de fois arrière-arrière-grand-père a laissé une réputation d'excellent architecte... Il s'appelait lord Rupert Passcoigne... Tenez, voici la date : 1780. Ma mère a été la dernière Passcoigne de cette branche de la famille et elle avait hérité *Quintern Place* de son père. Ces plans sont particulièrement jolis, ne trouvez-vous pas, avec le blason et toutes ces fioritures ?

— Je les trouve absolument ravissants, ma chère enfant. Je ne puis vous dire quelle excitation cela me procure de les voir enfin...

— D'autres se trouvent dessous.

— Oui, mais il ne faut pas les laisser trop longtemps exposés au soleil. Remets celui-ci en place, Gideon, avant de m'en passer un autre... Les aviez-vous déjà vus, Miss Preston ?

Verity expliqua qu'elle avait eu l'occasion de voir les plans bien des années auparavant, lorsque Sybil avait épousé son second mari. Quand M. Markos en arriva au plan des jardins, son excitation grandit :

— Mais celui-ci n'a jamais été exécuté, n'est-ce pas ? Je veux dire, charmante future bru, que les jardins actuels me semblent avoir peu de ressemblance avec ce qui avait été si exquisément conçu ici... Pourquoi ?

— Je ne saurais vous le dire... Peut-être parce qu'ils n'ont plus eu assez d'argent ou quelque chose comme ça. Je crois bien que maman et Bruce avaient étudié la possibilité de mener à bien une partie de ce vieux projet, mais qu'ils avaient dû y renoncer lorsqu'on en avait chiffré le coût. Claude aurait pu le faire, lui, si seulement on n'avait pas perdu l'Alexandre noir !

— Oui, en effet ! opina Verity.

— L'Alexandre noir ? fit écho M. Markos en relevant vivement la tête. De quoi voulez-vous parler ? Il ne s'agit quand même pas du...

— Oh ! c'est vrai... Vous êtes philatéliste !

— Certes, et je m'en flatte. Racontez-moi donc ça.

Elle le mit au courant de l'histoire et, lorsqu'elle eut terminé, il resta un moment silencieux, ce qui ne lui était guère habituel.

— Mais ce serait vraiment merveilleux si... commença-t-il, puis il dit en se ressaisissant : Rangeons ces plans... Je suis sûr que vous me comprendrez, Miss

Preston, si je vous dis qu'ils m'incitent à vouloir faire non pas des châteaux en Espagne mais des jardins dans le Kent, ce qui est infiniment plus répréhensible.

« Comme il est intelligent ! pensa Verity. Et comme il a du charme ! »

— Je crois que c'est la première fois que je vois ce plan des jardins, dit-elle, et l'ensemble eût été absolument idéal, me paraît-il.

— Idéal est le mot, acquiesça Markos.

— S'il vous est agréable de garder ces plans pendant quelque temps, je vous les laisserai avec plaisir, dit alors Prunella.

M. Markos la remercia avec effusion et, le déjeuner ayant été annoncé, ils s'en furent à table.

Depuis le premier dîner à *Mardling* — qui semblait maintenant remonter à un siècle — et sa visite à *Greengages* le jour où Sybil était morte, Verity n'avait guère revu les Markos. Par deux fois, ils l'avaient invitée à un cocktail, où elle avait été dans l'impossibilité de se rendre, et un soir, Markos senior, l'ayant aperçue dans le jardin, lui avait fait une visite impromptue. Ils avaient passé alors une soirée très agréable, car ils avaient les mêmes goûts à bien des égards et Markos faisait preuve d'un jugement très sûr en ce qui concernait le théâtre contemporain. À la suite de quoi Miss Preston avait appris qu'il était parti « à l'étranger » — la nouvelle étant diffusée par Mme Jim — et il y était apparemment resté jusqu'à maintenant.

Ils prirent le café dans la bibliothèque, à présent complètement terminée. Verity se demanda ce qu'il adviendrait de tous ces livres si, comme Mme Jim l'avait rapporté, M. Markos avait vraiment l'intention de vendre *Mardling*, car il ne s'agissait visiblement pas là de volumes rassemblés dans un but uniquement décoratif. Dès qu'elle entra dans la pièce, Verity n'eut d'yeux que pour *Plaisirs divers* de Troy, accroché au-dessus de la cheminée.

— Comme vous avez bien fait de le laisser à cet emplacement !

— N'est-ce pas ? dit M. Markos. J'en suis fou. Qui croirait que cela a été peint par la femme d'un flic !

— Pourquoi pas ? D'autant qu'il s'agit d'un « flic » assez exceptionnel.

— Vous le connaissez donc ?

— Je l'ai rencontré, oui.

— Moi aussi. Lorsque j'ai acheté le tableau. Il m'a paru plutôt déplacé dans la police, mais peut-être cela tient-il à ce que je n'ai guère eu l'occasion de fréquenter celle-ci dans ses plus hautes instances.

— Il est venu me voir ce matin.

— Et vous ne m'en disiez rien, marraine !

— Eh bien, voilà, maintenant, c'est fait.

— Il est venu aussi pour me voir, dit alors Prunella. Du moins, si j'en crois Mme Jim.

— Serait-ce au sujet du fieffé Claude ?

— Non, répondit Verity. Du moins, pas en ce qui me concernait. En tout cas, pas spécialement, car il semblait tout autant préoccupé du dernier testament de Sybil que d'autres choses.

Prunella frissonna et Gideon l'entoura d'un bras protecteur, cependant que Markos se campait le dos à la cheminée. Verity sentit qu'un changement subtil s'était produit en lui, comme s'il se faisait soudain plus attentif.

— J'ai voulu donner le change et prétendre que ça ne m'importait pas beaucoup, dit Prunella, mais c'est faux. Marraine, il ne peut s'agir d'un... ?

— Peut-être pas, non... Rien n'est certain au point où nous en sommes.

Marraine et filleule échangèrent un regard. Verity eut l'impression que, sans raison apparente, elles faisaient bloc contre les deux hommes.

Il était deux heures et demie de l'après-midi quand Alleyn et Fox arrivèrent à *Greengages*. Comme la journée était particulièrement clémente, quelques pensionnaires somnolaient dans le parc au creux de leurs fauteuils, alors que les autres avaient préféré se retirer dans leurs chambres pour faire la sieste. Alleyn exhiba sa carte à la réceptionniste et demanda s'ils pouvaient parler un instant au Dr Schramm.

La réceptionniste les regarda l'un après l'autre, dit qu'elle allait voir et les quitta.

— Elle ne manquera pas de nous reconnaître si elle a l'occasion de nous revoir, commenta placidement Fox, tout en détaillant une aquarelle représentant la cathédrale de Canterbury, avant de passer à une vue du Grand Canal.

La réceptionniste reparut en compagnie d'un homme très élégamment vêtu qui dit à Alleyn être le directeur de l'établissement et ajouta :

— J'espère que nous n'allons pas avoir une nouvelle descente de police ?

Alleyn le rassura gaiement en lui confirmant qu'il souhaitait simplement s'entretenir quelques instants avec le Dr Schramm. Alors, le directeur se retira et Alleyn se tourna vers la réceptionniste :

— Cela vous dérange, bien sûr, que nous venions poser des questions fastidieuses à propos du décès de Mme Foster. Je le conçois très bien, je vous assure. Mais nous ne pouvons nous en dispenser. Par exemple, je me demande si vous avez souvenance de fleurs que son jardinier aurait laissées à la réception pour elle.

— Je me trouvais absente à ce moment-là.

— Quel dommage !

— Pardon ? Oh ! je comprends... Mais ma collègue m'a dit, je me rappelle, que l'électricien les avait montées pendant mes quelques minutes d'absence.

— À quelle heure cela se situait-il ?

— Je ne saurais vous le dire au juste.

— Cet électricien est un habitué de la maison ?

— Pas que je sache. En tout cas, ce n'est pas la réception qui l'avait fait venir.

— Alors, pourriez-vous découvrir quand, où, et pourquoi il est venu ici ? Vous nous obligeriez infiniment, ajouta Alleyn avec un sourire d'excuse.

La réceptionniste dit qu'elle allait voir ce qu'elle pouvait faire et s'enferma dans son bureau intérieur pour téléphoner. Après un assez long moment, une infirmière, toute blanche et amidonnée, d'assez opulentes proportions vint annoncer :

— Le Dr Schramm va vous recevoir.

Elle les précéda dans un couloir jusqu'à une porte arborant une plaque sur laquelle on pouvait lire : *Dr Basil Schramm — De 15 à 18 h et sur rendez-vous.*

L'infirmière les introduisit dans une petite salle d'attente, où la table était couverte des habituels magazines, frappa à une porte, l'ouvrit et leur fit signe d'entrer.

Le Dr Schramm se leva de derrière son bureau pour les accueillir.

Quand un profane demande à un policier s'il est capable de déceler certains types de criminels rien qu'en les voyant, la réponse est généralement négative, sauf peut-être en ce qui concerne quelques obsédés sexuels.

Mais Alleyn avait toujours eu le sentiment que certains détails caractérisaient les hommes à bonnes fortunes et il se dit que le Dr Schramm en était apparemment un. En sus de quoi, il estima que le médecin devait être aussi un fort buveur sachant se contrôler.

L'infirmière s'éclipsa.

— Je suis désolé de vous avoir fait attendre... Asseyez-vous, je vous en prie.

Le médecin jeta un coup d'œil à la carte d'Alleyn et demanda :

— Dois-je vous appeler par votre grade ou simplement monsieur ?

— C'est sans importance, répondit Alleyn. L'inspecteur Fox, mon adjoint.

— Eh bien, de quoi s'agit-il ? s'enquit le médecin. Ne me dites pas que c'est encore à propos de Mme Foster ?

— Eh si, justement. La police locale nous a demandé

de nous occuper de cette affaire. Cela nous oblige à revenir sur des faits à propos desquels vous avez déjà dû vous expliquer, et peut-être plusieurs fois, déjà, ce dont je suis navré.

— Ma foi, s'il n'y a pas moyen de faire autrement... dit Schramm avec un sourire et un geste expressif de ses belles mains soignées.

— Je crois que la chambre de la défunte est demeurée comme au moment du décès ? Fermée à clef et avec scellés apposés ?

— Oui. Je ne vous cache pas que cela nous dérange quelque peu, mais là encore...

— Ce ne sera plus pour longtemps, lui assura Alleyn avec bonne humeur.

— Vous m'en voyez ravi. Je vais vous conduire à cette chambre.

— Si nous pouvions avoir quelques instants d'entretien au préalable ?

— Oh ? Mais oui, bien sûr.

— Ce que je tiens surtout à savoir, c'est si vous avez éprouvé une inquiétude, si légère fût-elle, concernant l'état général de Mme Foster aussi bien que son état d'esprit.

— Je l'ai dit et répété, tant au notaire de Mme Foster qu'au coroner et à la police : l'état de santé de ma cliente allait s'améliorant et elle était de très bonne humeur quand, avant de me rendre à Londres, je l'ai vue pour la dernière fois.

— Et à votre retour de Londres, elle était morte ?

— Oui.

— Vous ne saviez pas qu'elle était atteinte de la maladie de Parkinson ?

— Ce n'est aucunement prouvé.

— Le Dr Field-Innis l'affirme.

— Chacun a le droit d'avoir son opinion. D'ailleurs, je crois que mon confrère s'est borné à dire que cette possibilité n'était pas exclue.

— Mais c'est aussi le sentiment de sir James Curtis.

— Je suis d'autant plus disposé à les en croire que je n'avais pas encore eu de Parkinson dans ma clientèle. Évidemment, si Mme Foster était au courant...

— Le Dr Field-Innis assure formellement que non.

— ... Cela aurait pu lui occasionner de l'anxiété, l'inciter à la dépression...

— Vous avait-elle paru anxieuse ou déprimée ?

— Non. Tout au contraire. Elle était...

— Oui ?

— En particulièrement bonne forme, compléta Schramm.

— Et vous demeurez néanmoins persuadé qu'il s'agit d'un suicide ?

Seul le tic-tac de la petite pendule posée sur le bureau emplit le silence de la pièce pendant une trentaine de secondes jusqu'à ce que le médecin, joignant les mains, les porte à ses lèvres avant de dire à Alleyn :

— J'avais espéré que nous ne serions pas obligés d'en arriver là.

Alleyn attendit la suite.

— Je vous ai déjà dit qu'elle était de très bonne humeur et, ce faisant, j'étais au-dessous de la vérité, car elle me donnait toutes raisons de penser qu'elle n'avait jamais été aussi heureuse depuis bien des années.

Le médecin se leva, regarda fixement Alleyn, puis dit d'une voix très claire :

— Elle avait décidé de se remarier.

Les lignes qui creusaient son visage de part et d'autre de la bouche s'adoucirent par l'effet d'une sorte de sourire :

— Je me suis rendu à Londres ce jour-là pour acheter la bague de fiançailles.

— Je me doute bien que cela aurait fini par se savoir, dit le Dr Schramm, mais j'avais espéré pouvoir éviter de vous en parler, car elle tenait beaucoup à ce que nos fiançailles restent secrètes jusqu'à nouvel ordre. Et l'idée de devoir les annoncer à titre posthume m'était odieuse. J'imaginais le parti qu'en tirerait la presse, les commérages des gens d'ici...

Il fit deux ou trois pas à travers la pièce, en tenant les épaules bien droites, comme un soldat.

— Je ne vous présente pas cela comme une excuse... Cette mort m'a causé un terrible choc. Je ne puis croire au suicide quand je me souviens de... Non, c'est impossible, à moins que quelque chose, que je n'arrive même pas à imaginer, se soit produit entre le moment où je lui ai dit au revoir et celui de mon retour.

— Vous avez procédé à des vérifications avec le personnel, je suppose ?

— Bien entendu. Elle avait dîné au lit et regardé la télévision. Elle se sentait parfaitement bien. Le garçon d'étage est venu chercher le plateau vers vingt heures trente. Elle était dans la salle de bains et il l'a entendue chantonner. Après ça, rien. Plus rien jusqu'à ce que je revienne... et la découvre morte.

— Le choc a dû être terrible, en effet.

— Ça, vous pouvez le dire... Mais, au fait, que signifie votre visite ? Serait-ce que vous envisageriez la possibilité d'un meurtre ?

— L'idée ne vous en était pas encore venue ? questionna Alleyn.

— Si, bien sûr. Le suicide étant inconcevable, l'*idée* d'un meurtre ne pouvait manquer de me venir à l'esprit. Mais c'est tout aussi inconcevable. Les circonstances, les témoignages, tout... Elle n'avait pas d'ennemis. Qui donc aurait pu vouloir la tuer ?

Le médecin s'interrompit tandis que passait sur son visage une expression mi-boudeuse, mi-railleuse, comme s'il se moquait de lui-même, tout en disant :

— Mais non, elle n'aurait pas... Je suis sûr que non...

— De quoi voulez-vous parler ?

— De rien... C'est sans importance.

— Je me demande si, tout compte fait, Mme Foster n'aurait pas parlé de ses fiançailles à quelqu'un.

Schramm regarda fixement Alleyn :

— Oui, évidemment... Elle avait reçu des visites ce jour-là...

— Sa fille, le fiancé de celle-ci et Miss Preston.

— Ainsi que son jardinier.

— N'est-il pas reparti sans avoir vu Mme Foster, après avoir laissé ses fleurs à la réceptionniste ? demanda Alleyn.

— C'est ce qu'il dit, en tout cas.

— Et votre réceptionniste le dit aussi, docteur.

— Oui... Très bien alors, faisons une croix dessus. De toute façon, c'était une hypothèse inenvisageable. Ou, du moins, qui devrait l'être.

Selon une technique qu'il avait mise au point et qu'Alleyn appréciait beaucoup — il appelait ça « son numéro d'escamotage » — l'inspecteur Fox avait réussi à faire oublier sa présence. S'éloignant au maximum de son supérieur, il s'était assis sur une chaise placée derrière le Dr Schramm. Là, il avait sorti son carnet de notes et un crayon, cependant que les deux policiers évitaient de se regarder. Mais Alleyn n'en fut pas moins certain que, en cet instant, leurs pensées convergeaient.

— Quand vous dites « ou qui devrait l'être », s'enquit Alleyn, pensez-vous au mobile ?

— Dieu me garde d'avoir l'air de vouloir vous mettre des idées dans la tête, répondit le médecin avec son habituel petit rire qui semblait toujours chercher à donner le sentiment que rien n'avait d'importance, mais franchement, oui, j'ai pensé au mobile.

— Pourriez-vous être plus explicite ?

— Pour tout dire, j'ai eu l'impression que la nouvelle de nos fiançailles ne transporterait pas de joie sa famille.

— Vous pensez au beau-fils de Mme Foster ?

— C'est vous qui le dites, pas moi.

— Et le mobile ?

— Je ne lui en connais pas, mais je savais qu'il était sans cesse à l'importuner et lui soutirer de l'argent. Elle appréhendait beaucoup qu'il vienne la voir ici et j'avais donné des ordres pour que le contact n'ait pas lieu, fût-ce même par téléphone.

— Mais je suppose que vos soupçons ne se fondent pas uniquement sur cela ?

— À vrai dire, je n'aurais même pas dû vous en parler... C'est simplement une idée qui m'est passée par l'esprit : l'idée que ce garçon pouvait avoir des espérances...

— Vous savez que Carter était ici cet après-midi-là ?

— Absolument pas ! D'où tenez-vous cela ? s'exclama le médecin.

— De Miss Verity Preston, répondit Alleyn.

— Verity Preston ? fit l'autre avec, de nouveau, son ombre de sourire. Sybil et elle étaient de vieilles amies.

— Carter est arrivé par le même bus que Bruce Jardine. À ce que j'ai compris on l'a dissuadé de voir Mme Foster.

— Je l'espère bien, par exemple ! Qui ça ?

— Prunella Foster.

— Un bon point pour elle.

— Parlant en tant que médecin et à supposer qu'il y ait eu meurtre, comment pensez-vous que le crime aurait pu être commis ?

— Vous voilà reparti ! Mais rien ne nous permet de supposer qu'il y ait eu meurtre. Tout tend à indiquer le suicide... À moins qu'on n'ait découvert quelque autre chose ?

— Non, rien à ma connaissance.

— Alors ! fit le médecin avec un geste éloquent.

— Docteur Schramm, il y a un détail concernant le décès au sujet duquel je voudrais vous questionner... encore que cela ne puisse que vous bouleverser vu les liens existant entre la défunte et vous...

— Toutes ces circonlocutions n'y changeront rien, coupa Schramm. Alors faites votre travail et posez-moi votre question.

— C'est au sujet des comprimés retrouvés dans la gorge et sur la langue. Ils étaient en partie dissous.

D'après ce que je crois savoir, ces comprimés mettent une vingtaine de minutes à se dissoudre dans de l'eau, mais le font presque instantanément dans de l'alcool. L'hypothèse avancée, n'est-ce pas, était que Mme Foster n'avait pas fini de les avaler parce qu'elle avait perdu conscience en les mettant dans sa bouche ? Mais, dans ce cas, comment se fait-il qu'elle ait eu encore conscience après avoir avalé les premiers comprimés ? Il y a là quelque chose que je n'arrive pas à comprendre.

Le Dr Schramm se passa une main sur le front en fronçant les sourcils et remuant doucement la tête d'un côté à l'autre.

— Excusez-moi, dit-il. Un début de migraine... Oui, les comprimés, disiez-vous. Elle les a absorbés avec du whisky et il est exact qu'ils se dissolvent très vite dans l'alcool.

— Auquel cas, ne pensez-vous pas que ceux trouvés dans sa bouche auraient dû se dissoudre aussi ?

— Je suppose que ceux-là, elle les a pris sans whisky. Sinon, ils se seraient dissous aussi, bien évidemment.

— Vous voulez dire qu'elle aurait été encore suffisamment consciente pour mettre ces quatre comprimés dans sa bouche, mais plus assez pour boire ou les déglutir ? Oui, je vois... fit Alleyn.

— Que pouvez-vous supposer d'autre ?

— Moi ? Oh ! je ne formule des suppositions que si elles sont étayées par quelque chose... Au fait, savez-vous si Mme Foster avait rédigé un testament ? J'entends : récemment ?

— Je n'en ai aucune idée, répondit le médecin qui ajouta, après un temps : C'est tout ?

— Savez-vous s'il se trouve dans le personnel de votre établissement des personnes nommées Marleena Biggs et G. M. Johnson ?

— Je ne saurais vous le dire, n'ayant aucun lien avec la direction de l'hôtel.

— Oui, c'est juste, j'avais oublié ce détail. Bon, je

poserai la question à quelqu'un d'autre. Nous serait-il possible de voir la chambre ?

— Je vais vous y conduire, dit Schramm en pressant un bouton sur son bureau.

— Mais non, ne vous dérangez pas ! Si vous nous indiquez le numéro, nous saurons bien trouver...

— Non, non, absolument pas.

Ces protestations furent interrompues par l'entrée de l'infirmière, qui s'immobilisa en pénétrant dans la pièce, belle personne, bien en chair, avec une poitrine que l'uniforme soulignait avantageusement.

— Oh ! *Sister*, lui dit le Dr Schramm, voulez-vous avoir l'obligeance de me remplacer ici pendant que je conduis ces messieurs en haut ? J'attends ce coup de fil de New York.

— Mais certainement, docteur.

— Vous devez être *sister* Jackson ? intervint Alleyn. Je suis très content de vous voir. Pourriez-vous nous accorder quelques instants ?

Elle se tourna vers le médecin, qui fit les présentations du bout des lèvres :

— Inspecteur principal Alleyn.

— Et l'inspecteur Fox, compléta le policier. Peut-être, puisque le Dr Schramm attend cet appel de New York, le plus simple serait-il que vous nous conduisiez à la chambre de Mme Foster ?

De nouveau l'infirmière se tourna vers Schramm qui dit aussitôt :

— Non, ce n'est pas...

La sonnerie du téléphone lui coupa la parole. *Sister* Jackson esquissa un geste pour prendre le combiné, mais il la devança.

— Oui... Oui... Lui-même. Oui, j'accepte la communication.

Alleyn ouvrit la porte en regardant l'infirmière. Schramm acquiesça aussitôt et elle les précéda dans le couloir en se rengorgeant machinalement. Dans l'ascenseur, il devint clair qu'elle se parfumait. Une belle femme, estima Alleyn, mais sûrement pas commode. Cela se devinait au regard de ses yeux noirs, à la bouche pincée.

La chambre n° 20 se trouvait au second étage, au bout d'un couloir et occupait un des angles du bâtiment. La police locale avait mis les scellés sur la porte dont Alleyn détenait maintenant la clef, et pris la précaution supplémentaire de coincer un fil de laine, qui passait inaperçu, entre le vantail et son chambranle. *Sister* Jackson garda un silence total durant que Fox, ganté, s'occupait de ces différentes choses.

La pièce était obscure, les doubles rideaux ne laissant filtrer qu'un rai de clarté. Cela sentait le renfermé, la poussière, le vieux parfum et quelque chose d'autre encore, indéfinissable mais déplaisant, si bien que l'infirmière eut un reniflement désapprobateur. Fox alluma l'électricité. Alleyn et lui gagnèrent le centre de la pièce, tandis que *sister* Jackson demeurait près de la porte.

Le lit était défait, comme si son occupante venait de le quitter pour passer dans la salle de bains. Quelque chose avait taché un des oreillers et le drap de dessous. Un autre oreiller, retourné, se trouvait au pied du lit. La bouteille de whisky, le verre et le flacon de comprimés avaient disparu, emportés sans doute par la police locale. Mais, sur la table de chevet, il y avait un paquet en partie défait contenant visiblement un livre, une trousse à maquillage, et une boîte de massepains à demi vide s'accotait au pied de la lampe. Plongeant le regard à l'intérieur de l'abat-jour rose, Alleyn vit la coupelle de verre posée sur l'ampoule. Il la prit et l'examina attentivement. Elle ne présentait plus aucune trace d'huile, mais exhalait encore un léger parfum d'amandes douces. Alleyn la posa de côté.

Sur la coiffeuse, outre un assortiment de flacons et de pots, il y avait trois photographies encadrées, les mêmes qu'Alleyn avait vues ce matin-là dans le boudoir de Sybil Foster à *Quintern Place* : sa ravissante fille, son second époux et la photo de régiment où figurait avec avantage son très beau premier mari. L'épreuve était moins passée que celle vue le matin et Alleyn s'étonna qu'un tel Adonis ait pu engendrer un Claude Carter. Il regarda avec attention un énorme caporal qui, au dernier rang, louchait amicalement vers lui, et reconnut sur son uniforme l'insigne du régiment du duc de Montrose : des andouillers entourés d'une guirlande de bruyère. Alleyn se demanda combien de temps après que cette photo avait été prise était mort Maurice Carter. Il calcula que Claude devait avoir alors trois ou quatre ans, et se remémora ce que Verity Preston lui avait raconté concernant l'Alexandre noir. « Qu'est-ce donc que je n'arrive pas à me rappeler ? » se demanda-t-il avec agacement en regardant fixement le gros caporal.

Alleyn passa dans la salle de bains. Un grand bouquet de lys fanés se trouvait dans le lavabo. « C'est ça qui empeste tant ! » pensa-t-il.

De retour dans la chambre, il y trouva Fox, placide, et l'infirmière visiblement mécontente.

— Tout est comme lorsque vous avez été appelée ? demanda-t-il à cette dernière.

— On a enlevé des choses qui étaient sur la table de chevet et puis aussi, bien sûr, le corps. Mais c'est écœurant d'avoir tout laissé comme ça !

— Oui, n'est-ce pas ? Pourriez-vous nous dire ce que vous avez vu lorsque vous êtes entrée ici, ce soir-là ?

Elle déclara qu'elle était sur le point de se mettre au lit, lorsque le Dr Schramm lui avait téléphoné de venir tout de suite au 20. Là, elle l'avait trouvé penché au-dessus du lit où gisait Mme Foster, morte et qui se refroidissait déjà. Attirant son attention sur le whisky et les comprimés, le médecin lui avait demandé d'aller au dispensaire lui chercher le nécessaire pour vider l'estomac. Ce qu'elle fit sans dire quoi que ce fût aux personnes qu'elle rencontra en chemin.

— Nous savions que c'était trop tard, mais nous l'avons fait quand même, car le Dr Schramm estimait utile de conserver le contenu de l'estomac dans un flacon scellé. Nous avons dû pour cela écarter la table de chevet, mais rien d'autre n'a été dérangé. Le Dr Schramm y a veillé, me disant que c'était très important.

— Et ensuite ?

— Nous avons averti M. Delaware, le directeur. Ça l'a mis sens dessus dessous, bien entendu. On n'aime pas ce genre de choses dans une maison comme celle-ci. Puis nous avons fait venir le Dr Field-Innis, lequel a dit que la police devait être informée. Il a précisé que c'était la loi. Alors nous l'avons écouté.

Alleyn remarqua l'usage de plus en plus marqué du « nous » et ne pensa pas un seul instant qu'il pût s'agir là d'un pluriel de majesté.

Il remercia vivement *sister* Jackson et lui tendit une photo glacée qui représentait la tante Elsie de Fox. *Sister* Jackson l'examina bien attentivement, mais dit finalement sa certitude de n'avoir jamais vu cette personne. La photo réintégra son enveloppe et Alleyn ouvrit la porte à l'infirmière après avoir eu soin de couvrir au préalable le bouton de porcelaine avec son mouchoir.

— Oh ! c'est sans importance... pure routine, dit-il. Nous faisons surtout ces choses parce qu'on s'attend à ce que nous les fassions. Au revoir, *sister.*

En passant entre l'inspecteur et Alleyn, la main de l'infirmière frôla celle de ce dernier, puis elle s'éloigna dans un froufroutement de tissu empesé, toute rayonnante d'opulente féminité.

— Mazette ! fit l'inspecteur Fox.

— Vous a-t-elle frôlé ?

— En passant. Et vous ?

— En passant, moi aussi.

— Pensez-vous qu'elle ait été au courant des fiançailles ?

— À votre avis ?

— Si elle connaissait la nouvelle, ça n'avait pas dû lui faire plaisir.

— Nous verrons ça plus attentivement. Emportez

cette coupelle de verre, Fox. Nous demanderons à sir James d'y jeter un coup d'œil.

— Au cas où elle aurait contenu de l'acide prussique ?

— Quelque chose comme ça, oui. Après tout, ça sentait et ça sent encore l'amande. Mais ça n'est probablement qu'*Oasis*, j'en ai peur.

Quand elle les vit revenir, la réceptionniste leur dit s'être informée à propos de l'électricien. Personne ne savait rien de lui, sauf la fille qui lui avait remis les fleurs de Mme Foster. Il lui avait dit avoir été envoyé pour réparer une lampe au 20, et quand il était redescendu chercher une ampoule neuve dans sa voiture, la dame lui avait dit de prendre, en passant, des fleurs qu'il y avait pour elle à la réception. La jeune fille était incapable de donner un signalement de cet homme, sauf qu'il était mince, petit, qu'il s'exprimait correctement et n'était pas en bleu de travail mais portait des lunettes.

— Qu'est-ce que vous en pensez ? demanda Alleyn à son compagnon lorsqu'ils se retrouvèrent dehors.

— Ça me paraît plutôt bizarre.

— Et la lampe de chevet n'avait pas d'ampoule neuve. On y voyait très bien la trace laissée à la longue par la coupelle.

— Mais les lys étaient bien dans le lavabo de la salle de bains.

— Oui...

— Qu'est-ce qu'on fait maintenant ?

Alleyn consulta sa montre.

— J'ai rendez-vous avec le coroner dans une heure à Upper Quintern. Entre-temps, Bailey et Thompson auront eu tout loisir d'opérer sur les lieux.

— En quête de quoi ?

— Les trucs habituels. Relever les empreintes digitales, y compris celles de *sister* J. sur la photo de tante Elsie. Celles de Schramm doivent se trouver sur l'emballage du livre et celles de Prunella Foster, tout comme celles de sa mère, sur la trousse à maquillage. Chaque matin, les chambres sont faites à fond. Donc, tout ce qu'on y relèvera datera du jour du drame. Mais j'ai la nette impression que cette chambre écœurante n'a pas fini de nous en faire voir, Fox, mon ami.

CHAPITRE V

— ... Au vu desquelles circonstances, membres du jury, dit le coroner, vous pourrez être amenés à considérer qu'il convient d'ajourner cette audience *sine die.*

Il n'y eut donc rien d'étonnant à ce que le jury se rallie à cette suggestion.

G. M. Johnson et Marleena Biggs, deux femmes de chambre affectées au second étage de *Greengages*, avaient reconnu, avec des rires gênés, qu'elles avaient été témoins de la signature d'un testament par Mme Foster, une semaine avant le décès de celle-ci.

Ce testament fut la seule sensation de l'audience. Personne ne parut autrement surpris que Bruce Jardine héritât de vingt-cinq mille livres, mais la clause Swingletree et l'énorme héritage du Dr Schramm causèrent une véritable stupeur dans l'assistance. Trois envoyés de la presse provinciale quittèrent la salle en hâte et Verity Preston, qui était venue là parce que sa filleule lui avait dit que sa présence la réconforterait, eut le terrible pressentiment d'une publicité de mauvais aloi.

L'audience de l'enquête s'était tenue cette fois dans la salle des fêtes paroissiale et, en sortant devant l'église, Miss Preston se demanda si le jeune M. Rattisbon s'attendait ou non à ce qu'elle lui témoigne la même hospitalité que la précédente fois. Elle décida donc de demeurer là jusqu'à ce qu'il quitte la salle.

Prunella parut entre les deux Markos. Elle avait visiblement été très secouée et Gideon lui tenait la main tandis que Markos penchait vers elle son élégant profil. De nouveau, Verity eut le sentiment qu'ils avaient « absorbé » sa filleule.

En la voyant, Prunella dit quelque chose aux deux hommes et la rejoignit.

— Marraine... Êtes-vous au courant ? Je voulais vous le faire savoir... C'est pour après-demain... Jeudi. Ils vont... Ils ont dit que nous pouvions...

— Eh bien, ma chérie, c'est une bonne chose, non ? À quelle heure ?

— Trois heures. Ici. Je ne le dis pratiquement à personne... Juste à de très vieux amis. Quant aux fleurs, on les prendra dans notre jardin, qu'en pensez-vous ?

— Très bonne idée. Veux-tu que je te reconduise ? Ou bien es-tu... ?

Prunella parut hésiter puis dit :

— Vous êtes très gentille... Gideon et papa M. m'accompagnent, mais... puis-je rester un moment pour parler avec vous ?

— Bien sûr ! fit Verity en l'embrassant.

Les membres du jury firent leur apparition, suivis bientôt du coroner en compagnie de M. Rattisbon, que deux autres hommes rejoignirent.

— Qui sont ceux-là, je me le demande, dit Prunella. Vous les connaissez, marraine ? Le grand ?

— C'est celui qui est venu me voir. Le commissaire principal Alleyn.

— Alors, je comprends ce que vous vouliez dire quand vous me parliez de lui, apprécia la jeune fille.

Les trois représentants de la presse régionale entourèrent Alleyn, lequel regarda par-dessus leurs têtes du côté où étaient Verity et Prunella. Comme s'il lui avait fait signe, Verity se déplaça, de façon à masquer sa filleule aux yeux des journalistes. Au même moment, Bruce Jardine sortit de la salle des fêtes et aussitôt les reporters se ruèrent vers lui.

Alleyn s'approcha alors des deux femmes.

— Bonjour, Miss Preston, dit-il. Je me demandais si vous seriez là.

Puis à Prunella :

— Miss Foster ? Je suppose que votre excellente Mme Jobbin vous a dit que j'étais passé chez vous. Elle a été très aimable et m'a laissé entrer. Vous l'a-t-elle dit ?

— Oui. Je suis désolée d'avoir été absente.

— Oh ! à ce moment-là, je n'avais aucun besoin de vous déranger. Je le ferai peut-être un de ces jours, mais seulement, je vous le promets, si cela se révèle absolument nécessaire, car j'imagine que vous devez vivre de bien pénibles heures.

— D'accord, dit Prunella. Quand vous voudrez.

— Mon cher Alleyn ! s'exclama une voix derrière Verity. Quel plaisir de vous revoir !

C'était M. Markos qui, à leur insu, les avait rejoints en compagnie de Gideon. L'ambiance du petit groupe changea aussitôt. Markos passa un bras autour des épaules de Prunella tout en disant à Alleyn comme le tableau de Troy faisait bien chez lui, qu'il lui faudrait absolument venir le voir. Il prit Verity à témoin, paraissant soudain attacher du prix à sa réponse. Cela rappela à Miss Preston le panégyrique dont l'avait gratifiée la pauvre Sybil avant de devenir hostile aux Markos. Elle lui avait dit que Nikolas Markos était « extrêmement raffiné » et « un parfait homme du monde ». « Un monde auquel je n'appartiens pas, ce qui ne nous empêche pas d'avoir nombre de choses en commun », pensa Verity, avant de déclarer que le tableau était une splendeur.

— Le peintre sera aux anges quand je lui dirai cela, affirma le policier avant d'ajouter vivement : Ces messieurs de la presse semblent vouloir venir par ici, je crois qu'il serait bon que Miss Foster s'éclipse.

— Oui, sûrement ! approuva Gideon. Vite, ma chérie, à la voiture !

Mais un soudain silence venait de s'abattre sur les gens se trouvant encore sur la petite place et, tournant la tête, Verity vit le Dr Schramm sortir dans le soleil et attirer aussitôt comme un aimant les trois journalistes.

Une très belle voiture attendait à proximité. Pensant qu'elle devait être à lui, Verity se dit qu'il allait devoir passer près d'eux, et qu'ils n'avaient donc plus la possibilité de partir sans avoir l'air de le fuir.

Le geste dont il gratifia les journalistes signifiait clairement « Rien à déclarer ! » et comme il arrivait à la hauteur du petit groupe, il souleva son chapeau :

— Bonjour, Verity. Hello, Markos, comment allez-vous ? Bonjour, inspecteur.

Il marqua un léger arrêt, eut une inclination à l'adresse de Prunella et continua son chemin. Numéro très réussi, estima Verity, si l'on avait le culot nécessaire pour l'exécuter, et elle éprouva une sorte de colère à ce qu'il l'eût incluse dans le public y assistant.

— Tout le monde peut commettre une erreur, dit Markos. Venez, les enfants.

Demeurée seule avec Alleyn, Verity supposa que Markos avait voulu faire allusion au dîner qu'il avait donné ce fameux soir.

— Il faut que je m'en aille, dit-elle alors en ayant conscience que l'on ne peut dire « À après-demain » lorsque les retrouvailles doivent se faire à l'occasion d'un enterrement.

Sa voiture étant garée à côté de celle d'Alleyn, le policier l'y raccompagna. En les dépassant dans la sienne, le Dr Schramm les salua de sa main gantée.

— Dans l'ensemble, votre filleule semble ne pas trop mal supporter ces épreuves, non ?

— Si, c'est exact. Elle doit en trouver la force dans ses fiançailles.

— Avec le jeune Markos ? Oui, et aussi, je crois, dans la proximité de sa marraine.

— Moi ? Pas du tout. Ou du moins pas autant que je le souhaiterais, dit-elle en s'asseyant et attachant sa ceinture de sécurité. À propos, monsieur Alleyn, je suppose que le second testament a été homologué, ou je ne sais comment l'on dit ?

— Ça n'a pas encore eu lieu, mais ça ne fait aucun doute. À moins, bien sûr, qu'elle n'en ait rédigé encore un autre par la suite, ce qui paraît peu probable. Puis-je courir le risque de vous dire quelque chose en confidence ?

Surprise, Verity répondit :

— Je respecte les confidences, mais s'il s'agit de quelque chose que je ne pourrais vouloir dire à Prunella, j'aime mieux que vous le gardiez pour vous.

— De toute façon, je fais une exception en ce qui concerne Prunella. Le Dr Schramm et Mme Foster projetaient de se marier. Ils étaient fiancés.

Bien que sidérée par la nouvelle, Verity réfléchit que, tout compte fait, vu Sybil et Basil Schramm, elle n'était pas tellement surprenante.

Ce fut ce qu'elle dit finalement, tout en s'enquérant :

— Pourquoi avez-vous tenu à me mettre au courant ?

— En partie parce que je pensais que Mme Foster avait pu se confier à vous cet après-midi-là, mais surtout parce que j'avais idée qu'il pourrait vous être désagréable d'apprendre cette nouvelle incidemment.

— Et maintenant ça va se savoir ? *Il* va rendre la chose publique ?

— Je l'ignore... Mais si j'en juge par le fait qu'il a cru bon de me la dire...

— Je suppose que cela explique le testament.

— Oui, bien sûr.

— Pauvre Sybil ! se surprit à dire Verity, avant d'ajouter : Je souhaite que ça ne se sache pas. À cause de Prunella.

— Vous pensez que cela l'affecterait ?

— Oh ! oui... Pas vous ? Les jeunes sont très affectés lorsqu'ils ont le sentiment que leurs parents se comportent stupidement.

— Et vous pensez qu'il faut qu'une femme soit stupide pour se fiancer au Dr Schramm ?

— Oui, absolument, répondit Verity, car c'est ce que j'avais fait.

Alleyn parti, Verity demeura inerte dans sa voiture à l'arrêt, se demandant ce qui l'avait poussée à dire au policier quelque chose dont, depuis une vingtaine d'années, elle n'avait jamais soufflé mot à personne. À un policier ! Et qui plus était à un policier appelé à s'intéresser de façon toute professionnelle au médecin qu'il devait considérer comme un « suspect »... un suspect dans une affaire — pourquoi chercher à se le dissimuler plus longtemps — de « meurtre ».

Alleyn n'avait cependant pas cherché à la presser de questions, ni, à vrai dire, paru autrement intéressé. Il s'était borné à dire « Ah oui ? » puis après deux ou trois remarques banales, il avait pris congé. Dans sa voiture l'attendait un homme à la stature imposante qui avait également tout du policier. M. Rattisbon, l'air extrêmement préoccupé, s'en fut également dans son antique guimbarde. Le pasteur et Jim Jobbin, lequel faisait à l'occasion fonction de sacristain et aussi de fossoyeur, sortirent ensemble de l'église puis le pasteur indiqua un point du cimetière sur la droite, vers lequel ils se dirigèrent en contournant l'église. Verity eut conscience qu'ils devaient discuter d'une tombe. Le plus lointain des ancêtres Passcoigne reposait sous les dalles de l'église, mais il y avait des tombes de famille au sud du transept.

Verity vit alors Bruce Jardine dans son costume de tweed qui emboîtait le pas aux deux autres hommes et disparaissait à son tour derrière l'église.

Verity avait remarqué la présence du jardinier à l'enquête. Tout au fond de la salle, dominant ses voisins de la tête, les mains plaquées sur les cuisses, il se tenait assis très droit, l'air grave et solennel. Elle pensa qu'il voulait peut-être poser une question au pasteur concernant l'enterrement, pour apporter des fleurs de *Quintern Place* ou quelque chose comme ça. Auquel cas, c'était vraiment très bien de la part de Bruce. Elle-même devrait d'ailleurs proposer ses services au sujet des fleurs. Elle décida donc d'attendre encore un moment pour en parler au pasteur.

— Bonjour, dit Claude Carter en passant la tête à la portière opposée.

Verity sursauta car elle regardait justement de l'autre côté et n'avait même pas eu conscience que quelqu'un s'approchait de la voiture.

— Excusez-moi, dit-il en souriant. Je vous ai fait peur ?

— Oui.

— Désolé. Je me demandais si, au cas où vous rentreriez chez vous, vous pourriez m'emmener jusqu'au tournant.

C'était bien pour Miss Preston le plus indésirable des passagers, mais elle ne put faire autrement qu'acquiescer, en précisant simplement qu'il devrait attendre le temps qu'elle aille à l'église. Il déclara n'être pas pressé et monta dans la voiture. Verity remarqua qu'il avait rasé sa barbe et s'était fait couper les cheveux. Convenablement habillé, il faisait moins mauvaise impression que d'ordinaire.

Comme elle atteignait l'église, Verity vit le pasteur qui revenait en compagnie de Bruce et de Jim, mais ce dernier, soutenu par le pasteur, était littéralement plié en deux.

— Oh ! la saleté ! gémissait-il. Ça vous vient tout d'un coup... Je me suis baissé pour arracher ces bon sang de chardons et maintenant v'là que j'peux plus me redresser.

— Oui, c'est vraiment la guigne, opina le pasteur. Oh ! bonjour, Miss Preston. Comme vous voyez, notre Jim a une crise de lumbago.

— Attendez qu'on vous aide à descendre, Jim, intervint Jardine.

— Non, non. Si j'étais seul, faudrait bien que je me débrouille !

— Jim, je vais vous reconduire chez vous avec la voiture, proposa Verity.

— Non, merci quand même, Miss Preston, mais c'est déjà arrivé et ça m'arrivera encore. Alors, le mieux c'est que je me débrouille tout seul et c'est ce que je m'en vais faire, en me tenant à la rampe. Mais, ajouta-t-il avec une crispation de tout le visage trahissant sa souffrance, je me sentirai plus à l'aise si on ne me regarde pas.

Cramponné à la rampe, il entreprit la descente des marches d'accès au cimetière entourant l'église, mais s'immobilisa sur l'une d'elles pour crier :

— Seulement, maintenant, je ne serai pas capable de faire ce travail !

Il y eut un silence exprimant l'embarras soudain, mais Bruce le rompit en disant :

— Ça ne pose pas de problème. Si monsieur le pasteur veut bien, je creuserai la tombe, et je considérerai même ça comme un honneur.

— Qu'elle ait bien deux mètres de profondeur, hein ?

— Soyez tranquille, Jim, elle les aura, assura Bruce.

— Voilà qui est très heureux, Bruce, dit le pasteur. Et maintenant, si nous laissions Jim seul comme il le souhaite ?

Tandis qu'il les entraînait à l'intérieur de la vieille église dont l'un des vitraux représentait en saint Michel un Passcoigne qui ressemblait étrangement à sir Arthur Conan Doyle, Verity expliqua qu'elle eût aimé pouvoir aider pour les fleurs. Le pasteur l'informa que tous les vases étaient partagés entre les dames du Banc d'Œuvre, cinq en tout, et vouloir s'immiscer dans leur groupe, Verity le comprit, eût déclenché une prise de bec.

— En revanche, elles seront certainement très obligées si on leur apporte des fleurs.

Bruce parla d'une certaine variété de roses tardives que la défunte aimait tout particulièrement. Cette suggestion fut aussitôt approuvée et Verity quitta les deux hommes qui avaient encore des dispositions à prendre pour le creusement de la tombe.

Quand elle arriva en haut des marches descendant vers la place, Miss Preston vit que Jim Jobbin en avait atteint le bas à quatre pattes et que sa femme l'avait rejoint. Mme Jim expliqua qu'elle faisait ses courses pour le dîner lorsqu'elle avait vu son mari dans cette fâcheuse position. À présent, Jim se redressait en se cramponnant à sa femme comme si elle eût été un arbre. Verity renouvela son offre, mais ils lui dirent que leur cottage était tout proche et que cela ferait du bien à Jim de marcher. Ils partirent à tout petits pas, tandis que Verity regagnait sa voiture dont Claude s'empressa de lui ouvrir la portière.

— Avez-vous vu ce pauvre vieux Jobbin descendant les marches ? Fan-tas-tique ! On se serait cru au cinéma et c'était à se tordre !

— Le lumbago, quand on en souffre, ne prête pas à rire, rétorqua sèchement Miss Preston.

Elle roula jusqu'à l'angle du chemin menant à *Quintern Place.*

— Ça vous va comme cela, ou préférez-vous que je vous reconduise jusqu'à la maison ?

Il déclara ne pas vouloir l'obliger à faire ce détour, mais au lieu de descendre de voiture, il demanda :

— Qu'est-ce que vous pensez de ce nouvel ajournement de l'enquête ? Pour moi, c'est sûrement qu'ils soupçonnent quelque chose de louche.

Et comme Verity s'abstenait de tout commentaire, il ajouta :

— Ce qui risque d'embêter sérieusement ce toubib, Schramm. Et aussi, probablement, le pittoresque M. Jardine.

— Vous ne devriez pas suggérer de telles choses, Claude.

— Je ne suggère rien, c'est ce que tout le monde pense certainement, et je ne me sentirais pas à l'aise si j'étais à la place de ces messieurs. Mais enfin ils vont recevoir des legs qui devraient les consoler de bien des choses. Pour vingt-cinq mille livres, j'endurerais volontiers qu'on me jette des regards soupçonneux. Et encore plus pour ce que va toucher Schramm.

— Il faut que je rentre, Claude.

— De toute façon, on ne peut pas toucher à ma part, et Dieu sait qu'elle va être la bienvenue ! Mais ce vieux vestige de Rattisbon dit que je ne toucherai rien avant l'homologation du testament. Toutefois, on doit pouvoir emprunter sur ses « espérances », non ?

— Claude, il se fait tard...

— Personne ne semble trouver tellement bizarre qu'elle ait légué vingt-cinq mille livres à un jardinier qui, de surcroît, n'était à son service que depuis quelques mois. Il avait drôlement réussi à l'embobeliner et je pourrais vous raconter une ou deux choses concernant le jardinier Jardine.

— Il me faut partir, Claude.

— Bon, bon, d'accord.

Il descendit de voiture et fit claquer la portière.

— Merci pour le brin de conduite, et on se revoit à l'enterrement. *Ciao !*

Bien aise d'être débarrassée de lui, Verity le regarda s'éloigner dans le chemin. Même vu de dos, il semblait irradier une sorte de satisfaction désinvolte, qui ne s'accordait pas avec le personnage.

De retour chez elle, Miss Preston ne se sentit guère d'appétit pour son léger déjeuner. Bien que le soleil brillât, elle trouvait la journée oppressante, au point d'aspirer presque à voir un bataillon de nuages surgir à l'horizon du ciel clair.

Elle avait terminé la révision de sa pièce, qu'elle avait expédiée à son agent. À présent, elle se trouvait à la recherche d'un autre sujet et elle se demanda soudain si elle n'allait pas essayer de reprendre, en le rajeunissant, celui bien usé de la femme intelligente éprise d'un séducteur de second ordre. Si elle réussissait à accoucher d'une bonne pièce sur ce thème, exorciserait-elle du même coup le fantôme qui l'obsédait ?

Lorsque, à ce dîner chez Markos, elle avait constaté

que le magnétisme de pacotille du médecin était désormais sans effet sur elle, la découverte avait causé une vive satisfaction à Verity. Maintenant qu'un noir soupçon pesait sur Schramm, que ressentait-elle ? Et pourquoi, pourquoi diable avait-elle éprouvé le besoin de parler à Alleyn comme elle l'avait fait ? À présent, il allait sûrement vouloir en apprendre davantage sur Basil. Il demanderait peut-être à Verity s'il n'avait jamais été dans les ennuis, et que lui répondrait-elle s'il lui posait cette question ?

Alleyn, qui s'en retournait à *Greengages* via Maidstone, disait au même instant à Fox :

— Elle m'a dit ça sans que je l'y pousse le moins du monde et à présent elle doit en être la première étonnée. Je serais prêt à parier qu'il y a eu autre chose que l'humiliation d'être rejetée par un homme à bonnes fortunes. Mais j'ai grand-peur que, maintenant, elle se refuse à m'en apprendre davantage.

— De toute façon, vu la place éminente qu'il occupe sur notre liste de suspects, nous devons nous occuper de lui. Par quoi commençons-nous ?

— Ses antécédents. Côté médical, notamment. C'est à Lausanne, je crois, qu'il a décroché son diplôme. Voyez s'il a exercé en Suisse ou aux États-Unis. Par ailleurs, voyez si l'on a acheté un formulaire de testament chez un papetier ou libraire de la région comprise entre ici et *Greengages*.

— Espérons qu'il ne nous faille pas pousser les recherches jusqu'à Londres.

— De tout cœur, oui, ami Fox. Mais, courage, nous allons peut-être découvrir que G. M. Johnson, Marleena Biggs ou bien encore l'affriolante *sister* Jackson, est allée faire cette emplette durant son jour de repos.

Et ce fut exactement cela. En arrivant à *Greengages*, les policiers ne tardèrent pas à apprendre que Johnson et Biggs, qui étaient de repos le même jour, étaient allées, une semaine avant le décès de Mme Foster, acheter la formule chez un papetier de Greendale. Pour les remercier, Mme Foster leur avait donné vingt livres en leur disant d'aller prendre le thé et s'offrir le cinéma.

— Même que le Dr Schramm lui a dit qu'elle nous gâtait trop !

— Ah ! le docteur était au courant ?

— Oui, il est arrivé dans sa chambre à ce moment-là.

À l'issue de cet entretien, Alleyn fut contacté par le directeur de l'hôtel qui, de toute évidence, n'éprouvait guère de plaisir à les revoir. Il les escamota dans son bureau où il leur offrit à boire, tout en disant :

— J'aimerais savoir jusqu'à quand vous allez avoir besoin de la chambre. Nous nous attendons à être au complet la semaine prochaine et elle nous fait grand besoin, vous comprenez ?

— Je crois pouvoir vous annoncer que nous venons aujourd'hui pour la dernière fois, lui répondit Alleyn avec entrain.

— J'espère ne pas vous paraître trop incivil, si je vous dis que cette nouvelle me réjouit. Désirez-vous que quelqu'un vous accompagne là-haut ?

— Non, merci. À présent, nous connaissons le chemin.

Le second étage donnait l'impression d'être désert. Ils progressèrent sans bruit sur la moquette du couloir jusqu'à la porte du 20. Les hommes du labo étaient venus et repartis après avoir rempli leur tâche. Fox allait rompre les scellés apposés sur la porte, quand Alleyn lui dit :

— Un instant, Fox... Regardez ça.

En face du 20, il y avait une alcôve masquée par un rideau. Alleyn avait écarté ce dernier, découvrant ainsi un aspirateur.

— Jolie petite cachette, non ? Vous avez votre torche électrique sur vous ?

Fox la lui fit passer et Alleyn entra dans l'alcôve en refermant le rideau.

À l'autre extrémité du long couloir, l'ascenseur s'immobilisa, d'où émergèrent *sister* Jackson et une autre dame. Avec une rapidité surprenante chez un homme de sa corpulence, Fox rejoignit Alleyn dans la cachette.

— La Jackson, chuchota-t-il tandis que l'inspecteur Alleyn éteignait la torche.

— Elle vous a vu ?

— Je ne crois pas. Mais elle a quelqu'un avec elle.

— Pourquoi vous cacher, idiot ? Vous n'avez pas lieu de le faire.

— Elle me trouble !

— Vous faites bouger le rideau...

Mais c'était trop tard. Le rideau fut brusquement tiré de côté par *sister* Jackson, qui poussa un cri perçant.

— Bonjour, *sister*, lui dit Alleyn en braquant sur elle le rayon de la torche électrique. Pardonnez-nous si nous vous avons fait peur.

— Que fabriquez-vous dans le placard aux balais ? demanda-t-elle d'une voix haletante, une main plaquée sur son impressionnante poitrine.

— Oh ! un simple travail de routine.

— Ne m'envoyez pas ce truc dans la figure ! Sortez de là-dedans.

Ils s'exécutèrent et l'infirmière leur dit alors d'un ton plus conciliant :

— Vous m'avez donné un drôle de choc !

— La réciproque est vraie... mais beaucoup plus agréable ! lui décocha M. Fox en retour.

Placée entre eux deux, elle les regarda tour à tour et Alleyn lui dit :

— Nous vous présentons toutes nos excuses.

Elle hocha la tête, comme pour marquer son acceptation, mais Alleyn fut surpris de sentir trembler la main qu'elle posa sur celle tenant la lampe et de constater comme elle avait pâli.

— Je vous pardonne, mais à condition que vous me disiez pourquoi vous êtes là-dedans.

— J'avais aperçu quelque chose.

Ouvrant son autre main, il exhiba aux regards un lys

complètement fané et dont le pollen avait taché sa paume.

— Je pense, dit Alleyn, qu'il doit correspondre à ceux ayant composé le dernier bouquet reçu par Mme Foster. Et je me demande ce que l'électricien fabriquait dans ce débarras.

— L'électricien ? balbutia-t-elle. Quel électricien ?

— Ne vous tracassez pas pour ça. Vous pouvez retourner à vos occupations en emportant nos excuses renouvelées pour la frayeur que nous vous avons involontairement causée.

Lorsqu'elle fut repartie vers l'autre extrémité du couloir, Alleyn dit :

— Je vais jeter un autre coup d'œil dans ce placard, mais sans vous.

Alleyn referma le rideau derrière lui et son absence se prolongea pendant quelques minutes. En rejoignant Fox, il lui dit :

— On ne fait pas souvent le ménage là-dedans et il y a pas mal de poussière par terre... De la poussière marquée d'empreintes dues sans doute aux femmes de chambre mais, dans l'angle opposé à celui où se trouve l'aspirateur, il y en a deux côte à côte, pied droit pied gauche, avec les talons touchant le mur. Des empreintes laissées par des chaussures d'homme à semelles de crêpe. Et à côté d'elles, devinez quoi ?

Ouvrant la main, il présenta un autre lys fané.

— Lorsque nous redescendrons, nous demanderons à la réceptionniste si, par hasard, elle avait prêté attention aux chaussures de cet électricien.

— C'est peu probable.

— De toute façon, Bailey et Thompson vont avoir ici un petit boulot supplémentaire.

Lorsqu'ils pénétrèrent dans la chambre 20, Alleyn gagna directement la salle de bains où le fétide bouquet était toujours dans le lavabo. Non seulement il s'agissait de lys semblables, mais l'inspecteur repéra même les deux tiges d'où étaient tombées les fleurs.

— Je note donc « Retrouver l'électricien », dit Fox.

— Vous lisez dans mes pensées.

— Vous n'imaginez pas le jardinier Jardine revenant ici avec ses fleurs après le départ de Miss Foster et de ses amis ?

— Non, à moins qu'il n'ait rétréci. La réceptionniste a parlé d'un homme petit, mince, et à lunettes, ce qui ne saurait correspondre à Jardine. Claude Carter, au contraire, répondrait à ce signalement, car rappelons-nous que ce soi-disant électricien n'était pas en bleu mais portait simplement un costume de ville.

— Mais le mobile ? Attendez... Je crois qu'il va recueillir ce dont le premier mari de Mme Foster n'avait laissé que l'usufruit à sa femme.

— Exactement. Alors, tâchez de savoir quel bus il a pris pour regagner Quintern et si on l'a vu en quelque endroit, avec ou sans fleurs. À ce propos, je crois avoir remarqué un carton vide et un sac en plastique dans le fameux débarras. Voulez-vous y ranger ces fleurs écœurantes, en mettant à part les deux que j'ai ramassées là-bas. Pour ma part, je m'en vais aller examiner de nouveau les oreillers.

Il y en avait trois, dans des taies ornées de broderie anglaise et de volants. Comme même à *Greengages* on ne devait pas donner dans ce genre de coûteuses fantaisies, le policier supposa que Mme Foster les avait apportées avec elle.

Le plus petit des oreillers gardait l'empreinte laissée par la tête de la défunte. Le plus grand se trouvait au pied du lit et présentait une surface parfaitement lisse. Alleyn le retourna. L'autre côté était tout froissé, surtout au centre, froissé et taché de rose pâle en deux endroits où le fragile tissu présentait même une déchirure. Cherchant dans la trousse à maquillage posée sur la table de chevet, Alleyn y trouva un rouge pour les lèvres, d'un rose pâle, qui correspondait parfaitement aux traces que présentait l'oreiller.

Durant la cinquantaine d'heures qui s'écoulèrent en attendant l'inhumation de Sybil Foster dans le cimetière entourant l'église, l'enquête policière se multiplia et s'accéléra, le plus souvent par téléphone. Comme presque toujours en pareille occurrence, on découvrit des choses sans intérêt ou bien alors contradictoires, telles des pièces d'autres puzzles qui auraient été mélangées à celui que l'on voulait reconstituer.

Parmi les éléments utiles, la plupart étaient plus suggestifs que probants. Ainsi, un coup de fil à l'hôpital St Luke permit d'établir que Basil Smythe y avait été étudiant de première année, mais n'avait pas persévéré. Une prise de contact avec la police helvétique mit Alleyn en rapport avec un hôpital de Lausanne, où il eut confirmation qu'un Dr Basil Schramm y avait eu son diplôme. Le « e » de Basile allait peut-être de pair avec le changement de nom. Mais, jusqu'à nouvel ordre, on n'avait rien pu découvrir concernant ses activités aux États-Unis.

À la requête de Mme Foster et une semaine avant son décès, Mme Jim Jobbin avait remis à Bruce Jardine un flacon de comprimés somnifères. Mme Foster avait précisé qu'on le trouverait dans le tiroir de sa table à écrire. Le flacon avait été acheté quelque temps auparavant chez un pharmacien de Maidstone. Bruce et Mme Jim avaient remarqué que le flacon était pratiquement plein ; le jardinier l'avait porté le jour même à *Greengages.*

Claude Carter avait de ces antécédents que l'on qualifie de douteux. Il avait joué un tout petit rôle dans le trafic de drogue. Durant sa jeunesse, il avait purgé une courte peine de prison pour tentative de chantage. On le soupçonnait d'avoir débarqué du S.S. *Poseidon* avec une petite quantité d'héroïne. S'il l'avait fait, il avait refilé la drogue à quelqu'un avant de passer à la douane, où il avait été fouillé.

Verity Preston s'était rappelé l'auguste nom du précédent employeur de Bruce Jardine. Une enquête discrète avait confirmé l'authenticité des références données par Bruce et son passé sans tache. Le chef jardinier, nommé McWhiter, n'avait pas tari d'éloges à son égard.

Une autre enquête à la City permit d'apprendre que Nikolas Markos était un millionnaire ayant un grand nombre d'intérêts divers dont le pétrole était le principal. Il était également propriétaire d'une chaîne d'hôtels de luxe en Suisse, dans le sud du Pacifique et sur la Costa Brava. Il était d'origine grecque, mais Gideon avait fait ses études dans une célèbre université ainsi qu'à la Sorbonne, et on le disait sur le point de prendre une part de responsabilités dans les multiples activités de son père.

Mais on ne parvint pas à apprendre quoi que ce fût de plus sur l'« électricien » qui avait porté les fleurs de Bruce dans la chambre de Sybil Foster. La réceptionniste n'avait prêté aucune attention à ses pieds.

En fin de journée, l'avant-veille de l'enterrement, M. Fox s'enquit :

— Alors, nous allons bavarder un peu avec M. Claude Carter ?

Alleyn et lui se trouvaient à Scotland Yard après avoir passé la journée, Fox à Upper Quintern, et son supérieur dans la capitale.

— Oui, je crois que cela s'impose, mais nous allons devoir procéder avec une extrême prudence. En effet, s'il est dans le coup, il doit être sur ses gardes, et si nous paraissons nous intéresser de trop près à lui, il est capable de nous filer entre les mains, d'où perte de temps ensuite pour le retrouver.

— Pensez-vous qu'il assistera à l'enterrement ?

— Il peut penser que nous trouverions bizarre qu'il ne le fasse point, après s'être montré tellement assidu aux audiences de l'enquête. Toutefois qu'avons-nous contre lui au juste, en dehors du fait qu'il est petit, maigre et porte des lunettes mais pas de bleu de travail ?

— Vous oubliez qu'il a traîné aux alentours de la chambre tragique pendant nous ne savons combien de temps, car du côté des bus personne ne se souvient ni de lui ni de Bruce Jardine. Et puis il y a le mobile, encore qu'il n'ait pas beaucoup de poids en ce qui le concerne. N'y a-t-il rien à tirer des lys dans le débarras ?

— Rien, si ce n'est qu'ils ont pu tomber dans le couloir et qu'on les aura poussés d'un coup de pied sous le rideau pour que « ça ne fasse pas sale ».

— Ah ! vous ne simplifiez pas les choses ! soupira Fox.

— Bailey et Thompson sont peut-être rentrés avec quelque chose d'intéressant.

Convoqués dans le bureau de l'inspecteur principal, les deux spécialistes déposèrent, avec un minimum de paroles, tout un assortiment de photos sur un buvard.

— Vos conclusions ? leur demanda Alleyn après avoir examiné les clichés un à un.

— Comme vous le pensiez, chef. Il s'agit bien de traces de rouge à lèvres et elle a mordu la taie au point de la déchirer. On a fait des surimps et ça correspond avec sa mâchoire.

Alleyn hocha la tête.

— Fox, mon ami, quand on cherche à se tuer en absorbant des barbituriques on peut être amené à vomir malgré soi, mais on ne mord pas son oreiller.

— Bref, nous n'avons pas complètement perdu notre temps. Pouvons-nous en conclure qu'elle a été étouffée ?

— Si c'est l'avis de sir James, ce sera aussi le nôtre. Curieux que les médecins n'aient pas remarqué cet oreiller... surtout Field-Innis.

— À ce stade-là, ils étaient convaincus qu'il s'agissait d'un suicide. Or l'oreiller était au pied du lit, le côté taché face à la couverture. Et concernant les empreintes digitales, Bailey ?

— Comme il fallait s'y attendre : celles du Dr Schramm, de l'infirmière Jackson, de l'autre médecin, et aussi, bien sûr, celles de la défunte un peu partout. Celles de la petite Foster sur le nécessaire à maquillage.

— Et sur le verre ?

— Ça, c'est le plus intéressant, dit Bailey d'un air satisfait. Rien. Aucune empreinte. Et il en va de même pour le flacon de comprimés ainsi que la bouteille de whisky.

— On se sera donc servi de gants, mais seulement après qu'elle eut perdu connaissance, commenta Fox. Ou expiré ? ajouta-t-il.

— Non, monsieur Fox. Pas si elle a été étouffée.

Bailey exhiba alors un sac en plastique contenant le dos de la taie d'oreiller brodée et ornée de volants.

— Là, dans la partie opposée à celle où il y a les déchirures avec les taches de rouge à lèvres, elle est toute froissée, comme si on l'avait pressée avec les mains.

— Des mains gantées. Ça se confirme donc. Rien d'autre dans la chambre ?

— Rien d'intéressant.

Le téléphone sonna. Un appel de Berne. La voix du correspondant d'Alleyn parvint très distinctement à son oreille.

— Monsieur l'inspecteur principal ? J'apporte un rectificatif à notre précédent entretien, concernant le Dr Schramm... Vous vous le rappelez ?

— Oh ! très bien.

— Monsieur l'inspecteur principal, nous avons fait des recherches plus approfondies et il est maintenant certain que le Dr Schramm en question est mort depuis 1952.

— Si ça n'est pas abuser de votre obligeance, dit alors Alleyn, pourriez-vous voir si, vers la même époque, on ne trouve pas trace dans cet hôpital d'un étudiant en médecine générale, nommé Basil Smythe ?

— Mais bien sûr ! Voulez-vous m'épeler le nom ?

Lorsque ce fut fait, Alleyn s'entendit annoncer qu'on

le rappellerait avant une heure. Douze minutes plus tard, Berne était de nouveau en ligne.

Un Anglais nommé Basil Smythe était bien présent au Sacré-Cœur vers la même époque, mais il n'avait pas terminé ses études de médecine et était donc reparti sans diplôme.

Alleyn remercia chaleureusement son collègue pour tant de promptitude, puis, sur un ultime échange de compliments, la communication fut conclue.

— Il n'y a donc pas que dans les romans policiers qu'on se trouve avoir trop de suspects, fit remarquer Fox le lendemain matin tandis qu'ils roulaient de nouveau vers *Greengages*. Mais dans la réalité, c'est plutôt rare. Là, les dates concordent, n'est-ce pas ?

— D'après les registres de St Luke, il y était étudiant en médecine durant l'année 50, mais il est parti avant les examens terminaux.

— Si bien que nous commençons à nous demander s'il a jamais passé ces fameux examens et s'il a son diplôme ?

— Ouais...

— À moins que se trouvant sur place et connaissant le vrai Schramm, il se soit emparé de son diplôme lorsque celui-ci est mort. Ou ai-je trop d'imagination ?

— Vous en avez beaucoup, en tout cas. D'un autre côté, ça n'aurait rien de tellement impossible...

À *Greengages*, ils montèrent directement dans la chambre 20, dont l'ambiance devenait de plus en plus repoussante.

— Ce n'est pas le genre d'affaire que j'aime, se plaignit Fox. Au lieu de savoir qui est le coupable et de devoir simplement rassembler suffisamment de faits pour l'accuser, on passe d'un suspect à un autre, comme un batteur de jazz change d'instrument !

— L'image est peu banale, mais juste.

— Prenez le mobile, par exemple. Il y a Bruce Jardine qui récolte vingt-cinq mille livres, le beau-fils qui va enfin toucher ce dont la dame avait l'usufruit, et un toubib à la manque qui encaisse une fortune. Sans parler de M. Markos qui avait le béguin pour la maison de la défunte tandis que *sister* Jackson l'avait pour le fiancé d'icelle. Trop, c'est trop !

— Je suis désolé que cette abondance vous contrarie, ami Fox, mais je ne puis en éliminer encore aucun. Si nous considérions maintenant un peu le *modus operandi* ? Qu'avez-vous à dire sur ce point, à présent que Bailey et Thompson ont terminé leur boulot ?

— Eh bien, je vois les choses un peu de la façon suivante... Après que Mme Foster, mise au lit par sa fille, eut dîné de bonne heure, un personnage, que nous appellerons l'électricien, prit les fleurs à la réception et monta au 20. Alors qu'il se trouvait encore dans le couloir, il entendit ou vit venir quelqu'un et se dissimula vivement dans le débarras.

— Comme vous le soulignez, nous ne savons pas très bien ce qui aurait pu l'inciter à se comporter de la sorte.

— Il a réagi instinctivement, comme je l'ai moi-même fait en pareille occurrence, dit Fox. Alors qu'il se cachait dans l'alcôve, deux des lys se trouvèrent décapités. L'alerte passée, le soi-disant électricien entra au 20... Maintenant, ne me bousculez pas...

— Jamais pareille idée ne me serait venue !

— Il a traversé la chambre et gagné la salle de bains, dit Fox en joignant l'action à la parole tout en élevant la voix pour continuer d'être entendu. Il a mis les fleurs dans le lavabo... et j'aime autant vous dire qu'elles puent drôlement à présent... puis il est revenu dans la chambre bavarder avec la dame, continua Fox en reparaissant et se penchant vers le lit d'un air enjôleur. Elle lui dit ne pas se sentir bien dans son assiette et il lui raconte que, pour y remédier, l'idéal est un somnifère avec un petit coup de whisky. Au fait, la petite n'a-t-elle pas dit avoir sorti le flacon de comprimés pour sa mère ? Si ? C'est bien ce qu'il me semblait. Donc, le gars lui prépare le whisky avec de l'eau, et nous en arrivons à la phase sinistre de l'affaire, car cela lui a servi de prétexte pour s'éclipser avec le flacon de comprimés et en fourrer déjà deux, ou trois, ou quatre dans le whisky...

— Il y avait un pot d'eau sur la table de chevet.

— Je me doutais que vous alliez me faire cette objection. Il lui a suffi de dire que cette eau n'était plus fraîche. À son retour, il donne un ou deux comprimés à la dame, qui les avale en croyant que ce sont les seuls qu'elle ingurgite.

— Vous ne pensez pas que les autres comprimés auraient donné un goût au whisky ?

— Il l'avait fait très corsé, pour être sûr que les comprimés se dissolvent bien et qu'elle ne sente pas le goût de ceux-ci. De toute façon, si elle a eu conscience d'un goût, elle l'aura mis tout naturellement sur le compte des comprimés qu'elle absorbait en même temps que le whisky. Elle en a maintenant ingurgité une demi-douzaine.

— Admettons. Et ensuite ?

— Il attend. La persuade peut-être de reprendre encore un whisky avec lui... Puis quand elle commence à être dans les vapes, il l'étouffe avec l'oreiller.

Alleyn hocha lentement la tête :

— Ça me paraît tout à fait plausible...

— Chouette, alors ! dit Fox, visiblement revigoré par cette déclaration. J'ai oublié de dire qu'il lui avait encore fourré des comprimés dans la bouche, lorsqu'elle était dans les vapes, en pensant qu'elle allait les déglutir. Le mieux étant l'ennemi du bien, et l'excès un défaut, là, il en a trop fait. Ensuite, pour rendre le suicide plus convaincant, je suppose qu'il est allé vider le reste des comprimés dans les w.-c.

— Durant tout ce temps, la télévision marchait-elle ?

— Oui. Car le Dr Schramm l'a trouvé allumée lorsqu'il est revenu de Londres... Oh ! mais, bien sûr, si c'est lui l'assassin...

— Il sera rentré beaucoup plus tôt qu'il ne l'a dit, mais la réceptionniste ne risquait guère de le prendre pour un électricien inconnu. Il faudrait donc que quelqu'un d'autre ait joué ce rôle, se soit caché dans le débarras, ait mis les fleurs dans le lavabo et soit reparti sans avoir fait aucun mal.

— Eh oui...

— Ne prenez pas cet air abattu. Rien ne prouve que Schramm soit notre homme.

— Et si c'était Claude Carter ?

— Ça collerait. Ah... mais pas pour Jardine, car le signalement ne correspond absolument pas.

— Mais nous avons aussi des gens qui ont rôdé dans les parages, sans mettre à exécution les idées qu'ils avaient peut-être en tête. La défunte était absolument opposée aux fiançailles de sa fille, n'est-ce pas ?

Alleyn ne répondit pas. Il s'était approché de la coiffeuse et regardait l'arsenal de produits de beauté, ainsi que la photo de régiment dans son cadre d'argent.

Après un long silence, il dit :

— Savez-vous, Fox, que durant votre homélie vous m'avez apporté la preuve que j'étais un exemple frappant d'enquêteur distrait ?

— Que me dites-vous là ?

— La vérité, pour pénible qu'elle me soit.

— J'aimerais bien savoir ce qui motive une telle déclaration.

— Allons-nous-en de ces lieux empestés et je vous dirai ça en chemin.

— En chemin vers où ? s'enquit raisonnablement Fox.

— L'endroit où j'ai été frappé de cécité ou de stupidité. L'endroit qui est à l'origine de tous nos ennuis. L'endroit marqué « x ».

— Upper Quintern ?

— Upper Quintern. Et je crois, mon ami, que nous ferons bien de nous assurer deux chambres à l'auberge. Autant être à pied d'œuvre

CHAPITRE VI

La voiture de Prunella était garée devant *Quintern Place*. Ce fut la jeune fille elle-même qui vint ouvrir aux deux policiers, leur expliquant qu'elle séjournait à *Mardling* et était simplement passée prendre son courrier. Elle conduisit Alleyn et Fox dans son salon, une pièce aux exquises boiseries et semblant baigner dans une clarté douce, qui fit se récrier d'admiration l'inspecteur principal.

— Vous aimez ? s'enquit-elle.

— Bien sûr ! Pas vous ?

— Oh ! si. J'ai toujours grand plaisir à me retrouver dans cette maison. Mais actuellement j'y serais trop seule...

Elle s'assit entre les deux hommes. Elle parut à Alleyn pâle et tendue.

— Nous ne vous retiendrons pas longtemps, dit-il. Juste une ou deux questions à vous poser.

— Ah... Ma première impression a été que vous veniez m'apprendre que ma mère avait été assassinée. J'entends : officiellement, car je sais bien que vous le pensez.

Jusqu'alors elle avait parlé de la façon étouffée qui lui était habituelle, mais là, elle avait soudain forcé le ton en nouant ses mains au creux de sa jupe.

— Non, ce n'est pas pour cela que nous venons.

— Mais vous le pensez, n'est-ce pas ?

— Nous pensons que ça n'est nullement exclu, oui, j'en ai peur. Et vous ?

Prunella marqua un temps avant de répondre :

— Je ne sais pas... Plus je me pose la question et moins j'arrive à avoir un sentiment précis. Mais la police, bien sûr, en sait toujours davantage qu'elle ne le dit, non ?

— Cela arrive, convint Alleyn qui enchaîna aussitôt : Je voulais avant tout vous demander si vous aviez bien été consultée au sujet de la cérémonie de demain. Elle est prévue pour quinze heures trente, n'est-ce pas ? En principe, le corps de votre mère devait être conduit de Maidstone à l'église vers quatorze heures, mais peut-être préférez-vous qu'elle y passe la nuit ? Auquel cas, cela peut très facilement s'arranger.

Pour la première fois, Prunella le regarda bien en face.

— Oui, j'aimerais beaucoup que cela se passe ainsi, et je vous en remercie.

Des larmes se mirent à rouler sur ses joues.

— Excusez-moi, monsieur... Je croyais avoir réussi à dominer mes nerfs...

Tandis qu'elle cherchait son mouchoir et se tamponnait les yeux, M. Fox s'en fut jusqu'à la plus lointaine fenêtre contempler le paysage.

— Un choc pareil... C'est bien compréhensible...

— Que cela ne vous empêche pas de me demander ce que pour quoi vous étiez venu.

— Oh ! cela peut attendre...

— Non ! fit Prunella en frappant impulsivement du pied comme une enfant.

— Avant tout, je vous dirai ce que je ne manque jamais de dire en pareil cas : n'allez pas sauter aux conclusions et imaginer quelque arrière-pensée sinistre derrière des questions de pure routine.

— Je vous écoute, dit Prunella en reniflant.

— Que savez-vous concernant le premier mari de votre mère ?

Prunella le regarda avec surprise.

— Ce que je sais ? Seulement ce que tout le monde sait. Vous voulez parler de la façon dont il est mort et de l'Alexandre noir ?

— Oui. Nous avons entendu parler du timbre et de la lettre inachevée adressée à votre mère.

— Alors, il n'y a rien d'autre que je puisse vous apprendre.

— Savez-vous si votre mère avait conservé cette lettre ? Et d'autres lettres de son premier mari ?

— Oui. Dans le tiroir pas tellement secret de son bureau.

— Et vous les avez gardées ?

— Oui, car ce sont de fantastiques lettres d'amour... des lettres exquises. Elles ne peuvent avoir aucun rapport avec tout ceci. C'est impossible !

— J'ai vu la photo de régiment.

— Oui, Mme Jim me l'a dit.

— C'était vraiment un très bel homme.

— Oui. On l'appelait le « beau Carter ». On a peine à le croire, hein, quand on voit Claude ? Il n'avait que vingt et un ans lorsque sa première femme est morte en mettant Claude au monde. J'ai toujours pensé que ç'avait été un effroyable gâchis et qu'il eût mieux valu que le bébé meure... Encore que, dans ce cas, je ne serais pas... Comment savoir, après tout ? Ça donne le tournis d'entrer dans de telles considérations !

Elle regarda vers l'autre extrémité de la pièce où, ayant chaussé ses lunettes, M. Fox se penchait pour examiner un meuble ancien.

— Que fait-il ? chuchota-t-elle.

— Preuve de tact.

— Oh ! Je comprends...

— Votre mère parlait souvent de son premier mari ?

— Pas très souvent, non. Je pense qu'elle en avait perdu l'habitude du vivant de mon père, car je crois qu'il était jaloux, le pauvre. Lui-même était loin d'avoir le physique de Carter, alors... Si bien que maman avait dû retirer de la circulation tout ce qui se rapportait à Maurice... car il s'appelait Maurice et elle m'en parlait de temps en temps.

— Et notamment de l'époque où il était mobilisé ? Pendant la guerre, lorsque cette photo a été prise ?

— Oui. Pourquoi ?

— De ses camarades officiers ? Ou des hommes qu'il avait sous ses ordres ?

— *Pourquoi* me demandez-vous cela ? insista la jeune fille. Ne soyez pas comme ces horribles journalistes qui vous bombardent de questions n'ayant rien à voir avec l'affaire... Je ne vois pas quel rapport il pourrait bien y avoir avec les camarades du premier mari de maman et l'assassinat de celle-ci, maintenant que la plupart de ces hommes doivent être morts eux aussi.

— Et son ordonnance, par exemple ? En parle-t-il dans ses lettres ? Les relations entre un officier et son ordonnance sont souvent très étroites.

— Maintenant que vous y faites allusion, dit Prunella avec un rien d'agacement, je me souviens des allusions à propos de quelqu'un qu'il appelait « le caporal » et qui pouvait être effectivement son ordonnance. Dans sa dernière lettre, entre autres, celle qu'il a écrite ici. Maurice avait eu une permission inattendue et il en avait profité pour venir ici, mais maman était en Écosse avec ses W.R.N.S. Dans cette lettre, il explique qu'il va essayer de la joindre par téléphone mais qu'il lui laisse ce mot pour le cas où il n'y parviendrait pas. Mais il a interrompu brusquement cette correspondance, expliquant qu'il était rappelé d'extrême urgence à Londres et qu'il avait tout juste le temps d'attraper son train. Vous savez sans doute que ce train a été bombardé.

— Oui.

— Une bombe est tombée en plein sur son wagon. C'est à peine si on a pu identifier les occupants.

— Et au sujet du caporal ? Dans la lettre ?

— Oh ! oui... Un détail émouvant... Il dit à maman ce qu'elle devra faire si jamais il est tué, mais il ajoute qu'elle n'a pas de souci à avoir car le caporal veille sur lui « comme une nounou ».

— Rien concernant l'Alexandre noir ?

— Si, justement... Il dit que, à la réflexion, sa banque de Londres se trouvant dans un quartier où le blitz sévit avec un maximum d'acharnement, il a préféré reprendre le timbre pour le mettre en un lieu plus sûr. Il parle d'une pochette étanche ou je ne sais quoi. Et c'est là qu'il a été interrompu par ce coup de fil le rappelant d'urgence à Londres. Alors, il a ajouté « Je t'embrasse », c'est tout.

— Le timbre n'a jamais été retrouvé ?

— Non. Et ça n'est pas faute de l'avoir cherché. Mais Maurice devait très probablement l'avoir sur lui quand il est mort.

— Miss Foster, je ne vous demanderais pas cela si ça n'était important pour moi. Cela vous ennuierait-il de me faire voir ces lettres ?

Prunella regarda ses mains, crispées autour du mouchoir.

— Ce que vous me dites me paraît... fantastique. Des lettres d'amour, pures et simples, écrites voici quarante ans et ne concernant qu'eux deux...

— Je sais, et je comprends que ma demande vous choque. Mais vous n'avez pas idée comme je peux me montrer professionnel et détaché en pareille circonstance... Tout à fait comme un médecin. Montrez-les-moi, je vous en prie.

De nouveau, elle regarda du côté de Fox, toujours occupé à détailler les beautés du meuble ancien.

— Oh ! je ne veux pas en faire une histoire... Je vais aller vous les chercher.

— Sont-elles encore dans le tiroir pas tellement secret du bureau ?

— Oui.

— J'aimerais voir ça. Les tiroirs secrets sont ma spécialité, en quelque sorte, dit Alleyn qui ajouta en élevant la voix : Fox, puis-je vous arracher à votre contemplation ?

— Je vous demande pardon, chef... et à vous aussi, mademoiselle. Mais ma tante, Miss Elsie Smith, a une table du même genre dans son magasin de Brighton.

Alleyn marcha jusqu'à la table en question, laquelle était en réalité une vitrine, contenant des médailles, deux miniatures, une vinaigrette[1], plusieurs tabatières en argent ou cloisonné, et une boîte à musique, le tout disposé sur un fond de velours bleu.

— J'aime beaucoup ce genre de vitrines dont le contenu résume parfois l'histoire d'une famille. Je vois que vous avez changé récemment la disposition de ces petites merveilles.

— Mais non ! Pourquoi ? demanda vivement Prunella en les rejoignant aussitôt.

Les marques laissées sur le velours indiquaient clairement qu'il avait été procédé à un nouvel arrangement.

— Quoi ! Encore ! Ah ! non, ça passe les bornes ! s'exclama-t-elle.

— Que se passe-t-il ? Après qui en avez-vous ?

— Claude Carter. Vous savez, je suppose, qu'il séjourne ici ? Il passe son temps à fureter partout.

— Où ça, par exemple ?

— Tout l'intéresse : les vieux plans de la maison et du jardin, les tiroirs des meubles. Il tourne et retourne entre ses mains le courrier qui ne lui est pas destiné ; je gage que, si l'occasion s'en présentait, il n'hésiterait pas à le lire. Comme je n'habite pas ici en ce moment, il a le champ libre...

— Il est ici actuellement ?

— Je l'ignore. Je viens tout juste d'arriver. Mais je ne sais pas pourquoi je vous parle de ça... Vous voulez voir ces lettres ? Venez.

Alleyn la suivit dans le couloir, puis l'escalier.

— Comme M. Markos sera heureux de gravir un aussi bel escalier dont les marches sont presque dorées quand le soleil les touche...

1. Flacon de sels contenu dans un étui de cuir (*N.d.T.*).

— Je ne l'avais pas remarqué.

— Oh ! mais c'est un tort. Il ne faut pas être blasé, mais avoir constamment le sentiment de son bonheur.

Parvenue sur le palier du premier étage, Prunella se retourna pour regarder le policier.

— Est-ce votre habitude de parler ainsi ? J'entends : quand vous êtes en service ?

— Uniquement quand j'ai l'espoir d'être compris.

Prunella l'introduisit dans la chambre de sa mère, une pièce somptueuse avec un lit à baldaquin et des peaux d'ours blancs. Mais en dépit de tout ce luxe, la chambre donnait l'impression que son cœur l'avait abandonnée. La porte ouverte d'une armoire en laissait voir le vide intérieur.

— J'ai envoyé tous les vêtements au théâtre le plus proche, dit vivement Prunella. Les choses dont ils n'auront pas l'utilisation, ils les vendront.

La coiffeuse avait été dépouillée aussi de tous ses accessoires et Alleyn dit en hochant la tête :

— Oui, c'était probablement la meilleure solution.

— Nous allons transformer complètement cette pièce. Mon futur beau-père est absolument fantastique en ce qui concerne les travaux de ce genre. Il me conseillera.

— Oui, oui, fit poliment Alleyn.

— Vous trouvez peut-être ma réaction dure et excessive. Mais je vous demande de vous souvenir du testament, de la façon dont ma mère a essayé de m'acheter — il n'y a pas d'autre mot — pour que j'épouse une sorte de monstre et m'a punie quand je m'y suis refusée. Je ne l'aurais jamais crue capable d'aller jusque-là et elle ne me fera plus verser une seule larme... Mais, encore une fois, je me demande bien ce qui me pousse à parler de la sorte avec vous. Les lettres sont dans ce petit bureau et je parie que vous ne trouverez pas le tiroir secret.

Elle se détourna et Alleyn l'entendit se moucher. Ouvrant le tiroir central du meuble, il tâta du bout d'un doigt le pourtour intérieur et sentit la légère saillie qui commandait l'ouverture du double fond, où il trouva le classique paquet de lettres noué de l'inévitable ruban fané. Il y avait également là une enveloppe ouverte, contenant une demi-douzaine de photos sépia.

— Je pense, dit-il, que le mieux est que je lise tout de suite ces lettres, afin de vous les rendre si je n'y découvre rien d'intéressant pour moi. Peut-être y a-t-il en bas un endroit où l'inspecteur Fox et moi pourrions nous installer ?

Prunella le conduisit alors dans le « boudoir » du rez-de-chaussée où il avait été introduit lors de sa première visite. Au passage, ils cueillirent Fox, en contemplation devant un pastel représentant Sybil jeune fille.

— Les lettres que vous n'emporterez pas, dit la jeune fille, je vous demande d'avoir l'obligeance de les remettre où elles étaient.

— Oui, oui, inutile que nous vous retenions plus longtemps.

— Vous ne m'en voulez pas d'avoir parlé comme je l'ai fait ?

— Au contraire !

Ils se serrèrent la main et Alleyn dit, lorsqu'il se retrouva seul avec Fox :

— Cette enfant est un peu comme la Hollande, où l'on a les quatre saisons dans la même journée... Et vous, avec votre tante Elsie !

Il y avait huit lettres qu'Alleyn partagea entre eux. Fox chaussa ses lunettes et se mit à lire aussitôt.

Prunella avait raison. C'étaient des lettres d'amour « pures et simples ». Le jeune mari était profondément épris et savait exprimer son amour.

En cours de lecture, on s'habituait aux surnoms de ses camarades de régiments. Le caporal était bien l'ordonnance du capitaine Carter, un personnage dont il était souvent question dans cette correspondance. Certaines lettres étaient illustrées de petits dessins, dont un montrait l'énorme caporal poursuivi par des guêpes sous le ciel de Toscane. On les voyait s'engouffrer sous son kilt et il louchait en ouvrant sa bouche toute grande. Il s'en échappait un ballon où l'on pouvait lire : « Vous comprenez, ça n'est pas tant les piqûres que l'impertinence de la chose ! »

La dernière lettre était inachevée, comme l'avait dit Prunella. Elle s'arrêtait sur ces mots : « Ainsi donc, mon cher amour, je ne vous reverrai pas cette fois. Je dois m'arrêter si je ne veux pas manquer ce satané train. En ce qui concerne le timbre... Désolé, je n'ai plus le temps. Votre époux follement épris. »

Alleyn rassembla les lettres, renoua le ruban. Puis il passa aux photos. Maurice Carter figurait sur chacun de ces clichés pâlis et ressemblait beaucoup à Rupert Brooke [1]. Sur l'une d'elles, il tenait par la main un enfant au physique ingrat : Claude, sans aucun doute. Sur une autre, il était avec une Sybil aussi jeune que ravissante. Une troisième était un double de la fameuse photo de régiment. Sur la quatrième, Maurice apparaissait avec le grade de capitaine, en kilt, et l'on voyait l'énorme caporal au garde-à-vous à l'arrière-plan.

Alleyn alla l'examiner près de la fenêtre, à l'aide de sa loupe de poche puis il dit :

— Nous allons emporter ces quatre-là. Je vais lui signer un reçu.

Il le rédigea et alla le ranger avec les lettres.

Quand les deux hommes sortirent de la maison sans avoir rencontré personne, ils virent que la voiture de Prunella n'était plus là. Fox suivit Alleyn le long des portes-fenêtres de la bibliothèque, contournant la maison en direction des anciennes écuries.

— Il est probablement encore occupé avec ses champignons, dit Alleyn.

Effectivement, torse nu et paraissant ainsi nettement plus jeune, Bruce était au travail. En entendant appro-

1. Poète anglais, 1887-1915 (*N.d.T.*).

cher les visiteurs, il posa sa truelle et mit une main en auvent au-dessus de ses yeux.

— Oh, vous revoilà, monsieur l'inspecteur. Que puis-je faire pour vous cette fois ?

— Vous pouvez nous dire, si vous le voulez bien, caporal Jardine, le nom de votre régiment et de son capitaine, lui répondit Alleyn.

— Je n'arrive pas à y croire, murmura Bruce en louchant sur Alleyn. Je ne peux pas vous dire quel choc ça me fait...

— Vous ne vous en doutiez pas ?

— Comment voudriez-vous que j'aie pu imaginer une chose pareille ? Je ne crois pas qu'elle ait même mentionné le nom de son premier mari devant moi.

— Oui, mais il y avait ce garçon nommé Carter.

— Carter ! Carter ! Il y en a tellement d'autres encore qui portent ce nom ! Pourquoi aurais-je rattaché ce garçon à mon capitaine, mort depuis près de quarante ans et qui était un des meilleurs hommes que j'aie jamais connus ? Même le physique n'avait aucun rapport... Puis-je voir encore ces photos, monsieur ?

Alleyn les lui tendit.

— Ah ! je me rappelle très bien le jour où ce groupe a été pris. Je l'avais complètement oublié, mais maintenant je m'en souviens parfaitement.

— Et vous n'aviez pas remarqué la réplique de cette photo qui se trouvait dans la chambre de Mme Foster à *Greengages* ? demanda Alleyn.

Bruce le regarda et son énorme bouche esquissa une moue de reproche :

— Monsieur l'inspecteur, je ne suis jamais entré dans sa chambre. Ça n'aurait pas été convenable. Elle me recevait dans un petit salon, en bas, ou encore dans le jardin.

— Je vois... Excusez-moi.

— Et ces autres photos... Mon Dieu, ça doit être

Claude... Qui le croirait ? Oh ! et en voilà une autre avec moi au fond... Quelle coïncidence, vraiment !

— Vous n'étiez jamais venu à Quintern ? Et il ne vous en parlait jamais non plus ?

— S'il l'a fait, le nom n'était pas resté dans ma mémoire. Et je n'étais encore jamais venu ici... Je n'avais aucune raison. Quand nous partions en permission — et il en a eu une juste avant d'être tué —, il me laissait filer directement chez moi. Oh ! c'était un bon officier, ça oui... Il avait la photo de sa dame sur lui et il me l'avait montrée... Quand je pense que... Mais elle avait beaucoup changé, bien sûr.

— Vous aussi. La première fois, je ne vous avais pas reconnu sur ces photos.

— C'est à cause de la barbe, expliqua gravement l'autre en regardant son torse avec satisfaction. Pour le reste, je me défends encore pas trop mal.

— Vous aviez fini par bien connaître le capitaine Carter, je suppose ?

— Oui et non... Qui a dit qu'il n'y a pas de grand homme pour son valet de chambre ? Pour l'ordonnance, c'est à peu près la même chose.

— Après sa mort, vous êtes-vous mis en rapport avec sa femme ? Lui avez-vous écrit ?

— Oh ! non, je ne me serais pas permis ! D'ailleurs, on a fait mouvement le soir même et on est allé au front. Je n'ai appris la chose qu'après notre débarquement.

— Mais quand vous avez regagné l'Angleterre ?

— Ç'a été seulement après la guerre. J'ai été fait prisonnier à Cassino et j'ai passé le reste de mon temps dans un camp.

— Et Mme Carter n'a jamais cherché à vous joindre ? Je veux dire : le capitaine parlait beaucoup de vous dans ses lettres. Il vous appelait tout le temps « le caporal ». J'aurais pensé qu'elle eût cherché à entrer en contact avec vous.

— Il parlait de moi ? Vraiment ? fit Bruce avec une

sorte d'excitation attendrie. Oh ! non, quelle histoire ! Comme c'est dommage...

— Jardine, au point où nous en sommes, vous devez avoir conscience que nous envisageons dans cette affaire la possibilité d'un assassinat ?

Bruce contempla de nouveau les photos et dit d'un air absent :

— Oui, bien sûr... C'est une horrible conclusion, mais j'en avais effectivement conscience... Oh ! dire qu'il parlait de moi dans ses lettres ! Ça, alors !

— Êtes-vous disposé à nous aider si vous en avez la possibilité ? Cessez de regarder ces photos et écoutez-moi, voulez-vous ?

À regret, Bruce se sépara des photos et dit :

— Oui, bien sûr que je suis prêt à vous aider.

— Bon. Alors, première question. Le capitaine Carter vous a-t-il jamais parlé ou l'avez-vous entendu parler d'un timbre de valeur qu'il possédait ?

— Non... Attendez ! Si fait ! Je m'en souviens maintenant. C'était avant qu'il parte pour ce qui devait être sa dernière permission. Il m'a dit que ce timbre était dans un coffre, à sa banque de Londres, mais qu'avec le blitz et tout il n'était pas tranquille. Alors, qu'il allait probablement passer le chercher.

— Vous a-t-il dit ce qu'il avait l'intention d'en faire ?

— Non, non. Pas un mot.

— Vous en êtes sûr ?

— Certain, affirma Bruce avec indifférence.

— Dites-moi... Êtes-vous d'origine écossaise ?

— Moi ? Non, absolument pas. Mais depuis que j'étais tout gosse j'ai travaillé en Écosse et avec des Écossais. Je me suis engagé dans un régiment écossais et vous avez dû remarquer que je parle un peu comme eux.

— Oui, ça ne pouvait pas m'échapper.

Le jardinier hocha la tête avec satisfaction.

— Oui, on me prend pour un des leurs et j'en suis fier.

Puis il décocha un regard pénétrant à Alleyn.

— Si vous pensez à un assassinat, monsieur, je suppose que je dois figurer sur votre liste de suspects, pour la bonne raison que j'hérite de vingt-cinq mille livres. Exact ?

— Exact, convint Alleyn.

— Alors, je souhaite que vous puissiez m'éliminer bientôt de votre liste. En attendant, tout ce que je peux faire, comme n'importe quel homme qui se sait innocent, c'est dire la vérité en souhaitant qu'on me croie. Et je vous ai dit la vérité, monsieur.

— Grosso modo, oui.

— Il n'y a pas de « grosso modo » là-dedans, rétorqua gravement Bruce, et je suis certain que vous finirez par vous en rendre compte.

Il consulta sa montre-bracelet, énorme comme lui, regarda le soleil et dit qu'il lui fallait aller au cimetière.

— Jim Jobbin a un lumbago et c'est moi qui creuse la tombe. Je creusais pour elle ici, et je continue à le faire maintenant qu'elle n'est plus là. La différence, c'est qu'on peut plus plaisanter ensemble comme on le faisait. Donc, si vous n'avez plus besoin de moi, monsieur l'inspecteur, je m'en vais prendre congé.

— Voulez-vous que nous vous déposions avec la voiture ?

— Je vous suis très obligé, mais j'ai ma vieille guimbarde. Mme Jim m'a préparé un casse-croûte et une bouteille, mais si c'est trop long, je m'en irai quand même souper un brin chez ma sœur. Elle habite une petite maison de Stile Lane, juste au-dessus de l'église. Savez-vous, par hasard, quand c'est qu'on doit amener le corps ?

— Ce soir. Après la tombée de la nuit, vraisemblablement.

— Et il restera dans l'église jusqu'à demain ?

— Oui.

— Ça, c'est bien, approuva Bruce.

— Merci pour votre concours.

Alleyn alla ouvrir l'autre porte et passa la tête dans l'entrebâillement.

— Est-ce que ceci fait partie du logement qui devait être aménagé pour vous ?

— Oui, c'est l'idée qu'avait Madame.

— Est-ce que M. Carter s'y intéresse ?

— Oh ! pour ça, oui. Il est toujours à venir fouiner, déclara le jardinier d'un ton écœuré. On croirait que c'est lui l'héritier légitime.

— M'étonne pas, marmotta Alleyn. Venez, Fox.

Ils laissèrent le jardinier en train d'enfiler sa chemise.

— À sa façon, commenta Fox, c'est un type remarquable.

Verity avait Nikolas Markos à déjeuner. Il lui avait téléphoné la veille en lui demandant de « le prendre en pitié ».

— Si vous préférez, je vous conduirai quelque part, jusqu'au *Ritz* au besoin et vous serez mon invitée. Mais je vous avoue que je rêve de manger une omelette sous vos tilleuls. Notre charmante Prue séjourne ici et sa présence me donne conscience de mon âge. D'autant plus qu'elle s'emploie constamment à essayer de me le faire oublier, en riant de mes vieilles plaisanteries et m'incluant toujours sans effort dans leurs conversations. Elle m'embrasse même sur le front !

— Je peux, à tout le moins, vous promettre de ne pas faire ça. Mais je ne vaux pas grand-chose comme cuisinière.

— Chère dame amie, j'ai dit une omelette et ça n'était pas une figure de style. Si vous voulez bien me le permettre, j'apporterai simplement une bouteille de la Veuve. Autant vous dire tout de suite que j'ai un problème. À demain, et mille mercis.

Et ce fut bien une omelette qu'ils dégustèrent sous les tilleuls, mais avec des épinards à la crème et précédée d'un consommé madrilène glacé, avec un stilton pour conclure.

La journée était exquise. Fidèle à sa parole, M. Markos avait apporté une bouteille de champagne dont la présence dans le seau à glace suffisait, estima Verity, à magnifier le repas. Elle voulait bien croire que son invité prenait à la chose tout le plaisir qu'il disait, mais cela n'empêchait pas que, dans ce jardin anglais, il paraissait aussi exotique qu'un frangipanier. La chevelure abondante mais disciplinée, la belle bouche charnue, les grands yeux noirs et les vêtements certainement très coûteux en dépit de leur sobriété, rappelaient à Verity les réserves exprimées par Sybil Foster.

« La différence, pensa-t-elle, c'est que son exotisme ne me gêne pas. Et je suis sûre que Sybil n'en aurait pas davantage été gênée s'il lui avait prêté plus d'attention ! »

Quand ils en furent au café et qu'il alluma une cigarette turque, Markos dit :

— Je pense que vous devez avoir l'habitude de recevoir des confidences et que vous les gardez toujours pour vous. Je me trompe ?

— Je ne le pense pas, non, répondit Verity tout en comparant cette approche avec celle d'Alleyn.

M. Markos s'en fut alors chercher dans sa voiture deux grandes feuilles de carton attachées ensemble.

— Vous rappelez-vous que, lorsque nous avons examiné avec Prunella les plans originaux de *Quintern Place*, il y en avait un, plus petit, concernant les jardins, que vous avez dit n'avoir encore jamais vu ?

— Oui, oui, parfaitement.

— Le voici.

Entre les deux feuilles de carton se trouvait le plan en question.

— Je pense qu'il est postérieur aux autres et dû à une autre main. Il est extrêmement détaillé. Je vous demande de l'étudier avec beaucoup d'attention. Y décelez-vous un minuscule ajout qui ne s'explique pas ? Prenez votre temps.

S'agissant d'un plan concernant les jardins, la maison

y était simplement délimitée et il en allait de même pour les écuries. Le regard de Verity, encore que la chose ne la passionnât guère, explora les pavillons, fontaines, terrasses, cascades, bosquets, mais elle n'y trouva rien d'insolite. Elle s'apprêtait à le dire lorsqu'elle remarqua, à l'emplacement des écuries, une ligne intérieure suggérant une division en deux pièces, une ligne qui semblait avoir été tracée au crayon et sans règle, alors que tout le reste était d'une encre ayant viré au brun. Elle se pencha davantage pour mieux voir, et, dans un coin, repéra un « x » minuscule qui, celui-là, avait sûrement été fait au crayon.

M. Markos, qui ne la quittait pas des yeux, eut un petit croassement satisfait :

— Aha ! Vous l'avez repéré !

— En effet, oui, si vous voulez parler de... fit-elle en posant l'index sur les marques au crayon.

— Bien sûr, bien sûr ! Et qu'en déduisez-vous, chère Miss Preston-Watson ?

— Simplement, j'en ai peur, qu'à une certaine époque quelqu'un a envisagé une modification à l'intérieur des écuries.

— Conclusion très watsonienne. Je dois vous dire que, en ce moment même, un ouvrier est en train de transformer la partie avant de cette pièce en une culture de champignons de couche.

— Ce doit être Bruce, le jardinier. Peut-être que Sybil et lui, en parlant de ce projet, ont sorti le plan et marqué l'endroit où ils entendaient le mettre à exécution.

— Mais pourquoi le point marqué « x » ? Il n'indique nullement l'endroit où vont être cultivés les champignons, mais se trouve à l'intérieur de la pièce adjacente.

— Peut-être ont-ils ultérieurement changé d'avis.

— Cet « x » se trouve dans un angle où subsistent les restes d'une cheminée. Je dois vous avouer que, après avoir fait cette découverte, je suis allé sur place examiner les lieux.

— Je ne vois pas d'autre hypothèse...

— Parce que j'ai triché en vous cachant un indice. Me découvrant fasciné par ses plans, Prunella me dit un soir que le fameux Claude Carter manifestait pour eux un intérêt au moins égal, et qu'elle l'avait vu étudier celui-ci à la loupe. Alors, qu'en dites-vous ?

Verity n'arrivait pas à s'expliquer la jubilation que sa découverte semblait causer à Nikolas Markos. Et si, comme elle en avait l'impression, il s'apprêtait à rattacher cette découverte à la mort de Sybil Foster, elle ne voulait pas s'en mêler. Dans le même temps, elle ne tenait pas à avoir l'air indifférente et il semblait en avoir parfaitement conscience.

— À considérer froidement la situation, dit-il, il ne fait aucun doute que la police est persuadée que la mort de Mme Foster est due à un meurtre. Cela étant, n'importe quoi ayant eu lieu à *Quintern Place* avant ou après le drame doit être porté à l'attention des enquêteurs. Vous en êtes d'accord ?

— Oui, bien sûr, acquiesça Verity en se ressaisissant. À moins qu'ils ne l'aient déjà découvert eux-mêmes. De quoi s'agit-il ?

— Si ça n'est le pas le cas, voici l'occasion de leur en faire part. Vous avez une visite, ma chère amie.

C'était l'inspecteur Alleyn, à pied, qui remontait l'allée.

— Je suis désolé d'arriver à un moment si mal choisi, déclara-t-il, mais je m'en revenais de *Quintern Place*, lorsque j'ai pensé que vous aimeriez probablement connaître les dispositions qui ont été prises pour ce soir et demain, au cas où le pasteur ne vous en aurait pas encore informée.

— C'est très aimable à vous, d'autant que nous devons nous occuper des fleurs.

Verity devait s'avouer que si elle était particulièrement heureuse de la venue d'Alleyn, c'était surtout parce que Markos lui avait semblé se montrer de plus en plus intime et qu'elle s'en trouvait toute gênée, ayant depuis longtemps perdu l'habitude de susciter l'attention des hommes.

Avisant le plan, Alleyn dit que Prunella lui avait parlé de cette collection. Il se pencha, émit de petits bruits de bouche appréciateurs, se pencha davantage et finit par sortir une loupe de sa poche, à la grande joie de M. Markos :

— Un vrai détective ! Loupe et tout !

Quand l'attention de l'inspecteur Alleyn se porta vers les écuries, Markos fut comme en suspens.

— Une petite marque a été faite au crayon, indiquant la pièce adjacente à celle où l'on entreprend actuellement de cultiver des champignons de couche.

— Et qu'en concluez-vous, mon cher Alleyn ? s'enquit Markos.

— Pas grand-chose... Et vous ?

— Vous ne pensez pas, par exemple, à quelque trésor enfoui ?

— Ma foi, on peut toujours creuser pour voir ce qu'il en est... Cet « x » indique l'emplacement d'une cheminée en ruine ; alors peut-être était-il simplement question de la restaurer, afin de transformer les lieux en un logement pour le jardinier, ou quelque chose comme ça.

— Mais oui ! s'exclama Verity. Figurez-vous que Sybil m'avait parlé d'un projet de ce genre, parce que Bruce était à l'étroit chez sa sœur et, de surcroît, ne s'entendait pas très bien avec elle.

— Vous devez avoir probablement raison tous les deux, mais vous m'en voyez très déçu, dit Markos. C'est d'un prosaïque !

— Je vais peut-être vous réconforter en vous annonçant une découverte toute fraîche. Bruce Jardine se trouvait être, durant la guerre, l'ordonnance du capitaine Maurice Carter.

M. Markos fut un moment avant de revenir de sa surprise.

— *Le jardinier ?* Et Sybil Foster était au courant ? Ainsi que Prunella ? Non, Prunella certainement pas.

— Bruce Jardine lui-même ne s'en doutait pas le moins du monde, semble-t-il.

— Que voulez-vous dire ? demanda Verity en éprouvant un soudain besoin de s'asseoir.

Alleyn le lui expliqua.

— Je me suis toujours montré très sceptique à l'égard des coïncidences, déclara M. Markos. D'instinct, je suis porté à les rejeter.

— Moi non, dit Verity. J'y crois mais je les trouve assommantes. Ici, toutefois, la coïncidence me paraît un peu raide.

— Peut-être à cause de ce qui s'est passé ? Si Mme Foster n'était pas morte et si un jour, dans le courant d'une conversation, il était apparu que Bruce Jardine avait été l'ordonnance du capitaine Carter, quelle aurait été la réaction ?

— Je puis vous dire ce qu'aurait été celle de Sybil. Elle en aurait fait tout un plat, en affirmant avoir toujours *senti comme un quelque chose* !

— Et vous ?

Verity demeura un instant pensive, puis déclara :

— Oui, vous avez raison. J'aurais dit : « Non, vous vous rendez compte ! Quelle coïncidence extraordinaire ! » mais sans plus.

— Puis-je vous demander comment cette découverte s'est produite ? s'enquit Markos.

— Je l'ai reconnu sur une vieille photo de régiment. Mais pas tout de suite, je dois l'avouer à ma honte, car s'il ne portait pas de barbe à l'époque, il louchait déjà.

— A-t-il paru embarrassé quand vous avez mentionné ce fait ? demanda Verity.

— *Ahuri*, conviendrait mieux. Puis il a eu votre réaction : « Quelle coïncidence ! » qui s'est aussitôt nuancée de regret : « Si seulement j'avais su ça... »

— Que fait-il maintenant ? Toujours occupé par ses

champignons ? Juste à côté — autre coïncidence — de l'endroit marqué par un « x » ?

— Quand je l'ai quitté, il se rendait à l'église.

— *À l'église ?* Pourquoi ?

— Je sais pour quoi, dit Verity. Même si cela commence à ressembler à un sombre mélodrame, c'est parce qu'il doit creuser la tombe de Sybil.

— Pourquoi lui ?

— Parce que Jim Jobbin a un lumbago.

— Qui est... Non, peu importe, se reprit vivement M. Markos qui poursuivit : Mon cher Alleyn, pardonnez-moi si je vous importune, mais tout ceci vous semble-t-il jeter une clarté suspecte sur ce Jardine ?

— Si c'est le cas, il n'est pas le seul à baigner dans cette clarté.

— Non ? Mais oui, bien sûr, j'oubliais l'affreux Claude. Ce Jim Jobbin, dont vous parlez, est digne de confiance ?

— C'est le mari de Mme Jim qui s'en va une fois par semaine aider vos domestiques à *Mardling*. Pour ma part, je soupçonnerais la femme du pasteur de faire des choses qu'il ne faut pas, plus facilement que s'il s'agissait de Mme Jim.

— Alors, la question est réglée, ma très chère Verity, lui assura Markos tandis que, une fois de plus, elle regimbait intérieurement contre cette familiarité. Finalement, ajouta-t-il à l'adresse d'Alleyn, il y a bien peu de suspects. Dans un bon roman policier...

— Je me le demande... Vous en avez peut-être oublié un.

Dans le silence qui suivit, comme une vague rumeur, on perçut le bruit de la circulation automobile sur l'autoroute de Londres distante de six kilomètres.

— Oh ! s'exclama Markos, vous voulez parler du Dr Basil Schramm... Non, non, je ne l'avais pas oublié.

— Parce que je dois aller le voir, j'aimerais parler un peu de lui avec vous. C'est vous qui l'avez présenté aux notabilités de Upper Quintern, je crois ?

— En quelque sorte, oui, mais de façon très superficielle.

— Vous voulez bien m'excuser ? dit Verity. J'ai un coup de fil à donner et puis il faut absolument que je m'occupe des fleurs.

Elle s'efforça de ne pas les quitter trop précipitamment et, après son départ, les deux hommes s'assirent.

— J'irai droit au but, dit Alleyn. Pouvez-vous m'apprendre des choses concernant le Dr Schramm ? Par exemple : où a eu lieu sa soutenance de thèse ? Pour quelle raison il a changé de nom ? Quoi que ce soit ?

— Lui avez-vous posé ces questions ?

— Pas encore.

— Je vois... Eh bien, je ne sais pas grand-chose de lui, si ce n'est que sa soutenance de thèse a eu lieu quelque part en Suisse. J'ignorais qu'il avait changé de nom, et ne puis donc vous dire pour quelle raison il l'a fait. Nous avons fait connaissance lors d'une traversée de l'Atlantique à bord du *Queen Elizabeth II* et ensuite à New York au cours d'un cocktail qui réunissait les passagers au *St Regis*. Ce même soir, à sa suggestion, nous avons dîné ensemble, puis nous avons fait le tour de quelques clubs où il avait ses entrées. Après ça, je n'ai plus eu de ses nouvelles jusqu'à ce qu'il me téléphone à *Mardling* alors qu'il se rendait à *Greengages*. Sur le coup de la surprise, je l'ai invité à dîner. Je ne l'ai pas revu depuis lors.

— Vous a-t-il jamais parlé de ses activités professionnelles ?... Je veux dire : s'il avait un cabinet à New York ou bien était attaché à un hôpital, une clinique, je ne sais quoi ?

— Pas en détail, non. À bord, il était le boute-en-train d'un groupe qui s'était formé autour d'une de mes amies, la princesse Palewski. J'ai cru comprendre qu'il la comptait au nombre de ses patientes, ainsi que deux autres dames américaines aussi connues qu'elle. J'imagine qu'il doit exercer un certain attrait sur les femmes, mais c'est vraiment, mon cher Alleyn, tout ce que je sais de Basil Schramm.

— Et que pensez-vous de lui ? s'enquit Alleyn.

— Qu'entendez-vous exactement par là ?

— Eh bien, par exemple, quelle opinion avez-vous de son caractère ? Le considérez-vous comme un garçon agréable ? Un homme intègre ? Un type qui ne fait pas le poids ?

— C'est un garçon agréable, mais qui ne fait certainement pas le poids ; encore qu'il réussisse à masquer la chose derrière son charme. Et je pourrais aussi facilement me fier à lui que soulever un piano... Un piano à queue.

— Même en ce qui concerne les femmes ?

— Surtout en ce qui concerne les femmes.

— Je vois, dit gaiement Alleyn. Sur ce, il faut que je me sauve, car je suis en retard. Au fait, savez-vous par hasard si Miss Foster est à *Quintern Place* ?

— Prunella ? Non. Gideon et elle sont allés à Londres ce matin. Ils seront de retour pour le dîner. Prunella séjourne actuellement chez nous.

— Bon, je file. Vous voudrez bien m'excuser auprès de Miss Preston ?

— D'accord. Et je suis navré de n'avoir pu vous être plus utile.

— Oh ! cette visite n'aura pas été infructueuse. Au revoir !

Fox attendait dans la voiture. Quand il vit arriver Alleyn, il mit le moteur en marche.

— Je dois donner un coup de téléphone. Alors, nous utiliserons celui de *Quintern Place*. Il nous faut établir une surveillance de toute urgence. La police locale va devoir nous donner un de ses hommes. Vous l'enverrez là-bas creuser dans le foyer de la cheminée des écuries. Qu'il creuse profond, et s'il trouve ainsi quelque chose qui ne soit pas des gravats, qu'il le garde. Quand il aura terminé, qu'il mette les scellés sur les issues. Si on lui demande ce qu'il fabrique, il n'aura qu'à répondre qu'il agit sur ordre de la police. Mais j'espère que personne ne lui posera de questions.

— Et Jardine ?

— Jardine est occupé à creuser la tombe.

— Ah ! oui, c'est juste...

— Mais il se peut que Claude Carter soit dans les parages.

— Ah ! celui-là !...

Mais en cours de route ils rencontrèrent Mme Jim qui s'en allait à l'église pour les fleurs. Elle leur dit que Claude Carter était absent depuis le matin, « pour aller voir un homme au sujet d'une voiture », et ne rentrerait pas de toute la journée.

— Madame Jim, dit Alleyn. Nous voulons donner un coup de fil et jeter un coup d'œil à l'intérieur de la maison. Miss Foster étant absente, pouvez-vous nous aider ? Avez-vous une clef ?

— C'est que... Je ne sais pas si j'ai le droit...

— Je vous comprends et croyez bien que je ne vous le demanderais pas si ça n'était très important. Écoutez, vous n'aurez qu'à nous suivre partout où nous irons si vous voulez ? Et nous vous conduirons ensuite à l'église avec la voiture ?

Mme Jim balança encore un instant, puis dit « Bon, d'accord » et monta dans la voiture.

À *Quintern Place*, Mme Jim ouvrit la porte avec une clef qu'elle gardait sous une pierre dans la resserre à charbon.

Tandis que Fox téléphonait dans la cuisine à la police d'Upper Quintern, Alleyn s'en fut vers les écuries. Du côté des champignons, tout était évidemment comme Bruce l'avait laissé, mais il avait emporté sa truelle. Alleyn ouvrit la porte de communication avec l'autre pièce. À première vue, tout semblait comme lors de sa précédente visite. Entrant par la fenêtre aux vitres sales, le soleil faisait ressortir les empreintes de pas que Carter et lui avaient laissées sur la poussière du plancher. Il n'y en avait pas d'autres, mais celles de Carter, remarqua

Alleyn, étaient plus nombreuses que les siennes. Avec une curieuse sensation au creux de l'estomac, le policier se tourna du côté de la cheminée. Alors, il se mit à égrener une série de jurons, ce qui ne lui arrivait pas souvent.

Lorsque Fox le rejoignit, il le trouva agenouillé devant la cheminée.

— Ils envoient tout de suite un de leurs hommes, annonça l'inspecteur.

— Il est bien temps ! Regardez donc !

Fox traversa la pièce en quatre grandes enjambées et sur la pointe des pieds.

— On a tout démoli ?

— Oui, et voyez-vous ce que je vois ? questionna Alleyn en pointant l'index.

— Les vestiges d'un trou carré. Comme si une boîte ou quelque chose du même genre avait été enterré là. C'est ça ?

— Je le pense, oui.

— Le type avait des semelles de crêpe.

— Alors que pensez-vous de l'endroit marqué « x » ?

— Je pense que la réponse est Carter. Mais pourquoi ? Qu'a-t-il fait ?

— Fox, mon ami, lorsque j'ai jeté un coup d'œil ici vers trois heures, cette cheminée était encore comme depuis Dieu sait quand.

— Et Jardine est parti en même temps que nous.

— Pour creuser une tombe, travail de longue haleine qui doit encore l'occuper.

— Quelqu'un d'autre est venu depuis lors ?

— Pas Mme Jim, en tout cas.

— Il ne reste donc...

— Que le fameux Claude. Nous allons demander à Bailey et Thompson de venir s'occuper de tout ça, mais je suis prêt à parier que leurs conclusions rejoindront les nôtres. Tant que nous y sommes, nous pourrions aussi bien regarder s'il n'y a pas un pic et une pelle dans les parages, car il n'a pas pu creuser le sol avec ses ongles. Où range-t-on les outils de jardin ?

C'était tout près et s'ils étaient entrés dans la resserre, ils auraient trébuché sur le pic qui gisait en travers du chemin, alors que tout le reste était soigneusement rangé. Près du pic, appuyée contre un banc, il y avait une pelle à long manche et, à côté, une barre de fer.

Tous témoignaient d'un récent et rude usage.

— Voyez... L'empreinte d'une semelle de crêpe ! dit Alleyn.

— Alors Carter est notre homme ?

— Si vous me demandez : Claude Carter est-il venu dans les anciennes écuries dès que Jardine, vous et moi les avons quittées, a-t-il creusé dans la vieille cheminée et remis ensuite les outils ici, je suppose que la réponse est *oui*. Mais si vous me demandez : cela signifie-t-il que Claude Carter a tué sa belle-mère, je vous répondrai que ça n'est pas évident.

Alleyn ferma la porte avec la clef qui était dans la serrure et empocha la clef.

Tandis qu'ils regagnaient tous deux la voiture, Alleyn s'immobilisa soudain.

— Je m'en vais vous dire une chose, ami Fox. J'ai le sentiment très net d'avoir deux ou trois longueurs de retard et d'être en grand danger de me voir battu au poteau.

— Mais de quoi s'agirait-il ? Je ne m'explique pas les agissements de Carter.

— M. Markos plaisantait en parlant de trésor caché. Mais il pourrait bien avoir raison.

— Un trésor caché ? répéta Fox d'un ton écœuré. Quel genre de trésor ?

— Que diriez-vous, par exemple, d'un timbre ? L'Alexandre noir ?

CHAPITRE VII

Après le départ d'Alleyn, M. Markos ne s'était pas attardé à *Keys*. Il s'était nettement calmé et Verity se demanda du coup si elle était devenue une de ces abominables vieilles filles à l'âge trop certain qui, dès qu'un homme se montre courtois avec elles, s'imaginent qu'il leur fait des avances.

Il prit congé d'un air préoccupé, parut sur le point de poser une question mais finalement se contenta de la remercier de l'avoir « enduré si gentiment ».

Verity cueillit des roses et leur mit ensuite pendant une demi-heure les tiges dans l'eau chaude. Puis elle s'habilla et se rendit à St Crispin avec la voiture. L'après-midi était déjà très avancé quand elle y arriva. Une odeur de terre humide flottait dans l'air où bourdonnaient des abeilles.

Comme elle gravissait les marches de l'église avec son chargement de roses, Verity entendit le bruit rythmé que fait un fossoyeur au travail. Bruce était à l'œuvre. Elle éprouva soudain un élan de sympathie pour cet homme qui avait tenu à rendre cet ultime service à la défunte. Elle pensa que de tous ceux qui avaient connu Sybil — Prunella y compris —, Bruce était probablement le seul à la regretter sincèrement. « Quand j'en aurai terminé avec les fleurs, j'irai lui parler un peu », décida-t-elle bien qu'elle n'appréciât guère la vue des tombes que l'on creuse.

La femme du pasteur et Mme Field-Innis, les dames

du Banc d'Œuvre y compris Mme Jim, étaient dans l'église et bon nombre de vases se trouvaient déjà garnis. Verity rejoignit Mme Jim qui s'occupait des lys que Bruce avait apportés de *Quintern Place*, sous la haute direction de Mme Field-Innis.

Des tréteaux étaient déjà installés dans le transept. Les dames du Banc d'Œuvre s'affairaient avec des pots d'eau et gratifièrent Verity d'un murmure chaleureux.

— Venez, madame Jim, dit gaiement Verity, nous allons nous débrouiller toutes seules.

Elles disposèrent les lys et les roses dans deux grandes jarres, à chaque extrémité des marches du chœur. Tout en travaillant, Mme Jim dit :

— La police est revenue. Les deux mêmes, et par deux fois.

— Quand cela ?

— Au début de l'après-midi, et puis de nouveau vers trois heures et demie. Ils m'ont demandé de les faire entrer et le grand m'a conduite ici en voiture. Faudra que je le dise à Miss Prunella, n'est-ce pas ?

— Oui, bien sûr.

Quand elles sortirent de l'église, le soleil était à l'ouest et elles le reçurent de plein fouet.

— Il faut que je fasse le tour pour dire un mot à Bruce, annonça Verity. Vous venez avec moi ?

— Je l'ai déjà vu, et je ne suis pas très portée sur les tombes, répondit Mme Jim. Mais je dois reconnaître qu'il s'en tire très bien, et mon mari sera content, car il appréhendait un peu le résultat. Bon, je me sauve !

Bruce avait bien avancé son travail et maintenant, assis au bord de la fosse, une serviette étendue sur les genoux, il cassait la croûte. Il avait planté sa pelle dans la terre qu'il avait entassée et derrière lui il y avait un petit monticule de branches épineuses de pins, aiguisées aux extrémités, dont la senteur résineuse parfumait l'air.

— Comme ça sent bon ! C'est pour tapisser la fosse ?

— Oui, je pense qu'elle aurait aimé ça.

— J'en suis sûre, affirma Verity, laquelle ajouta,

après un instant d'hésitation : Je viens juste d'être informée des liens qui vous unissaient au capitaine Carter. Cela a dû être un choc pour vous d'apprendre ça après tant d'années.

— Vous pouvez le dire ! J'ai encore peine à y croire... Ah ! c'était un bel homme et un bon officier, que le capitaine !

Comme il avait fini de manger, Jardine se remit debout, cracha dans ses mains et dit :

— C'est pas le tout... S'agit maintenant d'en finir.

Verity le quitta pour rentrer chez elle et Bruce continua de creuser, allumant une lampe à acétylène quand il n'y vit plus assez pour travailler. Son ombre déformée gesticulait parmi les arbres. Il avait presque terminé sa tâche lorsque, au-dessus de lui, le vitrail est qui représentait la Cène s'éclaira. Il y eut ensuite un bruit de moteur, puis le pasteur surgit au détour de l'église, une torche électrique à la main.

— Ils sont arrivés, Jardine, dit-il. J'ai pensé que vous aimeriez en être averti.

Bruce enfila sa veste et tous deux s'en furent vers l'entrée de l'église.

Les porteurs gravissaient les marches avec le cercueil. Les portes étaient grandes ouvertes, projetant au-dehors un flot de clarté ; même à l'extérieur, le parfum des lys et des roses était perceptible.

En surplis, le pasteur officia pour accueillir la défunte, puis il partit en fermant la porte à clef mais en laissant l'intérieur de l'église éclairé, si bien que les vitraux rayonnaient doucement dans la nuit.

Bruce retourna à son travail.

La police avait déclenché une recherche générale en donnant le signalement de Claude Carter. Alleyn et Fox avaient perquisitionné dans sa chambre à *Quintern Place*. Bien que faite deux fois par semaine par Mme Jim, la pièce était très en désordre et empestait le tabac refroidi. Au fond d'un havresac qui avait été fourré au-dessus de l'armoire, ils trouvèrent un coffret de métal laqué, enveloppé dans du linge sale. La serrure ne présenta aucune difficulté pour M. Fox. À l'intérieur, il y avait un carnet de notes et plusieurs papiers. Parmi ces derniers, un plan esquissé à la main représentant les anciennes écuries, avec les deux pièces, la future champignonnière et l'endroit marqué « x ».

— ... Que l'âme de Votre servante obtienne Votre pardon et le repos éternel...

Alleyn, debout légèrement à l'écart des autres, se demandait combien parmi les personnes présentes pensaient vraiment à Sybil. Sa fille, soutenue de chaque côté par les Markos ? Verity Preston, vers qui Prunella s'était tournée au commencement de l'absoute ? Jardine, dans son costume de tweed avec un brassard et une cravate noirs pour remplir sa tâche de fossoyeur avec l'aide du gigantesque « petit » ? Le jeune M. Rattisbon qui paraissait un peu fatigué de rester si longtemps debout ? Mme Jim, yeux brillants et visage de bois ? Des amis, des relations, et puis, plus grand que les autres, se démarquant légèrement d'eux, impeccablement vêtu, aussi beau qu'un grand premier rôle, le fiancé secret de la défunte et son principal héritier ?

Mais Claude Carter, lui, n'était pas là.

À l'église, Alleyn l'avait en vain cherché des yeux. C'était anormal. On se fût attendu à ce qu'il soit présent, pour la forme. Or s'il y avait eu quelque résurgence de l'affaire du trafic de drogue qui aurait amené Claude à disparaître, le commissaire n'eût pas manqué d'en être informé.

La cérémonie était terminée. Bruce Jardine se mit à jeter des pelletées de terre dans la fosse, aidé par le « petit ». Alleyn se recula encore un peu plus et attendit.

Les gens venaient maintenant présenter leurs condoléances à Prunella, puis s'en allaient d'un pas point trop pressé mais qui trahissait quand même le soulagement, comme c'est toujours le cas en pareille circonstance. Prunella remerciait, serrait les mains, embrassait, toujours flanquée des deux Markos et avec Verity un peu plus loin.

Le dernier à défiler fut le Dr Schramm. Alleyn nota la brève hésitation de la jeune fille avant de serrer la main tendue. Il l'entendit dire « Merci pour ces fleurs magnifiques » et Schramm murmura quelque chose d'inaudible en retour.

Quand le pasteur fut rentré dans la sacristie et qu'il n'y eut plus que Bruce et son aide dans le cimetière, Alleyn revint près de la tombe.

— Avez-vous vu M. Claude Carter ce matin ? demanda-t-il au jardinier.

— Non, répondit l'autre en prenant une pelletée de terre, mais cela n'a rien d'étonnant, car nous nous voyons rarement, lui et moi. Et puis j'imagine qu'il ne doit pas se sentir très à l'aise. N'empêche qu'il aurait dû assister à l'enterrement... C'est vraiment honteux !

— Vous ne l'avez donc pas vu...

— Non... Mais si je couche à *Quintern*, je circule beaucoup toute la journée et je dîne avec ma sœur avant de rentrer me coucher.

— Je suppose que Miss Foster n'a pas oublié que sa mère envisageait de faire aménager les anciennes écuries pour que vous puissiez habiter là.

— Je le souhaite aussi, car j'avoue que ça me conviendrait bien. J'ai dû renoncer à loger chez ma sœur tant j'en avais soupé d'entendre l'éloge du cher disparu.

— Savez-vous ce que M. Carter faisait dans la pièce voisine le matin où je vous ai vu pour la première fois ?

Bruce eut un reniflement expressif.

— La réponse est facile : il espionnait. Il était là depuis un moment, faisant mine de s'intéresser aux champignons en me disant que la police était à la maison. Quand il vous a entendu venir, il a filé de l'autre côté en refermant la porte derrière lui. Je suis sans illusion à l'égard de M. Carter après tout ce que ma sœur et Mme Jim m'ont raconté sur lui. Quand des gens comme lui tournent mal, ils ne font pas les choses à moitié.

— Je suis bien d'accord avec vous. Est-ce que vous vous rappelez quand vous avez vu Carter pour la dernière fois ?

— Attendez un peu que je réfléchisse... Ça devait être hier matin. Je l'ai rencontré dans la cour des écuries et il m'a demandé si je savais les heures des trains pour Douvres. Il m'a dit qu'il connaissait quelqu'un là-bas et qu'il aimerait aller lui faire visite.

— A-t-il parlé de l'enterrement ?

— En a-t-il parlé ?... Je n'en suis pas sûr, mais j'ai comme le souvenir qu'il a dû faire une remarque me donnant le sentiment qu'il serait là... C'est vraiment tout ce que je peux vous dire, conclut Jardine en empoignant de nouveau le manche de sa pelle.

— J' l'ai vu, dit soudain le petit.

Bruce le regarda :

— T'as vu qui ?

— Lui. Celui dont vous parlez.

Bruce secoua légèrement la tête en regardant Alleyn, pour lui donner à entendre qu'il ne fallait pas trop se fier à ce que pouvait raconter ce grand dégingandé.

— Ah oui ? fit-il d'un ton bonhomme.

— Ouais... Au village. Il commençait à faire noir, sauf ici, à cause de votre lampe à acétylène.

— Et qu'est-ce que tu faisais dans le noir ?

— J'sais pas, répondit l'autre en ouvrant de grands yeux.

— Bon, peu importe... intervint Alleyn. Où étais-tu quand tu as vu M. Carter ?

— Au coin de Stile Lane, sous la haie. Et lui il arrivait dans Long Lane.

Il eut un gros rire bête :

— Je lui ai fait une drôle de peur ! Comme j'étais sous la haie, il a pas su d'où que ça venait. Alors, forcément, l'a eu peur.

— Que faisait-il ? s'informa Alleyn.

— J'sais pas, répondit Artie pour qui la chose avait soudain perdu tout intérêt.

— Où allait-il ?

— J'sais pas.

— Tu as bien dû voir où il allait, bon sang ! le rabroua Jardine.

— Ben non, j'étais sous la haie. Mais il a dû monter les marches, car j'ai entendu grincer le portail. Quand je suis sorti de là-dessous, il était plus là.

Bruce leva les yeux au ciel en secouant de nouveau la tête.

— Où veux-tu qu'il soit allé ? Moi, je ne l'ai pas vu, et j'étais là. Alors, je suis bien sûr qu'il n'est pas venu de mon côté. Tu t'imagines peut-être qu'il est entré dans l'église pour tenir compagnie à la morte ?

Cette remarque provoqua une curieuse réaction. Artie parut se recroqueviller et fit un geste avec sa main droite, presque comme pour se signer.

— Savais-tu, lui demanda gentiment Alleyn, que Mme Foster devait passer la nuit dans l'église ?

Artie eut un coup d'œil vers la tombe à demi comblée et hocha la tête :

— J'les avais vus qui l'amenaient, murmura-t-il.

— Et c'était avant que tu voies M. Carter dans Long Lane ?

Artie acquiesça derechef.

— Allez, mon gars, personne ne te reproche rien. Dis-nous simplement où M. Carter est allé. C'est tout ce qu'on te demande.

— J'sais pas, se mit à pleurnicher le grand garçon. J'ai regardé de d'sous la haie et j'l'ai pas revu.

— Et toi, où es-*tu* allé ? demanda Alleyn.

— Nulle part.

— Tu as bien dû aller quelque part. Je parie que tu aimes bien te promener tout seul dans le noir. Tu es un oiseau de nuit, pas vrai, Artie ?

L'autre prit un air satisfait.

— Ça s'pourrait bien... Je dors souvent dehors la nuit.

— Et c'est ce que tu as fait cette nuit, n'est-ce pas ?

— Ouais... Faisait chaud... Alors, j'ai dormi dehors.
— Où ça ? Sous la haie ?
— Dans la haie. J'me suis fait une place.
— Où tu es resté caché quand tu as vu arriver M. Carter ?
— Ouais... C'est ça, fit l'autre en retrouvant son gros rire.
Bruce allait le rabrouer, mais Alleyn l'en empêcha.
— Ensuite, tu t'es installé et tu as dormi ?
— Bien sûr, dit Artie en reprenant sa pelle.
— Quand tu as vu M. Carter, as-tu remarqué comment il était habillé ?
— L'était habillé comme tout le monde.
— Est-ce qu'il portait quelque chose ? Une valise ? Un paquet ?
— J'ai rien vu, affirma le jeunot d'un air morose en poursuivant son travail.
Derrière son dos, Alleyn s'enquit à mi-voix :
— Peut-on s'y fier ?
— C'est difficile à dire. Il n'est pas menteur, mais il a pas toute sa tête, répondit Bruce sur le même ton. Il y a un train de Londres qui passe vers onze heures cinq du soir. Un omnibus, qui s'arrête à Great Quintern. Et d'ici, faut compter une heure à pied.
— Je vois... Merci, Bruce. Je ne vais pas vous déranger plus longtemps, et je vous suis très obligé.
Comme l'inspecteur Alleyn se détournait pour partir, Artie dit d'une voix boudeuse, sans paraître s'adresser à quelqu'un de précis :
— Il portait un paquet. Sur son dos. Comme un chameau... Sur son dos, comme un chameau, continua-t-il à chantonner.
— Artie, as-tu passé toute la nuit dehors ? demanda soudain Alleyn. Quand t'es-tu réveillé ?
— Quand il est parti, répondit l'adolescent en pointant le menton vers Bruce. Vous m'avez réveillé, monsieur Jardine, quand vous êtes passé à côté de moi en sifflotant. J'aurais pu vous couper le sifflet en vous

jetant une brique, monsieur Jardine. Mais j'fais jamais des choses comme ça, conclut vertueusement Artie.

— Quand était-ce ? insista Alleyn. Le sais-tu ?

— Pour sûr que je l'sais. Minuit. L'église a sonné douze coups.

— Est-ce exact ? s'enquit Alleyn à l'adresse de Bruce.

— Il ne sait pas compter plus loin que dix. Il était neuf heures quand j'ai arrêté de travailler.

— Une longue journée, dites donc !

— Pour ça, oui. Je suis tombé sur une couche d'argile qui était dure et qui avait bien un mètre d'épaisseur. Et puis après, il a fallu que je tapisse avec les branchages. J'étais rudement content d'en avoir fini.

— Pensez-vous qu'il ait dit vrai ? questionna Alleyn à mi-voix.

— Qu'il dormait sous la haie et que je l'ai réveillé ? Ça me paraît certain, oui.

— Et qu'il a vu Carter auparavant ?

— Je serais porté à le croire. Moi, je ne l'ai pas vu, mais d'ici ça n'a rien d'extraordinaire.

— Non, bien sûr... Bon, encore merci, Bruce.

Alleyn retourna devant l'église, descendit les marches et rejoignit Fox qui l'attendait dans la voiture. Il le mit au courant et conclut :

— Bien entendu, l'hypothèse de Douvres n'est pas à exclure, mais je n'y crois guère. S'il avait dû filer là-bas, il n'aurait pas eu la sottise de demander les heures des trains à Bruce. Mais nous vérifierons quand même. Il passe pour être en cheville avec un papetier de Southampton.

— Et si on le retrouve, de quoi peut-on l'inculper ?

— Ça, nous n'avons rien pouvant motiver une arrestation, à moins qu'on puisse l'avoir en garde à vue pendant un jour ou deux pour l'histoire de drogue. Autrement, on ne peut pas l'arrêter pour avoir achevé de démolir une cheminée en ruine dans les anciennes écuries de sa belle-mère ! Nos gars n'y ont rien découvert d'intéressant, je suppose ?

— Non, rien. Va vous falloir trouver autre chose, chef.

— En un sens, Fox, je me demande si ça n'est pas déjà fait.

Quand Verity s'en retourna chez elle après l'enterrement, c'était avec l'idée de se reposer, ce qui l'amena à penser qu'elle vieillissait vraiment.

Mais elle fut arrachée à ces déprimantes considérations par la vue de la voiture de Basil Schramm arrêtée devant sa maison. Le médecin s'était installé à la table de jardin, sous les tilleuls. Il tournait le dos à la route, mais il pivota en entendant arriver la voiture et quand Verity s'arrêta, il était là pour lui ouvrir la portière.

— Vous ne vous attendiez pas à me voir, lui dit-il.

— Non.

— Je ne voudrais pas avoir l'air importun, mais j'aimerais bien vous dire deux mots si vous le permettez.

— Je ne vois pas comment je pourrais vous en empêcher, répliqua Verity d'un ton léger en allant s'asseoir sur la plus proche chaise.

Tandis que Schramm prenait place sur l'autre chaise, elle le voyait en même temps, comme en surimpression, tel qu'il était vingt-cinq ans auparavant. Il n'avait pas tellement changé en un aussi long temps.

— Vous allez penser que je suis culotté de vous demander ce que je vais vous demander, mais vous avez toujours été une femme très généreuse, n'est-ce pas, Verity ?

— Si j'étais vous, je ne miserais pas trop là-dessus.

— Enfin, je peux toujours essayer.

Il sortit un porte-cigarettes en argent qu'il lui présenta en l'ouvrant et lui demandant :

— Vous vous souvenez ?

C'était elle qui le lui avait donné.

— Merci, je ne fume pas.

— Vous fumiez autrefois. Quelle force de volonté vous devez avoir ! Moi, je ne devrais pas, bien sûr...

Il eut un rire de bonne compagnie et alluma une cigarette. Verity remarqua que ses mains étaient mal assurées.

« Je sais, pensait-elle, l'attitude que je devrais adopter s'il dit ce que je pense qu'il est venu me demander. Mais en serai-je capable ? Pourrai-je m'empêcher de dire des choses qui me trahiront ? Comme je l'ai fait autrefois... »

— Je m'en vais vous reparler de temps anciens, dit-il. Y voyez-vous un inconvénient ?

— J'imagine mal à quoi cela peut vous avancer, mais je n'y vois vraiment aucun inconvénient en ce qui me concerne.

— C'est bien ce que j'espérais.

Il attendit, espérant peut-être qu'elle le presserait de poursuivre ; mais comme elle n'en faisait rien, il reprit :

— Je pense que vous avez plus ou moins deviné...

— Je n'ai même pas essayé.

— Eh bien, pour être parfaitement franc et sincère...

— Franc et sincère ? ne put s'empêcher de répéter Verity, même si elle parvint à retenir une intonation incrédule.

— C'est au sujet de cette affaire stupide d'il y a un siècle, à St Luke, dit Schramm. Je suppose que vous l'avez complètement oubliée...

— Cela m'eût été difficile.

— Oui, je comprends... J'aurais dû, je le sais, demander à vous voir pour vous expliquer, au lieu de...

— Filer ? compléta Verity comme il s'interrompait.

— Oui, bon, d'accord. Mais vous n'ignorez pas qu'il y avait des circonstances atténuantes. J'avais de graves ennuis d'argent, et j'aurais remboursé.

— Mais ça n'a pas marché. La banque a contesté la signature du chèque, à la suite de quoi mon père n'a toutefois pas porté plainte.

— Ne me parlez pas de son grand cœur ! Il m'a foutu à la porte et ma carrière en a été brisée.

Verity se leva :

— Il serait ridicule et gênant d'en discuter plus longtemps. Je crois savoir maintenant ce que vous voulez me demander. Vous voulez m'entendre vous dire que je n'en parlerai pas à la police. C'est bien ça ?

— Pour être parfaitement sincère...

— *De grâce !* dit Verity en fermant les yeux.

— Bon, oui, c'est ça. Vous comprenez, ils se montrent tellement acharnés que je ne voudrais pas leur fournir des munitions contre moi.

Verity pesa soigneusement sa réponse.

— Si vous me demandez de ne pas aller trouver l'inspecteur Alleyn pour lui dire que vous étiez un des élèves de mon père, que j'avais une liaison avec vous, et que vous en avez profité pour imiter la signature de mon père sur un chèque... vous pouvez compter que je ne le ferai pas.

Elle se sentit gênée de le voir devenir écarlate, mais continua de le regarder et l'entendit répondre :

— Merci à tout le moins pour cela. Je ne le méritais pas plus que je ne vous méritais. Dieu ! Quel imbécile j'ai été !

Verity ajouta :

— Je crois devoir vous dire que je sais que vous étiez fiancé avec Sybil. De toute évidence, la police croit à un meurtre et, dans ces conditions, il est bien évident que le principal légataire...

— *Verity !* s'écria-t-il. Vous ne pensez quand même pas que j'ai...

— Tué Sybil ?

— Seigneur !

— Non, je ne le pense pas. Mais je vous avertis que si Alleyn découvre l'histoire de St Luke et me demande si elle est exacte, je ne lui mentirai pas. Je me bornerai probablement à dire que je préfère ne pas répondre, mais je ne mentirai pas.

— Ainsi donc, vous ne m'avez pas pardonné, hein ?

— Pardonné ? La question ne s'est même pas posée, répondit-elle en le regardant bien en face. C'est vrai, Basil. Bien sûr, on a sa fierté et ça ne m'est pas agréable de repenser à ces moments-là, mais c'est tout.

— Mais si vous « préférez ne pas répondre », que va penser Alleyn ? Ça ne fait aucun doute, n'est-ce pas ? Vous a-t-il déjà interrogée ?

— Il est venu me voir.

— À quel propos ? Serait-ce au sujet de cette autre idiotie... Au sujet de Capri ?

— Durant les grandes vacances ? Quand vous exerciez comme si vous étiez déjà médecin ? Non, il ne m'en a pas parlé.

— C'était une blague. Il s'agissait d'une vieille hypocondriaque couverte de bijoux et qui ne demandait que ça... Quelle importance ?

— Quand ils l'ont appris à St Luke, cela leur a paru en avoir.

— Une bande de vieux bonzes ! J'en savais bougrement plus sur la médecine que la plupart des chouchous de leurs profs !

— Avez-vous jamais décroché votre diplôme ? Non, ne me le dites pas ! ajouta vivement Miss Preston.

— Nick Markos vous a-t-il parlé de moi ?

— Non.

— C'est bien vrai ?

— Oui, Basil, c'est bien vrai ! lui lança-t-elle en s'efforçant de ne pas céder à l'impatience.

— Je me demandais simplement... Non qu'il puisse raconter quoi que ce soit, mais vous paraissiez tellement intimes tous les deux.

Verity n'aspirait plus qu'à le voir partir, tant il lui était pénible de le retrouver si semblable au souvenir qu'elle en gardait. Elle en avait honte pour lui.

— Est-ce tout ce que vous désiriez savoir ?

— Je pense, oui... Non, il y a encore autre chose. Vous n'allez pas le croire, mais il se trouve que c'est la pure vérité. Depuis ce dîner à *Mardling* où nous nous sommes revus, j'ai... je n'ai pu vous chasser de mon esprit. Quoi que vous en pensiez, ces retrouvailles m'ont été agréables. Pas à vous ? Allez, soyez franche !

Quand il posa la main sur le bras de Verity, elle fut sidérée. Il dut voir le dégoût transparaître sur son visage, car il retira aussitôt sa main, comme s'il s'était ébouillanté.

— Je crois qu'il me vaut mieux repartir, dit-il en se levant. Merci de m'avoir reçu.

Il remonta dans sa voiture tandis que Verity rentrait chez elle pour y boire quelque chose de bien corsé.

Claude Carter était parti. Son sac à dos et le contenu de ce dernier avaient disparu, ainsi que certains de ses vêtements. Le désordre régnait dans sa chambre, car ce n'était pas le jour de Mme Jim. Comme cette dernière avait montré au commissaire où était cachée la clef, Alleyn et Fox en avaient profité.

Sur le bloc où, dans la cuisine, on inscrivait les provisions à acheter, on avait griffonné : *Absent pour une période indéterminée. Vous ferai savoir si et quand je reviens. C. C.* Ni date ni heure.

Dans la chambre, ils n'avaient rien découvert d'intéressant jusqu'à ce qu'Alleyn trouve un exemplaire de l'hebdomadaire local gisant sur le plancher, derrière le lit défait. Il le parcourut du regard et à la page des petites annonces, tomba sur l'une d'elles, proposant pour cinq cents livres une Heron 1964. Le numéro de téléphone indiqué avait été souligné.

— Il a dit qu'il allait voir un homme au sujet d'une voiture.

— Alors, on téléphone ?

— Oui, s'il vous plaît, Fox.

Mais avant que l'inspecteur ait pu s'exécuter, la sonnerie d'un lointain téléphone se fit entendre. Alleyn ouvrit la porte, prêta l'oreille et dévala l'escalier pour décrocher le récepteur dans le hall, en énonçant le numéro de *Quintern Place*.

— C'est vous qui voulez m'acheter ma Heron 64 et qui deviez venir me voir hier soir ? demanda une voix d'homme. Un M. Carter ?

— Non, il est absent pour le moment. Puis-je prendre un message ?

— Oui. Dites-lui que je lui serais obligé de me téléphoner s'il est toujours preneur. S'il ne me rappelle pas, je considérerai que je peux disposer de la voiture, et il n'aura qu'à reprendre son dépôt quand ça lui chantera. Merci !

On raccrocha violemment à l'autre bout du fil avant qu'Alleyn ait pu répondre quoi que ce fût.

Quand il eut mis Fox au courant, celui-ci dit :

— C'est curieux qu'il n'ait plus donné signe de vie après avoir versé de l'argent. Comme si quelque chose était intervenu qui l'avait obligé à filer. À moins que ce soit parce qu'il n'a pu rassembler le reste de la somme ? Qu'en pensez-vous, chef ? Comme il est revenu récemment de l'étranger, son passeport devait être en règle.

— Je le présume, oui.

— À moins, encore une fois, qu'il soit en train d'essayer de rassembler la somme demandée. Avons-nous quelque chose concernant ses « associés » ?

— Quasiment rien. Son contact pour la drogue est supposé être ce minable libraire de Southampton : sa boutique est un de ces endroits qui servent de poste restante. Elle est située dans Port Lane, à l'enseigne de *Bonnes Lectures*.

— Soupçonné de trafic de drogue et de chantage.

— Tentative de chantage. La victime n'a pas marché. Elle l'a dénoncé et il en a pris pour trois mois. Mais il a pu opérer ailleurs avec succès.

— Que fait-on, alors ?

— Nous terminons cette perquisition et puis nous retournons au village voir si nous pouvons trouver quoi que ce soit concernant les déclarations d'Artie au sujet des déplacements nocturnes de notre Claude.

Quand ils se retrouvèrent à *Quintern*, ils allèrent inspecter la haie qui se trouvait à l'angle de Stile Lane et de Long Lane. Ils y trouvèrent la cachette que s'était ménagée l'innocent du village, et à laquelle on accédait par le champ. Le chemin étant en contrebas, les herbes hautes dissimulaient l'endroit. Cinq mégots et des allumettes brûlées confirmèrent la présence d'Artie en ce lieu. À proximité de la cachette, il y avait un embryon de barbecue constitué de quelques briques.

— De là, dit Alleyn, il a pu voir arriver Claude avec son paquet sur le dos, qui lui sera passé quasiment sous le nez. Venez.

Ils remontèrent Long Lane jusqu'au *lych-gate*[1] au pied des marches conduisant à l'église. Quand Alleyn l'ouvrit, il émit un grincement.

— Je me demande, dit-il, combien de gens ont gravi ces marches depuis neuf heures hier soir. Tout l'enterrement.

— Oui, opina Fox d'un air morne.

— Les porteurs, les gens du deuil, moi, puis le pasteur, je suppose...

Il se baissa, s'agenouilla, étudia le sol.

— Mais je crois bien que voici les empreintes de notre vieil ami, l'homme aux semelles de crêpe. Regardez, là, juste à l'endroit où s'ouvre la grille du portail, à gauche.

— Oui... Je crois bien que vous avez raison.

— Jusqu'à présent, Artie semble nous avoir dit la vérité.

Contournant l'église, ils retournèrent à la tombe de Sybil Foster, où Bruce et Artie achevaient le travail. Les fleurs avaient été disposées avec soin sur le monticule qu'elles recouvraient entièrement. Une couronne d'œil-

1. Portail de cimetière surmonté d'un toit pour abriter le cercueil en attendant l'arrivée du prêtre (*N.d.T.*).

lets et de roses rouges arborait l'inscription : *Avec tout mon amour*. B. S.

— C'est sans espoir, dit Alleyn. Une bonne trentaine de gens ont piétiné ici. À supposer même que les empreintes s'y soient trouvées, elles ont été effacées.

— Bref, tout finit au cimetière, conclut Fox comme ils s'en repartaient.

Alleyn fut une seconde ou deux avant de dire :

— C'est profond ce que vous venez de dire... plus profond peut-être même que vous ne le pensiez.

— Si c'est Claude qui l'a tuée.

— Oui, bien sûr... *si* !

— Moi, ça me paraît assez probable. Comment expliquer autrement ces bon sang d'empreintes que nous avons vues dans la pièce avec l'endroit marqué « x », dans la resserre du jardinier, dans l'alcôve aux balais, et sous le *lych-gate* ? Se faisant passer pour un électricien, il a pris les lys, s'est dissimulé dans l'alcôve aux balais en attendant que la voie soit libre, s'est introduit dans la chambre et l'a tuée. Mobile : l'argent. Il n'y a pas d'autre explication.

— Vous croyez, Fox ? Il ne nous faut pas oublier ses antécédents, au nombre desquels nous trouvons le chantage.

Du coup, Fox demeura pensif tandis qu'ils roulaient vers Great Quintern. Alleyn arrêta sa voiture devant le poste de police dont il avait fait son quartier général, grâce à un minuscule bureau qu'on lui avait réservé, où il y avait trois chaises, une table et un téléphone.

Quand ils entrèrent dans la première pièce, le sergent de permanence parlait au téléphone. Dès qu'il aperçut Alleyn, il leva sa main libre.

— Un instant, madame... L'inspecteur principal arrive... Voulez-vous ne pas quitter, je vous prie ?

Couvrant de son énorme main la plaque sensible, il dit :

— C'est une dame qui vous demande, monsieur. Elle semble bouleversée.

— Demandez-lui son nom.
— Qui êtes-vous, madame ? Oui, madame, il est ici. Quel nom dois-je lui dire ? Parfait, ne quittez pas.
Et couvrant de nouveau la plaque :
— Elle dit se nommer *sister* Jackson et que c'est très urgent.
Alleyn émit un long sifflement, fit une grimace à Fox et déclara qu'il allait prendre la communication dans son bureau.
Quand *sister* Jackson lui parla, ce fut dans un murmure, mais un murmure qui avait quelque chose de perçant et exprimait la terreur. Elle s'excusa, disant se demander ce qu'il allait penser d'elle, puis avoua finalement qu'elle « avait eu un choc », qu'elle ne pouvait pas lui donner de précisions au téléphone et qu'elle désirait le voir.
Quand Alleyn lui proposa de se rendre à *Greengages*, elle dit aussitôt que non, que ça n'était pas possible, mais elle avait sa soirée libre et le retrouverait au *Duc de Fer*, un bar situé à la sortie de Maidstone.
— C'est très bien, vous verrez.
— Je n'en doute pas. À quelle heure ?
— Vers neuf heures.
— D'accord. Vous ne voulez pas me donner une petite idée de ce dont il s'agit ?
Quand elle répondit, l'infirmière devait avoir littéralement collé sa bouche au combiné pour chuchoter :
— Chantage.
Et elle raccrocha.
— Voyez comme c'est curieux, Fox. Nous imaginions un chantage et voilà qu'on vient m'en parler.
— S'agit-il de Claude ?
— Pour l'instant, je n'en sais rien, mais tout me paraît possible. Au fait, où sont Bailey et Thompson ?
— Ils travaillent sur la cheminée et la resserre du jardinier. Ils doivent téléphoner ici avant de s'en aller.
— Bon. Alors demandez au policier de là-bas de veiller sur l'empreinte du *lych-gate* jusqu'à ce qu'ils arri-

vent et s'en occupent. Tant qu'ils y seront, ils pourront regarder dans le secteur, s'ils aperçoivent d'autres empreintes du même genre qui nous auraient échappé. Après quoi, informez-vous si l'on a quelque résultat dans la recherche de Claude Carter. Oh ! voyez aussi si vous pouvez apprendre quelque chose concernant les gens qui ont pris hier à Great Quintern le train pour Londres de vingt-trois heures cinq. Je crois que ce sera tout.

— Vous n'avez pas besoin de moi au *Duc de Fer* ?

— Non. La belle Jackson aspire visiblement à un tête-à-tête. J'en suis navré pour vous.

— Alors, nous nous retrouvons à notre auberge pour dîner ?

— C'est ça, oui.

Quand Alleyn y entra, à neuf heures moins le quart, il n'y avait que sept clients dans le bar du *Duc de Fer* : un couple d'amoureux à une table d'angle et cinq messieurs en complet de ville qui jouaient au poker.

Alleyn se fit servir un porto d'âge respectable à une table éloignée des autres clients et ouvrit le journal du soir. À neuf heures moins cinq, *sister* Jackson fit son entrée, non plus en tenue d'infirmière, mais dans une robe bleue aussi collante que décolletée. Elle était coiffée d'un béret de velours tiré de côté sur un œil, et gantée. Alleyn vit qu'elle s'était maquillée davantage que d'ordinaire, et aussi qu'elle avait pleuré.

— Comme nous sommes ponctuels tous les deux ! dit-il en l'incitant à s'asseoir sur une chaise qui lui faisait face et tournait le dos à la salle.

Elle le fit avec un mouvement de hanches qui aurait pu passer pour provocant en d'autres circonstances. En réponse à sa question, elle opta pour un cognac.

Quand on le lui servit, elle porta aussitôt le verre à ses lèvres, frissonna sous le choc de l'alcool ; pour la mettre à l'aise, l'inspecteur lui demanda si elle venait souvent dans ce bar.

— Non, jamais. Là-bas, on va à Greenvale, à l'*Auberge de la Couronne*, et c'est pourquoi je vous ai suggéré que nous nous retrouvions ici. C'est plus sûr.

— De quoi qu'il s'agisse, je suis content que vous ayez décidé de vous confier à moi.

— Oui, mais je ne sais par où commencer...

— Ne vous tracassez pas... N'aviez-vous pas parlé d'un chantage ?

Elle le regarda fixement puis, d'un geste brusque, elle ouvrit son sac et en sortit un papier plié qu'elle poussa vers lui sur la table. Après quoi, elle but une nouvelle gorgée de cognac.

Alleyn déplia le papier, en se servant pour ce faire de son stylo et d'une lime à ongles.

— L'avez-vous déjà manipulé avec les mains nues ?

— Non. Je l'ai trouvé à la réception à un moment où je sortais et j'étais donc déjà gantée.

— Où est l'enveloppe ?

— Je ne sais pas... Si, sans doute dans ma voiture. C'est là que je l'ai décachetée.

La lettre était maintenant à plat sur la table, une feuille de bloc très banale sur laquelle on avait collé, en deux lignes irrégulières, des mots et des lettres découpés dans un journal.

Envoyez cinq cents livres en billets de cinq à G. Morris, II Port Lane Southampton sinon la police sera informée de votre visite au 20.

— Quand l'avez-vous reçue ?

— Hier matin.

— L'enveloppe était-elle libellée de la même façon ?

— Oui, mon nom provient d'une annonce pour le désherbant Jackson qui paraît dans le journal local, et il en va de même en ce qui concerne *Greengages Hotel.*

— Vous n'avez pas envoyé l'argent, bien entendu ?

— Non, mais je ne savais que faire... Il ne m'est jamais rien arrivé de semblable... J'en étais malade !

— Vous n'avez demandé conseil à personne ?

Elle secoua la tête.

— Pas même au Dr Schramm ?

Elle s'humecta nerveusement les lèvres et dit :

— Oh ! non... Non, par exemple !

— C'est le seul message que vous avez reçu ?

— Oui, mais il y a eu quelque chose de pire... Hier soir, peu après huit heures. On est venu me chercher dans la salle à manger...

— Une communication téléphonique ?

— Oui. Quand le serveur m'a dit ça, j'ai tout de suite deviné de quoi il devait s'agir. Alors j'ai pris la communication dans une des cabines du hall. Je pense qu'il devait tenir quelque chose devant sa bouche, car sa voix était toute drôle, comme étouffée. Il m'a demandé d'emblée : « Vous avez reçu mon message ? » et comme j'étais incapable de parler, il a dit de lui-même : « Oui, sûrement, sans quoi vous me répondriez. Avez-vous suivi mes instructions ? » Ne sachant que dire, j'ai répondu : « Je vais le faire. » « Je vous le conseille vivement », a-t-il rétorqué en ajoutant quelque chose que je ne me rappelle pas exactement mais qui signifiait que ce serait l'unique avertissement. Voilà, c'est tout.

Cette fois, *sister* Jackson finit son cognac et reposa le verre d'une main mal assurée.

— Vous permettez que je le garde ? Tenez, repliez-le et mettez-le là-dedans, dit Alleyn en posant sur la table une enveloppe qu'il avait sortie de sa poche.

Quand ce fut fait, l'inspecteur fourra l'enveloppe à l'intérieur de son veston tandis que l'infirmière s'enquérait à mi-voix :

— Que va-t-il me faire ?

— Très probablement rien. Mais la police va sûrement avoir de ses nouvelles. C'est pourquoi vous avez fort bien fait de le devancer.

— Je ne comprends pas.

— *Sister* Jackson, ne croyez-vous pas que vous devriez me raconter sans plus attendre votre visite à la chambre 20 ?

— Vous... vous n'allez pas comprendre, dit-elle après avoir hésité.

— Essayez toujours.

— Je... je ne peux pas.

— Alors pourquoi avez-vous demandé à me rencontrer ?

— Je n'ai rien fait de mal.

— J'en suis convaincu. Raison de plus pour ne pas hésiter à m'en parler.

Elle riva son regard sur le couple d'amoureux, déglutit à plusieurs reprises, puis se lança dans un récit décousu.

Vers neuf heures, le soir du décès de Mme Foster, elle se rendait à sa propre chambre quand, en passant devant le 20, elle entendit la télévision brailler de la pop music. Sachant que Mme Foster ne goûtait pas ce genre de distractions, elle pensa que la patiente avait dû s'endormir et craignit que le bruit ne dérange les voisins. Elle avait donc toqué à la porte et était entrée.

Là, *sister* Jackson fit une pause, déglutit de nouveau à plusieurs reprises, puis continua :

— J'ai trouvé Mme Foster comme je m'y attendais : apparemment endormie. Je suis repartie. Je ne suis même pas restée trois minutes dans la chambre. Je ne peux rien vous dire d'autre.

— Comment était-elle couchée ?

— Sur le côté, face au mur.

— Quand le Dr Schramm l'a trouvée, elle était étendue sur le dos.

— Je le sais. Ça prouve bien qu'elle était endormie quand je l'ai vue, n'est-ce pas ?

— Avez-vous éteint la télévision ?

— Non... Si... Je ne me rappelle pas... Mais j'ai sûrement dû le faire.

— Elle marchait encore quand le Dr Schramm est entré dans la chambre.

— Alors, c'est que je ne l'avais pas éteinte.

— Pourquoi ?

— Ça ne sert à rien que vous me le demandiez. J'ai eu un choc et je ne me rappelle plus...

Le garçon s'approcha, en regardant le verre de cognac vide d'un air interrogateur.

— Un autre ? proposa Alleyn.

— Oh ! je ne pense pas... Ou alors un tout petit !

Le serveur le lui apporta en un rien de temps et la conversation reprit.

— Comment était la chambre ? La table de chevet ? Avez-vous remarqué le flacon de barbituriques ?

— Je n'ai vu qu'une chose : elle dormait. Alors, je suis repartie.

— Y avait-il de la lumière dans la salle de bains ?

Cette question parut la terrifier.

— Vous voulez dire que... Il était là ? L'assassin ? Caché ? M'épiant ?... Non, la porte était fermée... Enfin, je crois qu'elle était fermée...

— Avez-vous rencontré quelqu'un dans le couloir ? Avant d'entrer dans la chambre ou quand vous en êtes repartie ?

— Non.

— Mais il y a cette alcôve, n'est-ce pas, où l'on range les balais et l'aspirateur ?

Elle acquiesça en silence. Les amoureux partaient. Au passage, ils les regardèrent et *sister* Jackson fouilla dans son sac, en quête de cigarettes. Alleyn lui donna du feu. La partie étant terminée, les joueurs de poker décidèrent aussi de quitter la salle pour s'en aller au comptoir du bar. Lorsqu'ils furent tous partis, l'inspecteur dit :

— Vous vous rendez compte que l'auteur de cette menace a dû vous voir ?

— Oui, bien sûr, fit-elle avec un rien d'ironie.

— Et vous vous souvenez de ce lys que l'inspecteur Fox et moi avions découvert dans l'alcôve ?

— Oui...

— Il était pareil aux lys se trouvant dans le lavabo de Mme Foster ?

— Oui... Je les ai vus ensuite. Quand nous nous

sommes servis de la pompe stomacale. Nous l'avons lavée sous les robinets de la baignoire, car c'était plus simple que de débarrasser le lavabo.

— Il est donc évident que la personne qui a fait tomber le lys dans l'alcôve est la même qui a mis le bouquet dans le lavabo. Peut-on en conclure que cette personne est aussi votre maître chanteur ?

— Je le suppose... Oui.

— Et s'ensuit-il que votre maître chanteur est l'assassin de Mme Foster ?

— Mais vous ne... Rien ne vous dit qu'elle a été...

— Nous pensons que si.

La voluptueuse silhouette eut un frémissement horrifié.

— *Sister* Jackson, dit Alleyn, pourquoi n'avez-vous pas informé la police ou le coroner ou qui que ce soit que vous étiez allée ce soir-là au 20 vers neuf heures et y aviez trouvé Mme Foster endormie dans son lit ?

Elle ouvrit et referma sa bouche à deux ou trois reprises, comme un poisson hors de l'eau.

— Personne ne m'a posé la question. Alors, pourquoi l'aurais-je dit ?

— Êtes-vous bien sûre que Mme Foster dormait ?

— Certes... murmura-t-elle, tandis que son intense pâleur faisait ressortir son maquillage.

— Elle ne dormait pas, hein ? Elle était morte.

La porte battante s'ouvrit, livrant passage à Basil Schramm.

— Bonsoir, dit-il. Je me doutais que j'allais vous trouver ici.

CHAPITRE VIII

— Puis-je me joindre à vous ? demanda le médecin avec un sourire presque méphistophélique.

— Mais bien sûr, dit Alleyn. À moins que *sister* Jackson n'y voie une objection.

Le regard dans le vague, elle ne dit rien, se contentant de pincer les lèvres.

— Qui ne dit mot consent, j'espère, déclara Schramm en s'asseyant. Que prenez-vous ?

— Pour moi, ce sera tout, merci, dit Alleyn.

— Et vous, Dot ?

Sister Jackson se mit debout :

— Il faut que je rentre... Je ne m'étais pas rendu compte qu'il était si tard, dit-elle en s'efforçant de retrouver un ton de mondanités.

— Il n'est pas tard, coupa Schramm. Asseyez-vous.

Elle obéit. « Premier round au docteur », pensa Alleyn.

— Voulez-vous sonner le garçon, Alleyn ? Le bouton est au-dessus de votre tête.

Alleyn s'exécuta. Quand Schramm se pencha vers lui par-dessus la table, il sentit que son haleine empestait le whisky et remarqua que les yeux du médecin étaient injectés de sang.

— En passant, j'ai reconnu votre voiture, dit-il à l'infirmière. Et aussi la vôtre, inspecteur.

— *Sister* Jackson a eu l'amabilité de bien vouloir élucider pour nous un ou deux détails.

Le garçon apparut et Schramm commanda :

— Deux grands whiskies.

— Non, pas pour moi, merci, protesta Alleyn.

Comme le garçon hésitait, Schramm persista :

— Vous m'avez entendu ? J'ai dit : deux grands whiskies.

En attendant que le serveur revienne, un silence total s'instaura, puis Schramm vida l'un des deux grands verres, et continua de sourire en s'attaquant au second. *Sister* Jackson demeurait parfaitement immobile.

— Qu'est-ce qu'elle vous a raconté ? questionna soudain le médecin. Vous avez dû vous rendre compte qu'elle avait un esprit très inventif. Pour tout dire, c'est une menteuse de la plus belle eau. N'est-ce pas, trésor ?

— Vous m'avez suivie.

— Il y a longtemps que j'ai renoncé à ce passe-temps, ma chérie.

Alleyn pensa qu'il lui aurait été agréable d'envoyer son poing dans la figure de Schramm.

— Je regrette de devoir insister, reprit le médecin, mais je me rends parfaitement compte que vous pensez que j'ai un mobile pour ce crime, si crime il y a eu. Du fait que j'hérite, je suis suspect. Il serait donc vain que je vous dise que j'avais demandé à Sybil Foster de m'épouser, non pas, fit-il en agitant l'index en direction d'Alleyn, parce que je convoitais sa fortune, mais parce que je l'aimais. Or c'est pourtant la vérité et c'est précisément là le drame, poursuivit-il en regardant l'infirmière. Si je n'avais pensé qu'à son argent, ça vous aurait été égal, et ça vous aurait été encore plus égal si j'étais revenu plus tôt afin de la supprimer. Vous êtes vraiment une garce, ma petite Dotty. Quand je pense que vous m'avez menacé d'aller lui raconter ce qu'il y avait eu entre nous. N'est-ce pas ?

Il se leva brusquement en chancelant et, comme s'il tombait en avant, plaqua sa main sur le bouton du mur dont on entendit la sonnerie retentir dans le bar. Son visage était à moins de dix centimètres de celui d'Alleyn et *sister* Jackson s'était reculée impulsivement en disant :

— Écœurant !

Alleyn écarta Schramm du mur et le fit se rasseoir. Puis il alla vers la porte battante et lorsque le garçon survint, il lui montra sa carte.

— Ce monsieur a son compte, dit-il. Laissez-moi m'en occuper. Vous avez une porte de service, n'est-ce pas ?

— Euh... oui, monsieur.

— Il va vous demander de lui remettre ça. Arrangez-vous pour qu'un petit scotch ait l'air d'un grand. Tenez... voilà pour régler le tout et gardez la monnaie.

— Merci beaucoup, monsieur, dit l'autre avec un élan reconnaissant. Je vais faire de mon mieux.

— Garçon ! cria Schramm. La même chose !

Et quand Alleyn regagna la table, il enchaîna :

— Que vous a-t-elle dit à mon sujet ?

— Il n'a pas été question de vous.

— C'est vous qui le dites.

— Je ne m'en serais pas donné la peine, déclara *sister* Jackson en redevenant un peu comme à son ordinaire.

Puis elle se tourna vers Alleyn :

— Vous êtes fou. Vous ne savez pas de quoi vous parlez. Elle dormait.

— Alors pourquoi n'avez-vous pas mentionné votre visite au 20 ?

— Parce que c'était sans importance.

— Allons donc. Cela aurait permis d'établir — si vous dites vrai — que Mme Foster était endormie à ce moment-là.

En un de ces apparents retours à la lucidité que manifestent parfois les gens ivres, le Dr Schramm dit :

— Dois-je comprendre, *sister*, que vous étiez montée dans sa chambre ?

L'infirmière l'ignora, et ce fut Alleyn qui précisa :

— Vers neuf heures du soir.

— Et elle n'en avait pas soufflé mot ? *Pourquoi ?*

— Je l'ignore. Peut-être parce qu'elle avait peur. Peut-être parce...

— Non, non, pour l'amour du ciel ! l'interrompit *sister* Jackson. Il va tout comprendre de travers et sauter aux conclusions ! Elle dormait très normalement. Elle n'avait absolument rien.

Le serveur revint avec un seul verre, à demi rempli.

— Remportez ça, lui ordonna Schramm. J'ai besoin d'avoir tous mes esprits. Apportez-moi plutôt de la glace dans un seau.

Le garçon regarda Alleyn, qui hocha approbativement la tête, et repartit.

— Je m'en vais, dit *sister* Jackson.

— Vous restez là si vous ne voulez pas recevoir une bonne baffe !

— Et vous, restez tranquillement sur votre chaise si vous ne voulez pas finir la nuit au poste. Tenez-vous, que diable !

Schramm regarda fixement Alleyn, puis sortit de sa poche un mouchoir immaculé qu'il déplia sur la table. Le garçon reparut avec un seau plein de glaçons. Et, d'une main pas très assurée, le médecin entreprit de mettre des glaçons dans le mouchoir avant de dire, avec impatience :

— *Sister*, arrangez-moi donc ça !

Au grand étonnement d'Alleyn, elle le fit aussitôt le plus professionnellement du monde. Schramm desserra sa cravate, déboutonna sa chemise, comme si elle et lui réagissaient en fonction de quelque réflexe pavlovien. Il appuya son front sur la table et elle posa le paquet de glaçons sur sa nuque. Il eut une sorte de hoquet tandis qu'un filet d'eau coulait le long de sa joue.

— Maintenez-le en place, dit-il en frissonnant.

Les observant, Alleyn pensait que les réactions des personnes ivres sont décidément imprévisibles. *Sister* Jackson avait les idées floues, comme on dit gentiment, et Schramm était, lui, dans un état d'ébriété avancée. Or voilà que, d'instinct, ils réagissaient comme des automates.

L'infirmière maintenait en place le paquet de glaçons et une flaque d'eau s'était formée sur la table, qui commençait à dégoutter par terre.

— Ça suffit, dit le médecin après un moment.

Sister Jackson tordit le mouchoir au-dessus du seau et Alleyn offrit le sien au médecin qui s'en servit pour s'éponger. Puis il reboutonna sa chemise, remit sa cravate en place. Lorsque *sister* Jackson se rassit, Alleyn se trouva entre eux ; comme un arbitre, pensa-t-il. Quand il sortit son carnet, ils ne lui prêtèrent pas la moindre attention, occupés qu'ils étaient à se mesurer du regard, lui avec dégoût, elle avec haine.

Schramm sortit un peigne de sa poche et se recoiffa, puis demanda :

— Bon, quelle est l'histoire ? Vous êtes montée dans sa chambre à neuf heures et vous dites qu'elle était endormie. Et *vous* (de nouveau, il agita son index en direction du policier), vous prétendez qu'elle était morte. C'est bien ça ?

— Je n'ai rien affirmé. C'est une simple hypothèse.

— Qu'est-ce qui vous a amené à la formuler ?

— Plusieurs choses. Si Mme Foster dormait paisiblement, je ne vois guère pour quelle raison *sister* Jackson n'a pas parlé de cette visite.

— S'il en avait été autrement, je n'aurais pas manqué de le faire, assura-t-elle.

— Avez-vous pensé à un suicide ? lui demanda Schramm.

— Elle dormait.

— Avez-vous vu les comprimés épars sur la table de chevet ?

— Non. *Non.*

— Avez-vous pensé que son sommeil était artificiel ?

— Elle dormait très naturellement.

— Vous mentez, hein ? Allez, dites-le !

Elle prit Alleyn à témoin.

— C'est le choc, vous comprenez... Quand il m'a téléphoné en me disant ce qui se passait, je suis montée en hâte... Nous avons fait tout ce qu'il fallait... Mais le choc... Je ne pouvais plus me rappeler comment était la chambre quand je l'avais vue à neuf heures.

— Allons donc, une infirmière expérimentée comme vous l'êtes n'éprouve pas si facilement un choc. D'autant que sa mort ne vous affectait aucunement. Vous aviez peine à vous retenir de jubiler !

— Ne l'écoutez pas, inspecteur. Il ne dit que des mensonges. Des mensonges monstrueux. Ne l'écoutez pas !

— Vous savez bien, inspecteur : l'enfer ne connaît pas de fureur comparable à celle d'une femme trompée. Quand elle a eu vent de l'intimité qui s'était établie entre Sybil et moi, elle a dit qu'elle aimerait mieux la voir morte, et elle était sincère. Elle pensait d'ailleurs la même chose en ce qui me concernait, et le pense encore. Il suffit de la regarder.

Ils commencèrent à se bombarder d'accusations réciproques, parlant en même temps. Le genre de dispute qui apparaît comme un bienfait du ciel à un enquêteur. Alleyn prenait des notes, presque sous leur nez, et ils n'en avaient pas conscience, répétant les mêmes choses *ad nauseam*. Elle usait de tous les clichés propres aux maîtresses délaissées, mais lui se fit plus précis dans ses accusations, disant qu'elle avait menacé de faire du mal à Sybil, et l'accusant carrément, lorsqu'elle était montée au 20 ce soir-là, d'avoir très bien pu inciter Mme Foster à prendre une trop forte dose de barbituriques.

Puis ils s'interrompirent brusquement, se regardèrent et, presque d'un même mouvement, se tournèrent vers Alleyn qui, après avoir noté un dernier détail, referma son carnet.

— Je pourrais — et peut-être le devrais-je — vous demander de me suivre tous deux au poste de police pour y faire une déposition. Vous vous refuseriez alors à répondre aux questions hors de la présence de vos avocats. Il en résulterait une grande perte de temps. Par la suite, vous déclareriez que vous étiez tous deux ivres parce que je vous avais poussés à boire et que tout ce que j'ai noté par écrit est faux. Aussi, je vous propose plutôt de retourner à *Greengages*, de réfléchir à tout cela et de bien préparer vos dépositions. À condition, bien sûr, que vous soyez en état de conduire. Sinon, je vous suggère d'aller jusqu'aux lavabos et de vous mettre deux doigts dans la bouche. Bonsoir.

Il les laissa bouche bée et regagna sa voiture, où il demeura environ cinq minutes avant de les voir sortir du bar en marchant d'un pas qui semblait redevenu normal. Ils montèrent dans leurs voitures respectives et s'en furent, mais à une vitesse très modérée.

Fox n'étant pas encore monté se coucher, Alleyn et lui prirent un verre ensemble.

— J'aurais bien aimé être là, déclara l'inspecteur quand son supérieur l'eut mis au fait. Qu'est-ce que vous en pensez, chef ? *Sister* Jackson aurait été vue de l'alcôve par Semelles-de-crêpe alors qu'elle entrait au 20, et l'homme s'appuierait là-dessus pour la faire chanter. Ce qui nous est une raison supplémentaire de penser que Semelles-de-crêpe doit être Claude. Non ?

— Continuez.

— *Mais*, poursuivit l'inspecteur, quand, une heure plus tard, le toubib lui a téléphoné de rappliquer en hâte, que la cliente était morte, s'est-elle exclamée : « Oh ! mais, docteur, je suis passée la voir vers neuf heures et elle se portait comme un charme » ? Non. Elle n'a pas soufflé mot de sa visite et s'est activée avec la pompe stomacale. Pourquoi n'a-t-elle rien dit ?

— Schramm m'a donné à entendre que, quelque temps auparavant, dans un accès de fureur jalouse, la Jackson avait menacé de faire quelque chose à Mme Foster. Aussi craignait-il que, lors de cette visite qu'elle avait passée sous silence, l'infirmière n'eût incité la défunte à prendre une trop forte dose de barbituriques.

— Oui, mais d'après ce que nous en savons, Mme Foster a d'abord été droguée, puis ensuite étouffée. Cela montre que Schramm n'a pas conscience qu'elle est morte étouffée et tendrait donc à le mettre hors de cause ?

— C'est aussi mon avis.

— Pensez-vous que *sister* J. serait capable du tout : drogue et oreiller ?

— Ah ! là, vous me posez une question difficile. Je la crois jalouse et femme à s'emporter. Et ce ne serait pas la première fois que nous verrions une personne de ce genre commettre un assassinat. Mais, en règle générale, c'est au mâle qu'elles s'en prennent.

— Ouais... Nous avions plus ou moins réglé l'affaire. Il ne nous restait qu'à débusquer Claude. Et voilà que ces deux-là viennent tout compliquer. Sans compter que nous n'avons rien, absolument rien de neuf, en ce qui concerne Claude.

— Southampton ?

— Ils ont envoyé un de leurs hommes aux *Bonnes Lectures*, boutique qui fait effectivement fonction de poste restante, mais il n'y avait rien au nom de « Morris ». Le libraire est soupçonné d'être mêlé à un trafic de drogue, sans qu'on ait jamais eu de preuve permettant de l'arrêter. On pense que Claude Carter a pu apporter là son chargement de drogue. Et s'il envisage de s'embarquer à Southampton pour quitter le pays, il pourrait très bien passer d'abord là pour collecter le fric de la Jackson.

— Si elle l'avait mise aujourd'hui à la poste, l'enveloppe ne pourrait arriver à destination avant demain matin au plus tôt, remarqua Alleyn.

— Ils font surveiller la boutique vingt-quatre heures sur vingt-quatre. S'il se manifeste, ils l'épingleront sous un prétexte quelconque.

— *S'il se manifeste*, tout est là. Car son comportement me paraît bien bizarre. Il est demeuré à fureter à *Quintern Place* et aux alentours jusqu'à minuit (selon

Artie) ou neuf heures (selon Bruce) la nuit dernière. Il est arrivé avec son sac sur le dos, a fait grincer le *lych-gate* en l'ouvrant et laissé là ses empreintes. Puis il a disparu.

— Une minute on le voit, la minute d'après on ne le voit plus. Pensez-vous qu'il aurait brusquement perdu son sang-froid et été pris de panique ?

— Nous ne devons pas oublier qu'il a laissé un mot à l'intention de Mme Jim pour annoncer son départ.

— Alors peut-être qu'il n'est pas l'auteur du chantage envers *sister* Jackson et que nous nous sommes fourré le doigt dans l'œil.

— Oui, mais ce qui est particulièrement curieux, c'est qu'il semble s'être volatilisé après avoir laissé ses empreintes sous le *lych-gate*. Pourquoi ? Où a-t-il pu aller, grands dieux ?

— En tout cas, il n'est pas allé prendre le dernier train pour Londres, déclara Fox. À la gare, ils m'ont dit que personne n'avait pris ce train ni n'en était descendu.

— Il a pu recourir à l'auto-stop.

— Alors, il ne nous reste plus qu'à faire insérer un avis de recherche dans les journaux pour retrouver l'automobiliste en question. Charmante perspective !

— Vous me paraissez bien déprimé, mon pauvre Fox.

M. Fox, qu'on n'avait jamais connu en proie à la moindre dépression, ignora placidement la remarque. Alors Alleyn lui lança :

— Ce qu'il vous faut, c'est un changement d'ambiance. Que diriez-vous d'un petit pique-nique au clair de lune ?

— Un pique-nique ? répéta Fox en ouvrant de grands yeux.

— Enfin, peut-être pas vraiment un pique-nique, mais une promenade dans un cimetière ? Comme dans un roman gothique, vous savez ?

— Vous ne parlez pas sérieusement, chef ?

— Eh si. Je n'arrive pas à me sortir de la tête l'histoire racontée par Artie, car elle est confirmée par les empreintes de pas et le fait que Carter a disparu. Puisqu'il existe une cachette dans la haie, je suggère que nous allions y faire un tour. Quelle heure est-il ?

— Onze heures dix.

— À cette heure-là, tout le village devrait dormir.

— Nous aussi, dit Fox avec un soupir expressif.

— Nous allons voir si l'on peut trouver une lampe à acétylène au poste ou quelque chose d'équivalent.

— Une reconstitution, alors ? Ce n'est peut-être pas une si mauvaise idée, convint Fox qui, d'un pas résigné, se dirigea vers le téléphone.

Le sergent McGuiness, qui était de service de nuit au poste, leur exhiba une lampe à acétylène que l'on gardait sous la main en cas de panne.

— J'aurais bien aimé aller avec vous, confia-t-il à Fox, car ça me paraît promettre d'être intéressant.

L'ayant entendu, Alleyn lui dit :

— Ne pouvez-vous réveiller un de vos agents pour qu'il vienne vous remplacer ici l'espace d'une heure ? Nous nous accommoderions volontiers d'un troisième homme.

Le visage du sergent s'illumina.

— Le constable Dance participe ce soir à un concours de fléchettes. Il devrait passer me voir en rentrant chez lui et...

Au même instant, le reflet d'un phare sur la fenêtre et un crissement de pneus devant la porte annoncèrent l'arrivée d'une bicyclette. Une voix clama :

— J'ai gagné, sergent !

— Non !

— Si : les doigts dans le nez ! Je vous raconterai ça demain.

— Attends !

McGuiness se précipita au-dehors et, à l'issue d'un bref conciliabule, il revint en compagnie d'un rouquin athlétique.

— Le constable Dance, dit-il à Alleyn.

Alleyn félicita le constable Dance pour sa prouesse et ils le laissèrent en train de téléphoner la nouvelle de son succès à sa femme.

Sur le chemin du village, Alleyn expliqua à McGuiness le but de ce qu'ils allaient entreprendre.

— Nous essayons de trouver une explication à un événement apparemment inexplicable. À savoir : un promeneur arrivant par Stile Lane et empruntant Long Lane pouvait-il voir peu ou prou la clarté de la lampe à acétylène utilisée par Jardine ? Et quelqu'un dissimulé dans la haie située à l'angle des deux chemins pouvait-il voir le promeneur ? En outre, à supposer que le promeneur gravisse les marches menant à l'église et entre dans cette dernière...

— Excusez-moi, monsieur, intervint le sergent, mais ça ne lui était pas possible car, la nuit, l'église est fermée à clef. Sur notre conseil d'ailleurs, pour tenir les vandales à l'écart.

— Vous voyez comme nous avons bien fait de vous emmener avec nous ! Qui ferme l'église ? Le pasteur ?

— Oui, monsieur. Et c'est ce qu'il a fait après qu'on a eu amené le cercueil de la défunte.

— En laissant l'église dans l'obscurité ? s'informa Fox.

— Non, je ne le pense pas, Fox. Il aura gardé allumée à tout le moins la lampe du sanctuaire. Nous lui poserons toutefois la question.

— C'est donc après l'arrivée du cercueil que commence l'histoire d'Artie ?

— Et il est sensiblement la même heure. Est-on couche-tôt au village, sergent ?

— Une demi-heure après la fermeture des bistrots, tout le monde est au lit.

— Parfait...

— Et si Artie a choisi de coucher encore dehors ? objecta Fox.

— Ce serait contrariant. Dans ce cas, nous aviserons

au mieux. À moins que nous ne l'enrôlions dans notre reconstitution.

— Acceptera-t-il de coopérer ?

— Dieu seul le sait. Nous voici arrivés. Faisons le moins possible de bruit. Ne claquez pas les portières et parlez bas.

La voiture s'immobilisa près des degrés de l'église, et Alleyn fut le premier à en descendre.

— Tiens, dit-il. Quelqu'un veille encore dans Stile Lane.

— C'est le cottage de la veuve Black, l'informa le sergent. Il y a quelqu'un qui la soigne. Son frère, je crois.

— Qui la soigne ? Pour quoi donc ?

— Vous n'êtes pas au courant ? Tantôt, en revenant de l'enterrement, elle a été renversée par un tracteur, à cause du manque de visibilité au bout du chemin. Il y a des années que je disais qu'il finirait par y avoir un accident. Le gars conduisait lentement, pour cette raison, et elle est tombée de côté. Il l'a reconduite chez elle et nous a signalé la chose.

— N'est-ce pas la sœur de Bruce Jardine ? demanda Fox.

— Si, c'est bien ça.

— Si c'est Bruce qui est encore debout et qu'il regarde par la fenêtre, en apercevant de la lumière du côté où il a creusé la tombe, il va sûrement venir voir ce qui se passe. Ce n'est vraiment pas de chance, dit Alleyn, qui reprit, après un temps de réflexion : Bah, s'il vient, nous le mettrons au courant. Pourquoi pas ? Allons-y. Sergent, j'aimerais que vous agissiez comme le jeune Artie dit l'avoir fait. Le moment venu, vous vous coucherez dans la haie, mais pas encore. Nous vous dirons quand. Moi, je jouerai le rôle de Carter et l'inspecteur Fox celui de Bruce. Tout ce que vous avez à faire, c'est garder vos yeux et vos oreilles bien ouverts pour m'informer exactement de ce que vous aurez remarqué. Vous avez la lampe et la pelle ? Alors, venez, mais sans faire de bruit.

Alleyn ouvrit le *lych-gate* avec précaution, en s'immobilisant dès que s'amorça le grincement. Ils se faufilèrent un à un par l'entrebâillement et gravirent les marches.

— Ne vous servez pas encore de vos torches à moins que vous n'y soyez obligés, dit Alleyn.

Tandis que leurs yeux s'accoutumaient à l'obscurité, ils contournèrent l'église : la nef, le transept nord, le chevet, jusqu'à ce qu'ils arrivent à l'emplacement de la tombe de Sybil Foster, au milieu de celles des autres Passcoigne. La senteur des fleurs emplissait l'air nocturne.

Fox et McGuiness s'affairèrent autour de leur lampe qui, d'un coup, s'enflamma, baignant son environnement dans une clarté livide. Le sergent régla la flamme et, comme il se redressait, l'ombre gigantesque de Fox fut projetée sur les arbres. Il prit et déposa près de la tombe la lampe qui sifflait un peu. Ils attendirent pour s'assurer qu'elle fonctionnait bien, puis Alleyn dit :

— Donnez-nous huit minutes pour gagner nos places, Fox, et puis vous vous mettrez en mouvement. Ne regardez pas la lampe, sergent, sinon vous allez être ébloui et trébucher.

Quand ils furent de retour près de la voiture, Alleyn chuchota :

— Je vais vous montrer la cachette dans la haie. Si par hasard quelqu'un survenait, nous sommes à la recherche d'un enfant qui a disparu et que l'on suppose endormi quelque part.

Lorsqu'ils parvinrent à destination, Alleyn fit passer le policier par le champ, puis lui chuchota :

— Environ six pas à droite... Vous y êtes ? Il vous faut y rentrer à quatre pattes, avec votre casque et tout. Quand vous serez en place, sifflez doucement et je m'en irai dans Stile Lane où tout a commencé.

En attendant, Alleyn regarda du côté de l'église,

laquelle paraissait maintenant comme dans un nimbe lumineux ; les arbres dominant les tombes des Passcoigne étaient éclairés tels ceux d'un décor, et une ombre gargantuesque s'y mouvait, manœuvrant une pelle de géant. Fox avait commencé sa pantomime.

— Psst !

Comme le sergent se manifestait ainsi au lieu de siffler, Alleyn se porta à sa hauteur, de l'autre côté de la haie.

— Artie est dans la cachette ! haleta McGuiness. J'ai failli lui tomber dessus !

— Il dort ?

— À poings fermés.

— Ça ne fait rien. Revenez et, comme le chemin est en contrebas, en vous postant près de la cachette, votre tête se trouvera sensiblement à la même hauteur que la sienne. Je veux simplement vérifier qu'il a pu voir ce qu'il dit avoir vu, et entendu ce qu'il dit avoir entendu.

Le sergent disparut et Alleyn remonta dans le chemin, jusqu'à se trouver tout près du cottage de Mme Black, où la lumière était maintenant éteinte. Il attendit un moment, puis fit demi-tour en marchant cette fois au milieu du chemin. Il fut bientôt presque à hauteur de la cachette, sans pouvoir distinguer le sergent dans l'ombre portée de la haie.

Alleyn s'immobilisa.

Et ce fut alors comme si un poing de fer le frappait au menton.

Il était étendu sur le chemin, sentait du gravier contre sa joue et une douleur au menton tandis que des voix s'interpellaient agressivement.

— Inspecteur Fox ! Venez ici, s'il vous plaît !

Sa tête soulevée reposait maintenant contre une robuste cuisse et il entendit quelqu'un dire « Ça va, ça va ». C'était lui.

— Où est Fox ? Que m'est-il arrivé ?

— Ce satané gamin ! Il vous a jeté une brique par-dessus ma tête ! J'ai bien cru qu'il vous avait tué ! balbutia le sergent McGuiness.

— Où est Fox ?

— Me voici, dit l'inspecteur dont la robuste silhouette occulta les étoiles. Ce ne sera rien, à ce que je vois.

Une voix furibonde tonnait de l'autre côté de la haie, dans un bruit de course précipitée :

— Reviens tout de suite, graine d'assassin ! Reviens, ou tu vas voir ta peau !

— C'est la voix de Bruce, dit Alleyn en se palpant le menton. D'où a-t-il surgi ? Du cottage ?

— Oui, dit quelqu'un.

— Allez-y, sergent. Je vais m'occuper de l'inspecteur Alleyn.

D'autres pas s'éloignèrent rapidement dans le noir.

— Aidez-moi à me relever... Là, je vais m'appuyer contre le muret du champ... Qu'est-ce qui m'a frappé ?

— Une demi-brique, lancée par ce garçon à qui Bruce et le sergent donnent la chasse. Il aurait pu vous fracasser le menton.

— À qui le dites-vous !

Fox avait appuyé son supérieur contre le côté du chemin creux et, à la clarté de sa torche, lui tamponnait doucement le menton avec son mouchoir.

— Ça saigne...

— Aucune importance. Dites-moi ce qui s'est passé.

— Vous aviez presque rejoint le sergent lorsque le garçon a dû se réveiller, voir votre silhouette et, saisissant un des morceaux de brique du barbecue, il vous l'a balancé dans la figure par-dessus la tête de McGuiness, puis il a décampé.

— Mais Bruce ?

— Bruce avait aperçu la lumière dans le cimetière et pensé qu'il pouvait s'agir de vandales, qui avaient déjà commis des dégâts en d'autres occasions. Quoi qu'il en soit, il a dévalé la colline depuis chez sa sœur et pris le gamin en flagrant délit. Ça vous fait très mal ?

— Assez, oui, mais je ne pense pas qu'il y ait quelque chose de cassé. Il donne la chasse à Artie ?

— Oui, avec le sergent.

— Pas la peine d'en faire une histoire. C'est un pauvre demeuré qu'on ne peut tenir pour responsable.

— Je parie qu'ils n'arriveront pas à le rattraper dans l'obscurité. Il doit connaître le coin comme sa poche.

— Je me demande où est son domicile.

— Bruce doit le savoir, dit Fox tout en examinant le menton du commissaire. Vous avez sans doute reçu la brique à plat. La peau est éraflée, mais il n'y a pas d'entaille. Nous allons vous conduire chez le médecin.

— Non, ça n'en vaut pas la peine, grommela Alleyn. Fox, pensez-vous qu'il pouvait y voir suffisamment pour me reconnaître ? Allez vous mettre où j'étais, voulez-vous ?

— Vous êtes sûr...

— Oui, oui, solidement d'aplomb, n'ayez crainte.

Fox s'éloigna de quelques pas. La lumière de derrière l'église effleurait le creux du chemin, tout juste assez pour permettre d'y identifier quelqu'un.

— Bon, nous savons donc qu'Artie a pu reconnaître Carter, et moi aussi peut-être. Allons bon !

Une fenêtre du presbytère venait de s'éclairer. Elle s'ouvrit et une voix cultivée s'enquit :

— Hé ! Que se passe-t-il ?

Le pasteur.

— Rien de grave. Des jeunes qui chahutaient. Nous nous en occupons, parvint à articuler Alleyn.

— C'est la police ? s'enquit le pasteur.

— Oui, répondit Fox. Navré de vous avoir dérangé.

— Ce n'est rien. Mais que se passe-t-il derrière l'église ? Cette lumière ?

— Nous veillons simplement à ce qu'il ne se commette aucun acte de vandalisme, improvisa Alleyn.

Entre-temps, plusieurs autres fenêtres s'étaient ouvertes à proximité et Fox clama :

— Ce n'est rien de grave... Juste une bande de jeunes qui avaient un peu trop bu.

— Éteignez cette bon sang de lampe ! marmotta Alleyn.

S'éclairant avec sa torche, l'inspecteur poussa le portail grinçant du *lych-gate* et gravit les marches, se hâtant ensuite autour de l'église.

Une à une, les fenêtres se refermaient. Brusquement, l'obscurité revint derrière l'église.

Alleyn suivit du regard la progression de la torche électrique de Fox, puis il entendit de l'autre côté de la haie les voix de Bruce et de McGuiness, lesquels franchirent peu après la clôture du champ.

— Attention ! Je suis là ! les prévint Alleyn qui ne tenait pas à ce qu'ils lui rentrent dedans.

— Ça va, monsieur ? s'enquit le sergent. Artie nous a échappé. Il fait tellement noir et avec tous ces arbres...

— Je lui flanquerai une correction dont il se souviendra, déclara Bruce. Qu'est-ce qui lui a pris ? Je ne l'avais jamais vu manifester la moindre violence.

— Je suppose qu'il s'agissait bien d'Artie ?

— Ça ne fait aucun doute.

— D'où veniez-vous, Bruce ?

C'était bien comme ils l'avaient pensé. Bruce tenait compagnie à sa sœur quelque peu commotionnée par l'accident. Elle s'était enfin couchée et il s'apprêtait à regagner Quintern lorsqu'il avait aperçu le reflet de la lampe dans le cimetière.

— Ça m'a fait un drôle d'effet... Comme si je m'étais dédoublé et que j'étais aussi là-bas... Je voyais une ombre semblant faire ce que j'avais fait... Et puis j'ai pensé à des vandales en train de creuser. Alors, j'ai foncé aussi vite que je pouvais dans cette obscurité et, en arrivant près de la haie, je l'ai vu se détacher soudain sur le fond lumineux. C'était bien Artie, il a levé le bras et lancé quelque chose... Quand je vous ai vu dans la clarté de la torche que tenait le sergent et que j'ai entendu appeler l'inspecteur Fox, j'ai donné la chasse à ce maudit gars, mais il avait de l'avance et on jurerait qu'il y voit dans le noir. Qui peut savoir où il s'est planqué maintenant ?...

— Dans son lit, probablement, dit le sergent.

— Ma foi, vous pourriez bien avoir raison. Le cottage de sa mère est un peu plus loin dans ce chemin. Êtes-vous gravement blessé, monsieur ? Qu'est-ce qu'il vous a jeté ?

— Une demi-brique... Non, ça va, ce n'est rien.

Bruce eut un clappement de langue expressif :

— Il aurait pu vous tuer.

— Laissez... Ne lui flanquez pas de correction quand vous le reverrez. Je suis sincère : ça n'avancerait à rien... Il n'a pas toute sa tête.

— Bon... Comme vous voudrez... C'est vous le meilleur juge.

À ce moment, Fox les rejoignit avec la lampe à acétylène et la pelle. Bruce, qui ne s'embarrassait pas de cérémonies avec lui, car il le tenait pour subalterne, l'interpella aussitôt :

— Qu'est-ce que vous fabriquiez là-haut ? Si vous avez touché à la tombe, c'est presque un sacrilège et je suis sûr qu'il doit y avoir une loi pour ça. Qu'est-ce que vous trafiquiez avec cette pelle ?

— Il faisait seulement mine de creuser, Bruce, intervint Alleyn. C'était pour vérifier les déclarations d'Artie. Rien n'a été touché.

— J'ai bien envie d'aller y jeter un coup d'œil.

— Si ça vous chante... Vous avez une torche ?

— Non, après tout, je vous crois.

— En tout cas, bonne nuit. Fox, mon ami, regagnons la voiture.

Alleyn avait des élancements dans tout le visage et le sol semblait onduler sous ses pieds. Fox l'aida à marcher, puis à s'asseoir dans la voiture cependant que le sergent suivait.

Fox proposa de faire un crochet par l'hôpital le plus proche, mais Alleyn lui dit qu'il lui suffirait d'aller consulter le Dr Field-Innis le lendemain matin, car il avait été vacciné contre le tétanos et la douleur allait se calmer. Ce fut après avoir dit cela qu'il s'évanouit.

Sa perte de conscience dut être brève, car il eut le sentiment que ses compagnons ne s'en étaient pas aperçus. Il dit avoir sommeil, croisa les bras, baissa la tête et s'assoupit un moment.

Quand ils arrivèrent au poste de police, ils eurent la surprise d'y trouver le médecin légiste, lequel examina aussitôt Alleyn.

— Vous n'avez ni fracture ni commotion, diagnostiqua-t-il finalement, et vos dents sont indemnes. Nous allons donc juste vous désinfecter ça un peu et vous envoyer au lit. Demain, ce sera presque fini.

— Merci.

— Mais n'allez quand même pas vouloir en faire trop, recommanda le médecin.

— Ce sera le plus difficile, déclara Fox à la cantonade.

Alleyn sourit, ce qui lui fit mal, tout comme ensuite les soins et le pansement.

— Et voilà ! annonça gaiement le médecin. Pendant deux ou trois jours, vous aurez une ecchymose et ce sera un peu enflé, mais vous n'aurez pas de cicatrice.

— Voilà qui me rassure. Je suis désolé qu'on vous ait dérangé à pareille heure.

— Je suis là pour ça, non ? Et, en la circonstance, c'est presque un honneur que d'avoir été appelé. Tâchez de bien dormir. Au revoir.

Quand le médecin fut parti, Alleyn dit vivement :

— Fox, vous allez contacter le ministre de l'Intérieur...

— *Moi ?* Lui ? Ah ! non ! s'exclama l'inspecteur, tout saisi.

— Pas directement, mais par le Yard et qu'il nous signe un permis.

— Un permis pour quoi, chef ?

— Pour la chose habituelle, bien sûr.

— Vous... Ce n’est pas... Vous n’allez quand même pas l’*exhumer* ?

— Si fait... Mais peut-être pas exactement comme vous l’entendez, Fox mon ami.

CHAPITRE IX

Quand Alleyn se regarda dans la glace, le lendemain matin, son visage ne lui parut pas aussi effrayant qu'il s'y attendait. Il se rasa avec précaution autour du pansement, prit un bain et se sentit relativement en forme.

Fox vint le prévenir que le directeur adjoint de la police le demandait au téléphone, si toutefois il était en état de parler.

— Bien sûr que je peux parler, rétorqua Alleyn qui s'aperçut aussitôt qu'il lui fallait éviter de trop ouvrir la bouche.

Le téléphone était dans le couloir.

— Rory ? dit la voix du directeur adjoint. Qu'est-ce que cette histoire d'exhumation ?

— Ça n'est pas exactement une exhumation, monsieur.

— Quoi ? Je ne comprends pas ce que vous dites. On dirait que vous parlez à votre dentiste quand il est en train de vous soigner.

Alleyn pensa que ce serait bientôt le cas, mais s'excusa et promit de mieux articuler.

— Je suppose que c'est dû au coup dont Fox m'a parlé. Ça vous fait mal ?

— Pas trop, mentit rageusement Alleyn.

— Tant mieux. Qui vous a fait ça ?

— On pense qu'il doit s'agir d'un vaurien avec une brique.

— Pour cette exhumation qui n'en est pas vraiment

une, qu'est-ce que je dois dire au ministre de l'Intérieur ? Mettez-moi dans votre confidence, bon sang !

Alleyn s'exécuta.

— Ça me paraît bien tiré par les cheveux, apprécia l'autre. J'espère que vous savez ce que vous faites.

— Moi aussi.

— Bon, alors, d'accord. La nuit prochaine, m'avez-vous dit ? Et prenez bien soin de vous.

— À quel moment ? s'informa Fox lorsque Alleyn eut raccroché le combiné.

— Tard, cette nuit. Si nous continuons à ce train-là, nous allons nous retrouver au cimetière pour de bon !

— Qu'est-ce qu'on dira aux gens ?

— Dieu seul le sait. Espérons qu'ils ne remarqueront rien, mais j'en doute.

— Ne pourrait-on raconter une histoire de montre en or tombée accidentellement dans la fosse ?... Celle de Bruce, par exemple, avant l'enterrement. Je reconnais que ça n'est pas brillant...

— Le mieux c'est de ne souffler mot de rien et de ne sortir cette explication que s'ils s'avisent de quelque chose.

— Il faudra tendre des toiles comme d'habitude. Je vais m'en occuper.

— C'est ça. En ce qui concerne ma figure, racontons que nous sommes tombés sur une bande de voyous hors du village. Où est le sergent ?

— Au poste. Il compte voir Artie.

Alleyn s'assit au bord du lit.

— Fox, nous ne pouvons quand même pas laisser cette enfant, Prunella, apprendre la chose accidentellement... Je me demande si je ne vais pas avoir recours à votre invraisemblable montre en or ou quelque chose d'équivalent. Je vais vous déposer au village et vous irez informer le pasteur.

— Et à lui, qu'est-ce que je raconte ?

— La vérité, mais pas toute la vérité concernant ce que nous espérons découvrir.

— J'ai compris.

Quand il eut laissé l'inspecteur devant le presbytère, Alleyn continua de rouler dans Long Lane, passant devant le trou de la haie. Il leva les yeux vers l'église et vit deux femmes en compagnie de trois enfants qui surgissaient de derrière l'église. Rien qu'à leur attitude, il comprit que la nouvelle avait déjà fait le tour du village : *La police est revenue tourner autour de la tombe.* « Ce soir, ils vont faire la queue ! » pensa-t-il.

Il tourna dans Stile Lane, puis prit la route qui menait à flanc de colline d'un côté à *Mardling Manor* et de l'autre à *Quintern Place*, puis finalement tourna à gauche pour se rendre chez Verity Preston, qu'il trouva assise sous ses tilleuls, occupée à faire les mots croisés du *Times*.

— Je suis venu impulsivement, lui dit-il, parce que j'ai besoin d'un conseil et que vous me semblez être la personne susceptible de me le donner.

— Asseyez-vous et dites-moi de quoi il s'agit. Je ne pense pas que ce serait faire preuve de tact que d'ignorer l'aspect de votre visage. Que vous est-il arrivé ?

— Un garçon avec une brique à la main.

— Pas un garçon d'ici, j'espère !

— L'aide de votre jardinier.

– Artie ! s'exclama Verity. Je ne peux le croire !

— Pourquoi ?

— Parce qu'il est incapable de faire des choses pareilles. Il est bête, mais pas violent pour deux sous.

— C'est aussi ce que m'a dit Bruce. Alors, il a peut-être simplement agi ainsi par bêtise et le malheur a voulu que je me trouve sur la trajectoire de la brique. Toutefois, ce n'est pas au sujet d'Artie que je suis venu vous demander conseil, mais de votre filleule. Continue-t-elle de séjourner à *Mardling* ?

— Elle y est retournée après l'enterrement, mais je me rappelle l'avoir entendue dire qu'elle partait pour une semaine à Londres.

— Parfait.

— Pourquoi donc ?

— Ça ne va pas être plaisant pour vous, je le sais. Je pense que vous avez dû vous sentir soulagée quand l'enterrement a été terminé. On ressent tous plus ou moins ça dans des moments pareils. Prunella aussi certainement.

— Oui, sûrement. D'autant qu'elle a pour elle sa jeunesse, ses fiançailles et son tempérament. Si c'est à son sujet que vous voulez me parler, j'espère que vous n'allez pas...

— La tracasser de nouveau ? Peut-être pas. Voilà pourquoi j'ai besoin de vous. Mais avant tout, ceci est entre nous, en stricte confidence. Je suis sûr que vous ne verrez pas d'objection à le garder pour vous pendant quarante-huit heures ?

— Du moment que vous me l'affirmez, répondit Verity non sans un certain malaise.

— Voici : il semble que, durant un court moment, nous allons être obligés de retirer de la tombe le cercueil de Mme Foster. Il sera remis en place dans l'heure et n'aura à souffrir de rien, mais je ne peux vous en dire plus. Et ma question est celle-ci : Prunella doit-elle être mise au courant ? Si elle est absente à Londres, il y a de grandes chances pour qu'elle n'ait jamais l'occasion de l'apprendre. Mais je connais les villages et je sais comment sont certaines gens ; or le pasteur, par exemple, devant être prévenu, il est toujours possible que la chose transpire. Qu'en pensez-vous ?

— Je n'en pense rien, répondit Verity dont le malaise allait croissant. Ça me paraît tout à la fois incompréhensible et grotesque... Je regrette que vous m'en ayez parlé.

— Je suis désolé...

— Car tout se résume à ceci : quelqu'un a tué quelqu'un que j'ai connu toute la vie, et cette idée me paraît monstrueuse.

— Évidemment que c'est monstrueux ; mais pour

nous, hélas, cela fait partie de notre travail de tous les jours. Ce qui me soucie, c'est la jeune Prunella.

— Moi aussi, bien sûr, et je comprends votre point de vue. Ne pensez-vous pas que Gideon Markos pourrait être consulté ? Ou Nikolas ? Ou les deux ?

— À votre avis ?

— Ils l'ont en quelque sorte prise en charge, vous comprenez. Elle partage désormais leur existence.

— Mais elle n'en continue pas moins à compter sur vous. Je m'en suis aperçu lors de l'enterrement.

— Y a-t-il jamais quelque chose qui vous échappe ? se surprit à demander Verity.

Et comme Alleyn ne répondait rien, elle enchaîna :

— Si vous voulez, je peux suggérer à Nikolas Markos d'emmener Prunella d'ici ? Il m'a dit avoir acheté un yacht, un grand. Ils pourraient donc lui faire faire une longue croisière.

— Même les yachts luxueux ne sont pas prêts à lever l'ancre du jour au lendemain.

— Celui-là, si. Nikolas m'a annoncé son intention de partir en croisière d'ici un mois. Il pourrait avancer la date.

— Êtes-vous invitée ?

— Oui, mais je ne peux y aller. Je vais avoir ma « première ».

— Votre suggestion me paraît intéressante. En supposant même que quelqu'un vienne à parler de cette exhumation longtemps après, quand tout sera terminé, ce ne sera pas du tout la même chose que d'en être prévenue, de savoir que cela va se produire. N'est-ce pas ?

— Non, bien sûr.

— Alors, je vous laisse manœuvrer comme vous l'entendrez. Est-ce mal de vous refiler ainsi la responsabilité ?

— Non. Je trouve très bien, au contraire, que vous ayez eu un souci de ce genre. Je mettrai donc Nikolas au courant, lui ?

À la surprise de Verity, l'inspecteur hésita :

— Ne pourriez-vous lui suggérer simplement d'avancer la croisière parce que Prunella a été vraiment très secouée par tous ces événements, et que ça lui ferait le plus grand bien de changer d'ambiance ?

— Je suppose que si... encore que je n'aime guère lui demander une faveur.

— Non ? Parce qu'il ne sera que trop heureux de vous l'accorder ?

— Quelque chose comme ça, oui, convint Verity.

Le lendemain matin, le ciel était couvert et prometteur de pluie. En fin d'après-midi, la promesse fut tenue.

— Ça paraît parti pour durer, dit Fox en regardant derrière les vitres du poste de police.

— D'un côté, c'est ennuyeux, mais de l'autre, c'est un avantage.

— Vous voulez dire que ça fera rester les gens chez eux ?

— Exactement.

— Mais nous serons trempés.

Le téléphone sonna et Alleyn décrocha aussitôt. C'était le Yard. L'escouade de service était sur le point de partir avec tout l'équipement nécessaire dans un véhicule banalisé, et s'enquérait s'il y avait d'ultimes instructions.

— Un instant, dit Alleyn qui demanda à Fox : À quelle heure, selon vous, dîne-t-on au village ?

— Entre dix-sept heures trente et dix-huit heures trente. Après ça, ils sont devant leur télé.

— Alors, dit Alleyn dans l'appareil, arrangez-vous pour arriver, le plus discrètement possible, aux alentours de dix-huit heures. Allez directement au presbytère et ayez l'air de réparateurs, d'ouvriers. Personne en uniforme. Comme ici actuellement il pleut à torrents, habillez-vous en conséquence. Je vous attendrai. Nous traverserons l'église et sortirons par une porte de côté à un endroit que l'on ne peut voir du village. Si par hasard quelqu'un manifestait de la curiosité, vous êtes là pour le toit qui fuit. Compris ? Parfait. Passez-moi les « Personnes disparues » et restez où vous êtes encore une dizaine de minutes pour le cas où il y aurait un changement. Dans dix minutes, partez.

Alleyn sentit le sang battre plus vite dans sa blessure. Tout allait dépendre de la réponse qu'on allait lui faire. Si elle était positive, on annulerait tout et il faudrait revenir à la première case, comme au jeu de l'oie.

— Allô, les « Personnes disparues » ? Ici l'inspecteur principal Alleyn. Avez-vous du nouveau concernant Southampton ?

— Non, absolument rien.

— Dieu soit loué !

— Je vous demande pardon ?

— Non, ce n'est rien. Comme l'on dit : pas de nouvelles, bonnes nouvelles. Continuez quand même les recherches et la surveillance jusqu'à nouvel ordre. Et si vous reniflez Carter en quelque endroit, prévenez-moi aussitôt. *Aussitôt*, vous m'entendez bien ? C'est de la plus grande importance.

— Vous pouvez y compter, monsieur.

Alleyn raccrocha et consulta sa montre. Seize heures trente.

— Nous leur donnons une heure, puis nous y allons.

À dix-sept heures trente, le téléphone sonna, mais ça n'était pas pour eux. Ils revêtirent des imperméables en toile huilée et Alleyn dit au constable Dance :

— Si les « Personnes disparues » m'appelaient, on peut me joindre au presbytère d'Upper Quintern. Ayez le numéro sous les yeux.

Fox, McGuiness et lui s'en furent sous la pluie jusqu'à la voiture, dont l'intérieur sentait le tabac refroidi, le caoutchouc et l'essence. Les essuie-glaces patinaient en ronronnant. Le ciel était si noir qu'il faisait déjà presque nuit. Il n'y avait pas âme qui vive dans Long Lane. À l'auberge, on apercevait de la lumière à travers les rideaux rouges que l'on avait dû tirer pour échapper au spectacle déprimant du dehors.

Au presbytère, on les attendait et la porte leur fut ouverte avant même qu'ils eussent sonné.

Le pasteur, pâle, l'air anxieux, les conduisit dans son bureau décoré de photos encadrées représentant des groupes de communiants.

— Je suis bouleversé par cette affaire... Je suppose que c'est absolument nécessaire, inspecteur ?

— Oui, je le crains, répondit Alleyn.

— L'inspecteur Fox s'est montré extrêmement discret.

L'homme en question parut complètement absorbé dans la contemplation d'une des photographies.

— Il m'a dit qu'il vous laissait le soin de tout m'expliquer. J'ai besoin de savoir, car le cimetière est terre bénite.

— Mais c'est tout naturel. Je vais vous dire ce que nous nous proposons de faire et ce que nous pensons trouver, mais nous pouvons très bien faire chou blanc.

Le pasteur écouta attentivement et dit, lorsqu'Alleyn eut terminé :

— Je crois n'avoir jamais rien entendu d'aussi affreux... Et Dieu sait pourtant !

— Je m'en doute.

— Je vous demanderai de me permettre d'être présent. Ce n'est pas que j'y tienne, mais j'estime — excusez le mot s'il paraît pompeux — que c'est mon devoir.

— Nous serons très contents de vous avoir avec nous, lui déclara Alleyn. Cherchant à éviter d'attirer l'attention, je me posais la question : existe-t-il un moyen de gagner l'église sans gravir ces marches ?

— Oui, *notre* chemin. Comme c'est entre des buissons, il va être très humide, mais c'est un raccourci et l'on s'y trouve à l'abri des regards. Je vais vous guider...

— Si vous le permettez, je m'assure d'abord que nos hommes sont bien arrivés, dit Alleyn en s'approchant de la fenêtre.

Le long du pré communal, une camionnette de livraison venait de s'arrêter. Cinq hommes en imperméables et chapeaux de pluie en descendirent. Ouvrant à l'arrière, ils sortirent du véhicule un grand sac de charpentier et un rouleau de cordes si épais qu'il fallut deux hommes pour le porter.

— C'est très bien, apprécia le pasteur. Si quelqu'un du village voit ça, on pensera que c'est encore la chaudière.

— La chaudière ?

— Oui, elle est très vieille et menace toujours d'exploser.

Les hommes gravissaient le sentier en file indienne, portant leur chargement. Alleyn leur ouvrit la porte, mais le premier protesta aussitôt :

— Nous ne sommes pas en état d'entrer.

Quand il ôta son chapeau, Alleyn reconnut Bailey, et Thompson était derrière qui tenait ses appareils photo bien à l'abri.

— Oh ! ça ne fait rien, absolument rien ! leur assura le pasteur. Nous avons à longueur de journée des gens qui entrent et qui sortent. N'est-ce pas, McGuiness ?

Ils se mirent donc à l'abri dans le petit vestibule, tandis que le pasteur enfilait un imperméable par-dessus son surplis et chaussait des galoches avant de prendre son parapluie.

Alleyn demanda aux arrivants :

— Avez-vous une tente ou des toiles ?

Ils lui répondirent avoir une tente fermée, qui ne prendrait pas longtemps à être montée vu qu'il n'y avait pas de vent.

— Nous allons sortir par-derrière, dit le pasteur. Je vous montre le chemin, mais je vous préviens que ça ne va pas être commode vu tout ce que vous devez transporter.

Le chemin était resserré entre des haies d'arbustes dont les branches dégouttaient sur eux et leur cinglaient le visage. Le terrain était bourbeux, glissant et il y eut plusieurs dérapages, mais aucune chute.

Le pasteur marchait en tête sous son parapluie. Il entra

dans l'église, à l'intérieur de laquelle il alluma aussitôt, car on n'y voyait plus guère. Les hommes le suivirent en marchant instinctivement sur la pointe des pieds par respect pour le silence du lieu saint et Bailey faillit tomber quand le pasteur s'arrêta le temps d'une génuflexion, avant de tourner à droite, pour gagner la chapelle de la Vierge.

— Il y a là une porte, qui donne presque en face des tombes des Passcoigne.

— Merveilleux ! apprécia Alleyn. Pouvons-nous préparer nos affaires à l'intérieur de l'église ? Ça nous faciliterait beaucoup les choses.

— Mais oui, bien sûr !

Alors, aidés par le sergent McGuiness, les hommes déplièrent leur chargement de toiles imperméables, d'où ils sortirent bientôt deux pelles, deux lampes-tempête, trois puissantes torches électriques, des tournevis, etc.

Quand tout fut prêt, Alleyn dit :

— Bon, allons-y. Pouvez-vous nous ouvrir la porte, monsieur le pasteur ?

Dehors, la pluie tombait toujours à torrents et l'église s'emplit de son vacarme lorsque la porte fut ouverte.

La tombe de Sybil Foster présentait un aspect désolant : le monticule de terre, si bien arrangé par Bruce, avait maintenant l'air d'une épave à laquelle demeuraient accrochés de lamentables vestiges floraux, tout maculés de boue.

Lorsque la tente fut dressée — non sans mal en dépit de l'absence de vent — il se trouva qu'elle ménageait un large espace tout autour de la tombe. Une toile de sol fut étendue là, achevant de donner le sentiment que l'on se préparait à faire quelque chose de mal, cependant que la pluie frappait sur la tente avec une force accrue.

Lorsque tout le matériel eut été transporté à pied d'œuvre, on alla chercher le pasteur qui était demeuré dans l'église à prier, les mains jointes devant ses lèvres. Quand il se signa et leva les yeux, Alleyn lui dit :

— Nous sommes prêts, monsieur le pasteur.

Laissant son imperméable qu'il avait retiré en arrivant dans le sanctuaire, le pasteur se munit de son seul parapluie pour gagner la tente, où il demeura de lui-même à l'écart, pour ne pas risquer de gêner.

Les fleurs furent entassées dans un coin et les hommes armés de pelles se mirent au travail, jusqu'à ce qu'on entendît le métal sonner sur du bois. Alors, tandis que le pasteur se rapprochait, on apporta les cordes.

Les hommes du Yard étaient aussi adroits qu'expéditifs et le cercueil fut bientôt déposé à côté de la fosse. Puis l'un d'eux revint avec un tournevis.

— Vous n'en aurez pas besoin, lui dit vivement Alleyn.

— Ah ? fit l'homme surpris.

— Non, confirma Alleyn. À présent, on continue de creuser, mais avec précaution. Un seul homme... Bailey, voulez-vous vous en charger ? De côté, le plus possible.

Bailey descendit dans la fosse au bord de laquelle Alleyn s'agenouilla sur le tapis de sol pour mieux suivre la délicate opération, tandis que les autres se groupaient autour de lui. On aurait aussi bien pu croire à une répétition d'*Hamlet*, la scène du cimetière.

À la demande de Bailey qui n'y voyait guère dans son trou, ils braquèrent le rayon des torches vers la tombe et McGuiness s'en fut chercher une truelle. Alleyn examina la terre que rejetait Bailey : elle était meuble, friable.

Remarquant son geste, Bailey lui dit :

— C'est tassé là-dessous, mais pas dur... Je pense qu'on a dû creuser et puis... Attendez voir !

— Doucement surtout ! recommanda Fox.

— Il y a quelque chose.

Bailey se mit à écarter la terre avec ses mains et demanda :

— Un peu plus de lumière...

Alleyn dirigea le rayon de sa torche sur les mains du policier, lesquelles étaient comme en suspens. Elles balayèrent une dernière fois de chaque côté et le visage de Claude Carter, transformé en gargouille par la pression de la terre, apparut aux regards.

Avant qu'on le déplaçât, le corps fut photographié tel qu'il se présentait. Avec beaucoup de précaution et de difficulté, on le hissa ensuite hors de la tombe et on l'étendit sur le tapis de sol. À l'endroit où il était enfoui, on retrouva son sac à dos.

— Il avait l'intention d'aller acheter cette voiture et de se rendre à Southampton, dit Fox.

— C'est aussi mon impression, opina Alleyn.

Sybil Foster fut déposée de nouveau dans sa tombe et recouverte de terre.

— Je vais m'en aller maintenant, dit le pasteur. Que Dieu ait pitié de leurs âmes.

Alleyn le raccompagna jusqu'à l'église et le pasteur s'avisa seulement en y arrivant que la pluie avait cessé de tomber.

— Je ne l'avais pas remarqué... Comme c'est étrange !

— Vous sentez-vous bien ? Voulez-vous que je vous reconduise jusque chez vous ?

— Comment ? Oh ! non... Pas encore. Je me sens très bien, merci, mais il me faut maintenant prier pour le vivant, ne croyez-vous pas ?

— Le vivant ? répéta Alleyn.

— Oui, dit le pasteur d'une voix nouée, c'est mon devoir. Je dois prier pour mon frère humain. L'assassin.

Il disparut à l'intérieur de l'église et Alleyn s'en retourna vers la tente.

— Comme il a cessé de pleuvoir, dit-il, mieux vaut que deux d'entre vous sortent monter la garde.

Bailey et Thompson poursuivaient leur travail habituel, prenant des photos de Claude avec la constance de reporters entourant une célébrité. Lorsqu'ils le retournèrent, cachant son hideux visage, ils virent une grande plaie rougeâtre au bas de la nuque.

— Il est presque décapité ! murmura Thompson en prenant une photo de près.

— Si vous avez terminé, fouillez-le, dit Alleyn.

Fox était déjà occupé à inventorier le contenu du sac

Bailey découvrit un portefeuille contenant vingt livres, un minuscule mais très robuste coffret d'acier, de la taille d'un écrin pour bague. La clef se trouvait dans le portefeuille du mort.

Alleyn ouvrit le coffret, qui contenait une minuscule enveloppe, soigneusement entourée de soie imperméable. À l'intérieur, entre deux plaques de verre, le tsar Alexandre avec un trou dans la tête.

— Regardez, Fox, dit-il.

Abandonnant le sac, l'inspecteur s'approcha et, les mains sur les hanches, contempla le timbre.

— Remarquables déductions, monsieur, dit-il. Et la boîte de métal que nous avons trouvée dans sa chambre pouvait très bien avoir laissé l'empreinte que nous avons vue dans l'âtre de la cheminée. Je suppose que le capitaine Carter l'avait cachée là, ce fameux soir, juste avant de repartir et d'être tué.

— Et il avait marqué l'emplacement sur le plan auquel s'intéressait tellement ce pauvre bougre.

— Claude n'aurait sûrement pas essayé de le vendre en Angleterre ?

— N'oublions pas que le timbre était légitimement sien. Mais, tel que je l'imagine, il devait avoir en tête de contacter quelque richissime collectionneur étranger qui lui en donnerait le meilleur prix.

— C'est drôle... Un bout de papier pas plus grand que l'ongle de mon pouce et même pas beau... qui doit valoir autant qu'un diamant de même taille. Ça me dépasse !

— La passion du collectionneur. Oui, moi aussi, mais quand elle est très grande, elle peut mener au crime.

— Où allons-nous le mettre ?

— Refermez le coffret et donnez-le-moi. Si je suis de nouveau assommé, vous le prendrez en charge. Il me tarde de le déposer en sûreté, au Yard. Entre-temps...

— L'hallali ?
— À moins qu'il ne vienne de lui-même.
— Maintenant ?
— Quand nous aurons décampé.
Bailey et Thompson, en ayant terminé avec Claude Carter, enveloppaient le cadavre dans le tapis de sol, qu'ils nouèrent avec des cordes. Ils glissèrent les deux pelles sous les cordes, afin qu'elles tiennent lieu de brancards.
Alors on démonta et replia la tente que l'on déposa sur le corps.
— Comme ça, il a un peu moins l'air d'un cadavre, commenta Thompson.
— Cette fois, vous devrez emprunter les marches. Fox et moi allons vous précéder avec le reste du fourniment, afin de vous éclairer.
À présent, la nuit était vraiment tombée. On n'entendait d'autre bruit que celui de l'eau gouttant des arbres. Plus rien n'indiquait qu'on avait touché à la tombe de Sybil Foster.
— Quel calme ! soupira un des hommes.
— Bon, on part, dit Fox.
Tandis qu'il rassemblait son chargement, les quatre autres hommes assurèrent leur prise sur les pelles qui leur permettaient de soulever aisément le corps sous la tente.
— On y va ? questionna Bailey.
Mais Alleyn éleva la main.
— Non, pas encore ! chuchota-t-il. Ne faites pas de bruit... Écoutez !
— Où ça ? demanda Fox qui était près de lui.
— Droit devant. Au milieu des arbres.
Il envoya le rayon de sa torche dans la direction indiquée. Des feuilles frémirent. La clarté des autres torches se braqua du même côté. Cette fois, tous avaient entendu un bruit étouffé.
Ils se déployèrent à gauche et à droite d'Alleyn, puis progressèrent en avant. La clarté s'intensifia sur le feuil-

lage dont les moindres détails prirent un soudain relief. On entendit craquer une branche.

— Je parie que c'est ce bon sang d'Artie ! dit le sergent McGuiness.

— On y va voir ? demanda Fox.

— Non, intervint Alleyn puis, élevant la voix : Inutile de vouloir vous cacher plus longtemps. Montrez-vous.

Les feuilles s'écartèrent, mais le visage qui apparut ainsi aux regards des policiers n'était pas celui d'Artie.

— Approchez, Bruce, dit Alleyn.

Bruce Jardine était assis très droit, les bras croisés. Avec sa barbe d'or rouge, son torse athlétique, sa voix forte et sa façon de parler, il continuait de jouer le rôle qu'il s'était choisi : celui de l'Écossais au cœur d'or qui reste militaire dans l'âme. À première vue, la pâleur du visage, les yeux injectés de sang et les grandes mains terreuses ne détonnaient pas. Mais pour Alleyn assis en face de lui, pour Fox impassible à l'arrière-plan, et pour le constable qui prenait des notes, c'étaient autant de signes ne pouvant tromper.

— En laissant de côté mobile, occasion et le reste, attaqua Alleyn, voulez-vous me dire qui d'autre que vous a pu creuser la tombe de Sybil Foster un mètre cinquante de plus qu'il n'était besoin, tuer Carter, l'enterrer là, et piétiner la terre qui le dissimulait avant de la recouvrir avec les branchages de sapin ? Sans parler des autres témoins, vous-même avez convenu avoir creusé durant toute la journée et jusqu'à neuf heures du soir. Pourquoi vous a-t-il fallu si longtemps ?

Alleyn se tut et attendit. Jardine regardait le mur opposé. À deux ou trois reprises, sa barbe frémit et ses lèvres s'entrouvrirent comme s'il allait parler, mais aucune parole n'en sortit.

— Répondez-moi, insista Alleyn.

Alors, Bruce fit mine de se racler la gorge et dit :

— Argile.

Le constable nota : « R. : Argile. »

— C'est ce que vous m'aviez dit, mais il n'y avait pas trace d'argile dans le monticule, dont la terre s'est révélée très meuble. Alors ?

— Je ne répondrai plus à aucune question tant que mon avocat ne sera pas présent.

— Il est en chemin. Mais écoutez-moi, ça vous aidera à trouver l'attente moins longue. La nuit qui a suivi l'enterrement, quand nous avons installé près de la tombe une lampe à acétylène comme la vôtre, vous étiez chez votre sœur et, par la fenêtre, vous avez vu cette clarté, qui vous a inquiété. C'est ce que vous nous avez raconté. Seulement, ce que vous ne nous avez pas dit, c'est que ça n'était point Artie qui se trouvait dans la cachette de la haie, mais vous. Ce n'est pas lui qui m'a jeté une brique à la figure, mais vous. Vous étiez tellement secoué à l'idée que nous allions rouvrir la tombe que vous avez perdu la tête, dévalé la colline et vous êtes dissimulé dans la haie. Quand vous avez eu lancé la brique, vous avez fait mine de donner la chasse à Artie. Est-ce exact ?

— Pas de commentaire.

— Il vous faudra bien en trouver un, tôt ou tard, mais votre avocat pourra vous conseiller.

— Pas de commentaire.

Le constable nota la répétition de la réponse laconique et Alleyn dit :

— Il n'y a pas à chercher plus loin. Toute l'affaire repose sur ce point : si vous n'avez pas tué et enterré Claude Carter, qui l'a fait ? Par ailleurs, rien, aucun détail ne s'oppose à ce que vous ayez tué aussi Mme Foster. Carter, un homme qui avait des antécédents judiciaires et déjà pratiqué le chantage, le savait et se servait de ça pour vous amener à lui donner de l'argent. Vous avez fait mine de céder à son chantage et lui avez donné rendez-vous au cimetière. La tombe était prête ; vous l'avez tué avec le tranchant de la pelle qui vous avait servi à creuser la fosse, puis vous l'avez enterré. Vos deux victimes en la même tombe. Toujours pas de commentaire ?

Dans le silence qui suivit, Alleyn vit, avec écœurement, les yeux bleus de Bruce s'emplir de larmes, qui roulèrent dans sa barbe.

— Nous étions très proches, elle et moi, dit-il d'une voix tremblante. Dès le premier instant, nous nous étions bien entendus. Pour moi, elle était plus que mon employeur : c'était une véritable amie. Ah ! oui, alors... Quand je pense à tous les beaux projets que nous avions pour la propriété...

Sa voix se brisa de très convaincante façon.

— Avez-vous eu tous les deux l'idée des planches d'asperges et des champignons de couche ?

Bruce se leva à demi, mais un léger mouvement de Fox suffit à le faire rasseoir.

— Ou bien est-ce que le capitaine Carter — qui, comme vous nous l'avez dit, se confiait volontiers à vous — vous avait fait part de son intention d'enterrer l'Alexandre noir quelque part à *Quintern Place* ? Et lorsque, quarante ans plus tard, vous vous êtes trouvé ici, ne vous êtes-vous pas dit que ce pourrait être une bonne chose que d'inspecter un peu les lieux ?

— Vous ne pouvez le prouver, dit Jardine sans plus l'ombre d'accent écossais. Et quand bien même le pourriez-vous ?

— Je reconnais que ça ne nous avancerait pas à grand-chose mais, fort heureusement, nous n'avons pas besoin de cela. Je me demandais simplement si, lorsque vous l'avez tué, vous saviez que se trouvait dans la poche de Carter l'Alexandre noir que vous avez ainsi enterré une seconde fois.

Le visage de Bruce devint écarlate. Il ferma les poings qu'il abattit bruyamment sur la table devant lui.

— Le salaud ! hurla-t-il. L'abominable salaud ! Il a bien mérité ce qui lui est arrivé !

Le sergent de permanence toqua à la porte. Fox alla ouvrir.

— L'avocat est là.
— Faites-le entrer, dit Fox.

Verity Preston se demanda où elle allait bien pouvoir trouver un autre jardinier. Elle s'en voulut aussitôt de voir l'affaire sous un angle trop personnel, se rappelant aussi ces moments où Bruce et elle s'entendaient si parfaitement à propos de jardinage. Et maintenant, elle en était à arracher elle-même les mauvaises herbes.

Une ombre se profila sur la plate-bande. Verity tourna la tête et vit Alleyn.

— Je crains de finir par être importun, dit-il. Mais il y a quelque chose que je voulais vous demander.

Il s'agenouilla comme elle en demandant :

— Avez-vous aussi du chiendent ?

— Je ne pense pas que ce soit la question que vous teniez à me poser, mais non, je n'en ai pas. Juste des pissenlits et d'autres mauvaises herbes dont je ne connais pas le nom.

— Ce que je voulais savoir, c'est si le plan de *Quintern Place*, avec l'endroit marqué d'un « x », est toujours entre les mains de Markos ou s'il a été rendu.

— Toujours chez Markos, je crois. Pourquoi ? Vous en avez besoin ?

— Le ministère public en a besoin, oui.

— Mme Jim devrait pouvoir vous le dire avec précision. Elle est justement ici aujourd'hui. Voulez-vous lui poser la question ?

— Dans une minute ou deux, si vous le permettez, dit Alleyn en arrachant des mauvaises herbes qu'il jeta dans la brouette. Je suppose que vous cherchez un autre jardinier ?

— C'est précisément ce que je pensais, figurez-vous. Je sais bien que je devrais avoir d'autres soucis en tête en un pareil moment...

— Quoi, par exemple ?

— Eh bien, ce qui s'est passé à *Greengages*.

— Je peux vous dire ce que nous pensons qu'il s'est

passé : nous pouvons en prouver une partie et le reste en découle très naturellement. De toute façon, c'est sans importance car Bruce Jardine va être inculpé du meurtre de Claude Carter et non de celui de Sybil Foster, l'un étant la conséquence de l'autre. Nous pensons donc que Jardine et Carter, chacun de son côté, sont demeurés à *Greengages*, dans l'espoir d'accéder à la chambre de Mme Foster, Carter probablement pour lui soutirer de l'argent et Bruce pour la supprimer s'il en avait la possibilité. Tout a commencé lorsque le jeune Markos est remonté au 20 chercher le sac à main que sa fiancée avait oublié.

— J'espère, s'écria Verity d'un ton indigné, que vous n'attachez pas...

— Ne sautez pas ainsi à des conclusions ou nous n'en finirons jamais. Il revint en donnant à entendre que Mme Foster était toujours très irritée...

— Contre les fiançailles, oui.

— Peu avant neuf heures, Claude se présenta à la réception en se donnant pour un électricien venu réparer la lampe de Mme Foster. Il prit les lys que Bruce avait laissés là et les emporta avec lui. Alors qu'il se trouvait dans le couloir de l'étage, quelque chose le poussa à se dissimuler dans l'alcôve qui se trouve en face de la chambre 20, où il laissa des empreintes de ses chaussures et une tête de lys. Nous pensons que c'était Bruce qu'il avait vu sortir de l'ascenseur et que lorsque celui-ci fut reparti, Carter frappa chez sa belle-mère, qu'il trouva morte. Il se débarrassa alors des lys en les mettant dans le lavabo et pendant qu'il était dans la salle de bains, probablement avec la porte entrouverte, *sister* Jackson fit sa très brève apparition dans la chambre.

— Cette dame imposante qui a témoigné lors de l'enquête du coroner ? Mais elle n'a rien dit de...

— Elle l'a fait plus tard. Je m'en tiens aux grandes lignes. Claude s'est rendu compte alors que cette mort faisait bien son affaire. À présent il allait hériter d'une bien plus grosse fortune. Et, pour l'immédiat, il avait aussi un moyen de chantage : il faudrait que Jardine casque. Fort heureusement pour nous, il décida, par l'entremise d'une lettre et d'un coup de téléphone, de faire aussi chanter *sister* Jackson, laquelle eut assez de bon sens pour tout venir nous raconter.

— Vous savez, je suppose, qu'il avait fait de la prison pour chantage ?

— Oui. Maintenant que nous en avons terminé avec *Greengages*, passons à Claude, à l'Alexandre noir et au fameux plan, reprit Alleyn.

Verity l'écouta sans l'interrompre, avec l'étrange impression de s'entendre raconter des faits qui s'étaient passés voilà bien bien longtemps.

— ... Claude décida donc de se rendre à l'étranger jusqu'à ce que les choses se fussent tassées. Cette décision prise, nous pensons qu'il entreprit de faire chanter Jardine. Jardine fit mine de céder, et dut très certainement dire à Claude qu'il lui fallait du temps pour rassembler la somme demandée, ce qui lui permit de reporter la suite jusqu'après l'enterrement. Il annonça alors qu'il aurait l'argent dans la soirée et que Claude pourrait venir le chercher dans le cimetière. La suite, je pense que vous la devinez toute seule.

— En ce qui concerne Claude, oui, sans doute... Mais Bruce Jardine et Sybil... C'est bien pis, c'est écœurant ! Toutes ces protestations d'attachement, ces manifestations de chagrin... ça passe tout !

— Ne manifestiez-vous pas quelque réserve à son endroit ?

— Si, mais je n'aurais jamais imaginé...

— C'est une réaction qui n'est pas tellement rare, vous seriez surprise de savoir comme dans certaines affaires... Tenez, Heath[1], par exemple... Nombre de ses relations se refusaient à croire qu'un homme aussi

1. Faux officier et tueur sadique qui fut pendu quelques années après la Seconde Guerre mondiale (*N.d.T.*).

comme il faut ait pu commettre de pareilles abominations.

— Mais en ce qui concerne Bruce, il a tué simplement pour de l'argent et son confort ?

— Oui, simplement pour vingt-cinq mille livres et une jolie petite maison qu'il pourrait louer en attendant le moment de s'y retirer.

— J'aimerais savoir... commença Verity qui s'interrompit, puis reprit : Basil Smythe ne peut être tenu responsable de quoi que ce soit ? Je veux dire : en tant que médecin chargé de *Greengages* ?

— Pour ça, non.

— Mais il y a autre chose ?

— Oui. Il semblerait que le Dr Schramm qui a soutenu sa thèse et reçu son diplôme à Lausanne n'ait jamais été M. Smythe, pas plus, je le crains, que Schramm n'était le nom de jeune fille de Mme Smythe. Mais il va hériter de la fortune de Mme Foster. Lors de la rédaction du testament, il avait dû lui suggérer — sans doute avec le plus grand tact ! — que Smythe restait néanmoins son nom légal. Car, au grand regret de M. Rattisbon, Smythe est le nom qui figure sur le testament.

— Oui, dit lentement Verity, tout cela n'est que trop vraisemblable.

Alleyn attendit un moment, puis demanda :

— Vous comprenez, n'est-ce pas, pourquoi je tenais à ce que Prunella soit partie avant que nous ne nous mettions à l'œuvre dans le cimetière ?

— Comment ? Oh ! oui... Oui, bien sûr.

— Si elle était en croisière au loin, on ne pouvait lui demander de procéder à l'identification, en sa qualité de plus proche parente.

— C'eût été vraiment trop horrible !

Alleyn se remit debout.

— Tandis qu'elle vogue au large de la Côte d'Azur et se pénètre de son rôle de future bru du millionnaire Markos.

— Oui, dit Verity avec un petit soupir, je le suppose...

— On dirait que vous le regrettez ?

— Non, pas vraiment. C'est une enfant qui a beaucoup de jugeote et sait ce qu'elle fait. Notre tort, c'est de vouloir raisonner les jeunes en oubliant qu'ils n'ont pas notre âge et voient les choses différemment. Je pense qu'elle sera très heureuse.

De fait, à ce moment, Prunella était vraiment très heureuse. Étendue sur une chaise longue, elle regardait le port d'Antibes en buvant une citronnade glacée et écoutant à demi ses hôtes parler du courrier de Londres qui venait d'être porté à bord.

M. Markos ouvrit un journal. Il eut une exclamation étouffée et voulut replier la feuille, mais c'était déjà trop tard. Prunella et Gideon avaient tous deux vu la manchette en première page.

L'ALEXANDRE NOIR
Le célèbre timbre retrouvé
sur le corps d'un homme assassiné

— Ce n'est pas la peine de vouloir me cacher la chose, dit Prunella après un temps. Je finirai par l'apprendre tôt ou tard.

Gideon l'embrassa impulsivement et Markos eut une moue.

— En un sens, bien sûr...

— Allez ! dit Prunella. Vous savez bien que vous mourez d'envie de lire cet article.

Il le lut donc à haute voix, partagé entre la circonspection de l'homme d'affaires et le désir fou du collectionneur.

— Ma chère enfant, conclut-il, vous possédez maintenant une fortune !

— J'en ai l'impression, oui.

— Naturellement, il vous faudra prendre conseil, car

il s'agira là d'une décision monumentale. Mais *si*, poursuivit le millionnaire en lui embrassant une main, puis l'autre, *si*, après mûre réflexion, vous êtes résolue à le vendre, votre futur beau-père pourra-t-il vous faire la première offre ? En considérant les choses froidement, bien entendu.

Le très élégant et très beau passager se carra sur son siège puis boucla sa ceinture.

À Heathrow, tout s'était bien passé.

Il se demanda quand il pourrait décemment revenir. Certainement pas avant longtemps.

Comme l'avion décollait, l'étiquette attachée à son élégante valise glissa du porte-bagages et se balança au-dessus de sa tête :

Dr Basil Schramm
À destination de New York
Concorde Vol 123

Cet ouvrage a été réalisé par

FIRMIN DIDOT

GROUPE CPI

Mesnil-sur-l'Estrée

pour le compte des éditions 10/18
en octobre 2000

Imprimé en France
Dépôt légal : novembre 2000
N° d'édition : 3185 – N° d'impression : 52981